남태평양

김병언은 1951년 대구에서 태어났으며, 서울대학교 언어학과를 졸업했다. 1992년 『문학과사회』에 「이삭 줍기」를 발표하며 문단에 나왔으며, 소설집 『개를 소재로 한 세 가지 슬픈 사건』『천치의 사랑』과 장편소설 『木手의 칼』이 있다.

김병언 소설집
남태평양

펴낸날 2007년 6월 8일
지은이 김병언
펴낸이 채호기
펴낸곳 ㈜문학과지성사
등록번호 제10-918호(1993. 12. 16)
주소 서울 마포구 서교동 395-2(121-840)
전화 02) 338-7224
팩스 02) 323-4180(편집) 02) 323-4180(영업)
전자우편 moonji@moonji.com
홈페이지 www.moonji.com

ⓒ 김병언, 2007. Printed in Seoul, Korea

ISBN 978-89-320-1786-0

* 이 책의 판권은 지은이와 ㈜문학과지성사에 있습니다.
양측의 서면 동의 없는 무단 전재 및 복제를 금합니다.
* 지은이는 2005년 한국문화예술위원회가 지원한 창작지원금을 받았습니다.

남태평양
차례

고서점 여자 7
꽃씨 날리는 날 38
지존 80
황사에 바치다 109
회생 135
남태평양 167

해설 연가, 아날로그 세대에 바치는_양진오 285
작가의 말 301

는 나로 하여금 형이 쓰던 안채의 방으로 옮겨가게 하곤 바깥채를 얼렁뚱땅 가게로 개조해버렸던 것이다. 정년퇴직을 몇 해 앞둔 구청의 말단 공무원이던 아버지로선 그게 장래를 고려한 현명한 처사라고 여겼는지 모른다.

한데 불행히도 우리 집은 상업적인 입지 조건이 전혀 갖추어지지 못한 곳에 있었다. 내가 다니던 중학교에 둘러쳐진 긴 시멘트 벽돌의 담벼락과 마주 보고 있어 그 사이의 길에는 스쳐지나가는 행인조차 드물었던 것이다. 그런 까닭에 개축을 마친 후 상당 기간이 지나도록 좀처럼 부동산 소개업자에게서 연락이 오지 않았다. 초조해진 아버지는 보름마다 한 번씩 호가(呼價)를 낮췄는데 무려 다섯 달을 허비하고 나서야 겨우 임자를 만날 수 있었다. 계약한 세액이란 게 처음 원했던 그것의 거의 절반 수준이었으므로 개축을 하지 않고 바깥채를 그냥 세를 놓아도 그만큼은 받을 수 있었을 거라는 얘기가 돌았다. 아버지는 쓸데없이 공사비와 마음을 쓴 셈이었다.

가까스로 임대 계약을 마치고 온 아버지는 계약한 사람이 가게에다 고서점을 차릴 거라 했다고 일러주었다. 아니, 여기에서 그런 장사가 될까요? 내 생각도 그랬지만 어머니의 첫 반응은 심히 우려된다는 투였다. 알 게 뭐람, 무슨 장사를 하든 우리가 신경 쓸 일 아냐. 명백히 실패한 투자자가 되어버린 아버지가 짜증스레 대꾸했다. 왜 신경이 안 쓰여요? 장사 안 된다고 금방 나가겠다고 하면 어떡해요?

고서점 여자

그 여자가 우리 집에 딸린 가게에 처음 세를 들었을 때 나는 고등학교 졸업반이었다. 입시 준비에 꼼짝없이 매달려 새벽에 등교했다가 학원과 독서실을 거쳐 거의 매일 자정이 넘어서야 귀가하던 나는 가게의 주인이 바뀌었다는 사실조차도 한동안 알아차리지 못했다. 그건 그 여자가 인수했던 고서점이 화장실을 빼놓곤 우리 가족이 살던 안채와 공유하는 생활 영역이 없었기 때문이기도 했다. 게다가 그 여자가 전 주인이 달았던 볼품없는 고서점의 간판을 그대로 사용했기에 더욱 그랬다.

내가 중학교 2학년 때까지만 해도 가게 자리는 우리 집 앞을 지나가는 소방도로와 작은 창문 하나를 사이에 둔 바깥채였다. 나는 그 바깥채의 널찍한 방을 독차지하고 있었다. 그러다가 나와 꽤 터울이 지는 형이 결혼을 해서 살림을 나고 나자 아버지

결과적으로 어머니는 절반은 맞혔고 절반은 틀렸다. '희망서점'이라는 상호로 문을 열었던 가게는 그 여자에게 넘겨질 때까지의 근 4년 동안 내내 파리만 날렸다. 그러면서도 세입자는 나가겠다는 소리는 하지 않았던 것이다.

가게 안에 딸린 코딱지만 한 방 한 칸에다 코흘리개 사내아이 하나를 데리고 어렵사리 살림을 차렸던 첫 세입자 부부가 그만큼이나 오래 버텼던 건 내건 상호와는 달리 애당초 장사에 희망을 걸지 않아서 가능했던 일이다. 따로 포클레인 기사란 직업을 가졌다는 남편은 주로 먼 외지의 공사장에 일을 하러 다니는지 모습을 비치는 때가 별로 없었고 수다분하게 생긴 아내 혼자 가게를 도맡아서 지켰다. 가게를 연 지 몇 달이 지났을 때, 한번은 어머니가, 장사가 잘 안 돼 어떡하누? 하고 애 엄마에게 넌지시 물어보았더니,

"에이, 먹고살자고 이 짓 하는 건 아니에요. 돌아가신 친정아버지 장사를 제가 대물림을 하는 거죠. 이 물건들을 종이 값에 처분하기도 뭐하고…… 제가 어릴 적부터 아버지를 도와 책가게를 봐온 경험도 있고 해서 노느니 염불한다고 그냥 이러고 있는 거예요."

하면서 웃더라는 것이었다. 그러니까 그들 부부가 가게를 얻은 건 꼭 장사가 목적이 아니라 주거의 의미가 더 크다는 얘기였다. 하긴 정말로 장사에 목을 맬 양이면 아무리 가게가 싸다 한들 그런 데다 고서점을 차리지는 않았을 것이다. 학교 담장을

끼고 있다는 이유만으로 참고서나 학생 상대의 잡지류 따위의 새 책도 구비해놓고 있었으나 학교의 정문이 우리 집과는 멀찍이 떨어진 큰길에 면한 데다 그 부근에만도 서점이 셋이나 돼 학생들이 굳이 이 먼 곳까지 책을 사러 올 까닭이 없었던 것이다.

가게의 사정이야 어떻든 공짜로 책을 빌려볼 수 있어 나는 좋았다. 아무 때나 가게에 들러 바닥 위에 허섭스레기처럼 쌓아놓은 철 지난 만화책이나 잡지들을 한 아름 안고 오기만 하면 그만이었다. 아줌마가 주인집 아들인 나에게만큼은 그만한 특혜를 베푸는 데 인색하게 굴지 않았던 것이다. 하지만 나는 고3이 되고부턴 여유 시간이 거의 없어져 그 특혜를 전혀 누리지 못했다. 가게 주인이 바뀐 사실조차도 모를 지경이었으니 말이다.

그녀를 처음 본 건 그해 초가을, 어느 일요일 점심 녘이었다. 그날도 아침부터 독서실에 가서 막바지에 이른 입시 공부에 몰두해 있던 나는 왠지 바지 주머니가 가벼운 듯해서 손을 찔러 넣어보다가 지갑을 갖고 오지 않은 사실을 알아차렸다. 집과는 버스를 타면 한 정거장 거리에 불과했지만 조금이라도 시간을 절약하느라 점심과 저녁 식사를 주로 매식(買食)으로 때우던 즈음이었다. 돈을 빌려줄 만한 우리 반 친구 녀석도 그날따라 자리를 비워 눈에 띄지 않았다. 별수 없이 집으로 돌아오던 나는 문간에 이르러 무심코 고서점의 유리창 안을 들여다보았다. 몇 달 동안인지도 모르게 이른 아침이나 한밤중에 땅바닥에까지 내려온 셔터 문만 보아왔으므로 열려 있는 가게가 새삼스러운 느낌이라 눈길이 그리로 갔던 것이다.

그런데 가게의 유리문 안으로 웬 낯선 여자가 어른거리는 모습이 눈에 띄었다. 안쪽에 놓인 책상 뒤에 앉아 머리를 숙인 그녀는 양쪽 팔과 함께 상체를 꿈지럭거리고 있었다. 무슨 수작업을 하고 있는 듯했는데 책상머리에 포개놓은 낡은 책들에 가려 팔꿈치 아래는 보이지 않았다. 나는 혹시나 그동안 아줌마가 저리도 살이 빠진 게 아닌가 하고 눈을 좀더 유리문 가까이 가져갔다. 하지만 역시 다른 여자란 걸 알아차리는 덴 5초 이상의 시간이 필요하지 않았다. 이를테면 나방이 아무리 허물을 벗어도 나비처럼 날씬해질 순 없을 것이기 때문이었다. 아줌마라면 좀 튄다 싶은 분홍색의 잠바도 입고 있지 않을 거였다. 나는 아줌마의 동생쯤 되는 여자가 잠시 가게를 봐주고 있는 거려니 여기면서 유리문에서 눈을 뗐다.

"가게에 첨 보는 여자가 있던데?"

밥을 먹다 문득 생각이 나서 나는 어머니에게 물었다.

"참, 너 여태 홍철이네 이사 간 줄도 모르겠구나."

"뭐? 홍철이네가 이사를 가?" 나는 그제야 가게에 변화가 생긴 것을 알았다. "……언제?"

"벌써 한 보름쯤 지났는데. 홍철이가 크니까 방이 좁아 불편해져서 이사 간다더라. 처음 올 땐 조막만 하던 애가 몇 년 새에 덩치가 얼마나 커졌던지……."

나는 홍철이네가 이사 갈 거라는 얘기도 미리 안 해준 어머니의 무신경을 탓하려다가 그만두었다. 미리 알았다 해도 인사할 틈도 없었을 게 뻔했을 것이다.

"근데 아까 잠깐 안을 들여다봤더니 달라진 게 하나도 없던데?"

"홍철이네가 새로 들어온 여자한테 가게를 통째로 넘겼으니 그렇지. 거저 주다시피 했대. 하기야 그까짓 헌책들 팔아봐야 얼마나 받겠니. ……그나저나 새로 들어온 여자는 헌책 장사 경험도 없는 여잔 모양이던데 가뜩이나 잘 안 되는 가게를 어쩌려고 차고 들어왔는지 모르겠다."

그렇게 말하던 어머니가 갑자기 얼굴을 찌푸리며 혼잣말처럼 덧붙였다.

"뭘 하던 여자길래 젊은 나이에 구질구질한 헌책방 같은 걸 하겠다는 건지……."

"남자는 없대?"

"웬걸, 자기 말로는 아직 서른도 안 된 처녀래. 내가 보기엔 처녀 같지도 않던데."

어머니는 새 세입자에 대해 무언가 미심쩍어 하는 눈치였다. 나는 나대로 공연스레 그녀가 걱정스러웠다. 그녀가 망하는 건 단지 시간문제일 따름이라고 여겨졌던 것이다. 아마도 그녀는 세상 물정을 전혀 모르는 숙맥일 것만 같았다.

그날 나는 식사를 마치고 다시 독서실에 가려고 집을 나서다 가게에 잠깐 들러보았다. 새로 세 든 여자와 인사라도 나눠야겠다는 게 명분이었지만 그보다도 대관절 어떻게 생겨먹은 여자길래, 하는 궁금증이 몹시 나를 부추겼던 것이다.

여전히 책상에 앉아 무슨 일인가에 열중해 있던 여자는 문소리가 나자 비로소 얼굴을 들었다. 그러나 그녀는 단 한 차례 나를 힐끗 쳐다보았을 뿐 하던 일을 계속하는 것이었다. 무관심한 척하여 손님이 마음 편히 책들을 두루 살펴보게끔 하는 고서점의 일반적인 영업 방식을 따르는 셈인데 고객도 아니고 시간도 없던 나는 곧장 그녀에게로 다가갔다.

"저어기……, 인사드리러 왔는데요." 나의 말에,

"아" 하는 외마디 소리를 앞세운 그녀가 나를 향해 고개를 치켜들었다. "누구……?"

"안집에 사는 김준영이라고 해요. 새로 이사 오셨다는 얘길 오늘에야 어머니한테서 처음 들었습니다."

"아아, 그러세요? ……앞으로 잘 부탁드립니다."

그녀는 그런 말을 하는 사람이 으레 그러하듯 가벼운 미소를 입가에 떠올렸다. 형광등의 창백한 불빛 아래인 점을 감안해도 혈색이 무척 좋지 않아 뵈는 얼굴이었다. 게다가 양쪽 볼이 움푹 파이도록 핼쑥한 나머지 가만 뜯어보면 가늘고 고운 선으로 이루어진 얼굴임에도 불구하고 미혼인 여자 치곤 겉늙어 보였다. 그런 그녀가 내게 '부탁해요'도 아니고 '부탁드립니다' 식의 존대를 해서 약간 멋쩍어진 나는, 짧은 인사로 끝내리라던 예정에 맞춰 지체없이 돌아 나오려 했는데 얼핏 내려다본 그녀의 작업이 흥미로워 절로 발이 묶였다. 그녀는 내가 말을 붙일 때 멈춘 동작을 그대로 유지하고 있었는데 오른손으론 전기다리미의 손잡이를 거머쥐고 있었고 왼손으론 펼쳐진 책 위에 놓인 세수 수건만 한 헝겊을 살짝 누르고 있었던 것이다. 나는 어떤 깔끔한 여자가 지폐를 다림질해서 쓴다는 얘기는 들어본 적이 있어도 누가 책을 그렇게 한다는 건 들어보지 못했다.

"책갈피가 접힌 책들이 하도 보기 싫어서……."

그녀는 약간 어이없어 하는 내 얼굴을 보곤 적이 쑥스러워 하는 기색이더니, 기왕 봐버렸으니, 하는 마음인지 피식 웃곤 다림질을 다시 시작했다. 나는 헝겊으로 보호막을 씌우긴 했지만 종이가 열에 눌을까봐 무척 조심스럽게 행해지는 그녀의 다림질을 한참이나 곁에서 멀뚱멀뚱 지켜보았다.

"……대학생?" 하고 나를 쳐다보지도 않은 채 그녀가 물었다.

"아뇨, 고삼이요."

"그럼 한창 바쁠 때군요. 시험이 얼마 안 남아서……."

"네. 지금도 독서실 가는 길이었어요. ……그럼 안녕히 계세요."

"또 봐요." 고개를 들며 그녀가 말했다. "오다가다 언제든 놀러 와요."

그녀와의 첫 대면은 그렇게 끝났다. 여자들 가운덴 유난히 여자라는 느낌을 강하게 불러일으키는 여자가 있는데 그녀에게서도 어딘지 그런 면모가 엿보였다. 그녀가 그렇다는 건 천성적일 수도 있고 어떤 경험들이 축적되어 생긴 몸에 밴 가식일 수도 있었다. 나야 어느 쪽인지 알 리 없었지만 어머니의 판단은 아마도 후자에 기울어 그녀에 대해 무언가 찜찜하다는 눈치다.

모든 경험의 '첫'이 그러하듯 첫 대면의 기억은 이토록 또렷하다. 그러나 언제부터 내가 그녀를 누나로 부르게 됐는지는 모르겠다. 열 살도 넘는 나이 차로 따지자면 홍철이 엄마에게 그랬던 것처럼 아줌마로 불러도 무방했겠지만 아직 '미스'인 그녀를 그렇게 부르기엔 아무래도 어색했던 것 같다. 그녀 쪽에선 나를 내 이름 뒤에 '학생'을 덧붙여 꼭꼭 '준영이학생'이라고 불렀는데 그 호칭은 그런대로 무난하게 들렸다.

대학 입학 후 첫 학기가 끝나고 여름방학에 즈음할 무렵에 이르러선 이미 나는 뻔질나게 그녀의 가게를 드나들고 있었다. 소설책 같은 읽을거리를 찾으러 갈 때보다 그녀와 한가히 잡담을 나눌 목적일 때가 더 많았다. 아무 때나 집에서 입고 있던 옷차림 그대로 맨발에 슬리퍼를 끌고 몇 발짝만 옮기기만 하면 되는데다 그녀가 나를 늘 스스럼없이 대해주었기 때문에 그녀의 가게를 마치 내가 마음 편히 쉴 수 있는 휴게실처럼 여겼던 까닭이다.

내가 들러서 보면 책상 위에 펴놓은 책은 건성인 듯 그녀는 대개 책상 뒤에 꼼짝 않고 앉아 물끄러미 바깥을 내다보고 있었다. 나라도 찾아가주지 않으면 하루 종일 그 정물과 같은 자세를 유지하고 있을는지도 몰랐다.

"누난 지겹지도 않아요? 만날 혼자 그러고 있기가."

하루는 내가 물어봤는데,

"왜요? 준영이학생이 보기엔 내가 그럴 것 같아요?"

"그럼 안 지겨워요? 손님이나 많다면 모르지만……."

"별로 그렇지 않아요" 하고 그녀는 정색을 하고 말했다. "난 그냥 이렇게 혼자 가만히 앉아 있는 게 좋아요."

"누난 참 이상해요. 얘기할 사람도 없이 늘 혼자 있는 게 따분하지도 않은가 봐요."

"혼잔 아니죠." 그녀는 가볍게 웃었다. "여기 이 많은 책들하고 같이 있잖아요."

"피이……, 헌책들이 뭐 누나 친구들이라도 돼요?"

"……나 같은 게 책을 친구라고 할 만큼 고상한 사람이라도 되나요?"

그녀는 속눈썹을 내리깔면서 대꾸했다.

"그럼 책 얘긴 왜 해요?" 하고 나는 짐짓 그녀를 윽박질렀다.

그녀는 그 질문에는 바로 대답을 않은 채 한동안 실눈을 뜨고 있다가 갑자기 엉뚱한 질문을 나에게 던졌다.

"준영이학생은 위패가 뭔지 알죠?"

"위패요?" 나는 눈을 깜빡거리며 말했다. "죽은 사람 이름 써놓은 거……?"

"그래요. ……난 여기 있으면, 뭐랄까…… 마치 수많은 위패들을 모셔놓은 사당 안에 있는 것 같은 느낌이에요. 준영이학생은 그런 데 가면 혹시 한없이 마음이 편해지지 않던가요? 나는 여기서도 그래요. 바깥세상과는 전혀 관계없는 딴 세상에 있는 것 같아서……."

그 말에 새삼스런 눈으로 나는 잠시 가게 안을 두리번거렸다. 눈부신 햇살이 범람하고 있는 바깥의 영향을 받은 탓에 실내는 실제보다 한결 어둡게 느껴졌다. 책장들을 가득 메운 책들이 책등에 어슴푸레한 광채를 머금은 채 현실(玄室) 안의 물건들처럼 침묵 속에 떨어져 있었다. 왠지 나는 가슴이 조여 한숨이 흘러나왔다. 느릿느릿하고 나지막한 그녀의 말소리가 내 귀에 흘러 들어왔다.

"실은 우연히 이 가게에 처음 들어왔을 때부터 난 그런 분위기를 느꼈어요…… 조용하고 외진 길가라서 더욱 그랬을 테죠…… 책들의 갈피마다 남아 있는 누군지 알 수 없는 사람들의 흔적들…… 그리고 누군가 홀로 책을 읽으며 보낸 시간들…… 그런 흔적과 시간들이 한데 모여 여기 있잖아요…… 책의 내용과는 별도로…… 난 단지 이 분위기가 좋을 뿐이에요. 사람의 앞일을 알 수 없지만 난 죽을 때까지 이 자리에 앉아 있어도 행복할 것 같아요…… 만약 새 책들과 함께 있으라 한다면 준영이학생 말마따나 난 금방 지겨워져서 하루도 못 배겨낼 게 틀림없어요……."

"……누나는 염세주의자 같아요" 하고 나는 그녀의 얘기를 평했다.

"왜요?"

"위패, 흔적, 흘러간 시간들과 함께 있는 게 마음 편하다니까."

"그 말은 틀렸어요." 그녀는 문득 단호하게 말했다. "만약 내가 염세주의자였다면 벌써 죽어도 몇 백 번은 죽었을 거예요."

"그건 왜죠?"

"……아녜요." 그녀는 금세 수그러들었다. "내가 준영이학생한테 괜한 소릴 하고 있는 거예요……."

그녀가 대화를 더 이상 진전시키고 싶어 하지 않는 눈치였으므로 나는 입을 다물었다.

"저길 봐요." 잠시 후 그녀가 말했다.

그녀가 내게 보라고 말한 건 길 건너의, 한낮의 햇빛 속에서 더욱 따분해 보이는 밋밋한 시멘트 벽돌의 학교 담벼락과 그 너머에서 길을 향해 푸른 잎들이 달린 가지들을 드리운 몇 그루의 현사시나무가 이룬 지극히 단조로운 풍경이었다. 나는 그 밖에 다른 무엇이 있나 하고 창밖을 기웃거렸다.

"아름답지 않아요?" 그녀가 내게 물었다.

"뭐가요?" 나는 그녀를 돌아보며 되물었다.

"저 파아란 이파리들, 하얀 학교 담……."

"누난 저런 게 보기 좋아요?" 나는 그녀에게 동의할 수 없었다.

그날은 그녀가 헌책을 위패에 비유했지만 그 후 어느 날엔가 책에 관해 또 다른 그녀의 해석을 얘기해준 적이 있었다. 최초의 대면에서 내가 목격했던 그녀의 그 별난 다림질이 그 후로도 이따금 되풀이되고 있었는데 그 모습을 곁에서 지켜보곤 하던 내가 한번은,

"누난 왜 사서 고생을 해요? 책장들을 펴서 무거운 책 같은 걸 얹어놓기만 하면 될걸 괜히……."

하고 지청구를 했다. 아닌 게 아니라 더운 날엔 구슬땀을 흘려가면서까지 내가 보기엔 쓸데없는 일에 노력을 바치는 그녀가 까닭 없이 못마땅하게 여겨지기도 했던 것이다.

"왜 그래요? 내가 좋아서 하는 일인데. 이래야 더 깨끗이 펴져요."

그녀는 태연하게 응수했다.

"그 정도 더 깨끗해진다고 얼마나 더 받겠어요? 그래봤자 헌 책이 새 책 되는 것도 아닌 걸 갖고……."

"어마?" 그녀는 나를 향해 가볍게 눈을 흘겼다. "내가 그까짓 돈 몇 푼 더 받겠다고 이러는 줄 알아요?"

"그럼 그게 뭐 취미로 하는 일이에요? 아예 세탁소를 차리시지."

나는 반은 재미로 그녀를 조롱했다. 그녀는 대답 대신 다시 한 번 나를 흘겨보더니 잠자코 다림질을 계속했다. 나는 그녀가 정말로 화가 난 건가 하고 그녀의 눈치를 슬슬 살피고 있었는데 한참 동안 침묵을 지키던 그녀가 예상과는 달리 다소곳한 목소리로 내게 물었다.

"준영이학생은 사귀는 여학생이라도 있어요? 그동안 미팅 같은 걸 해보기도 했을 것 같은데……."

"과에서 단체 미팅을 서너 차례 했는데 다 꽝이었어요."

나는 그녀가 갑자기 왜 그런 걸 물어보나 싶었지만 숨길 일도 아니어서 망설이지 않고 대답했다. 그런데 또 한참 사이를 두고 난 다음에 그녀가 이번엔 좀 생각을 요하는 질문을 던지는 것이었다.

"책과 여자의 공통점이 뭐라고 생각해요?"

"……모르겠는데요."

나는 어차피 그녀가 준비해둔 대답을 들어야 될 것 같아서 잠시 머리를 짜내는 시늉만 하다가 고개를 저어 보였다.

"책과 여자는 둘 다 말이죠……," 그녀는 맥이 빠진 투로 말하는 것이었다. "한번 손때가 묻어버리면 형편없이 값이 떨어져버린다는 거예요. 아무리 작은 손때라도…… 어떤 경우에도 처음으로 되돌아갈 순 없어요. 아까 준영이학생이 그랬죠? 다림질을 해봤자 헌책이 새 책 되진 않는다구요. 그래요, 맞는 말이에요. 여자도 그렇죠. 새 여자로 다시 태어날 방법이 없는 거예요, 내가 느끼기엔……."

그녀는 얘기를 하느라 잠시 멈췄던 일손을 다시 움직였다. 무슨 의미인지 이해는 할 수 있었으나 여자에 관한 한 그녀의 견해는 다분히 남성 중심적이라 할 수 있었다. 그게 그녀만의 편견일 수도 있는 거라고 반박해줄까 하다가 그녀의 분위기가 한

없이 가라앉아 있는 것 같아서 나는 잠자코 있었다.

"준영이학생은 이런 얘기 재미없죠?"

그녀가 억지웃음을 지으며 말했다. 나는 애매한 웃음을 흘렸다.

그날 이후로 나는 그녀의 다림질에 대해 의견을 갖지 않기로 했다. 그녀에겐 내가 아직 모르는 어떤 세계가 있는 듯했으며 책에 대한 다림질 또한 그 세계에 속한 행위들 가운데 하나로 여겨졌던 것이다. 따지고 보면, 누가 봐도 장사가 안 될 걸 쉽게 알 법한 고서점을 인수했다는 것부터가 그 알 수 없는 그녀의 세계에 속할 것이었다. 그녀가 전세금 외에 다달이 우리 집에 내는 소액의 월세도 무척 버거워 한다는 사실을 나는 잘 알고 있었다. 날짜를 지키지 못해 우리 어머니를 만나러 안채로 들어오는 경우가 한두 번이 아니었기 때문이다. 뿐만 아니라 내 눈에 비친 가게의 영업 상태로 미루어선 그녀가 과연 끼니나 제대로 챙겨 먹고 있는지 심히 의심스러울 지경이었다. 제대로 된 식사를 하는 그녀의 모습을 본 건 손가락으로 꼽을 만큼의 횟수에 지나지 않았다. 밥 때가 돼 내가 가게를 나오면서, 누난 식사 안 해요? 하고 물으면, 난 배가 안 고파요, 라고 한다든지 아까 빵 한 조각 먹었더니 밥 생각이 없어요 하고 얼버무리기 일쑤였다. 모르긴 해도 그녀가 몹시 궁하기에 그럴 거라는 의심을 떨쳐버리기 어려웠다. 그런 눈으로 봐서 그런지 그녀는 날이 갈수록 더욱 마르고 파리해지는 것 같았다. 그럼에도 그녀는 언젠가 내게 말하기를, 그것도 아주 자연스레 말하기를, 장사하기 어려울 줄 알면서도 우리 집 가게에 세를 들었다는 것이었다. 그렇다면 당면한 고초를 어느 정도 예상했을 터이므로 그녀는 결코 무지몽매한 숙맥은 아닌 것이었다. 숙맥은커녕, 대화를 나눠가면서 차츰 알게 된 바이지만, 그녀는 세상 물정을 보통 이상으로, 적어도 나보다는 훤히 꿰고 있는 것 같았다. 신문 구독만 해도 그랬다. 그녀는 세 가지 일간지를 서비스 기간에 관계없이 공짜로 보고 있었는데 내가 어떻게 그럴 수가 있냐고 물어보았더니, 말만 잘하면 돼요, 하고 가볍게 넘기는 것이었다.

내가 2학년을 마치고 군에 입대하기 전까지 그녀는 가게를 포기하지도 않았고 굶어 죽지도 않았다. 보잘것없을 게 뻔한 수입을 갖고도 그때까지 두 해도 넘게 버텼다는 사실이 내가 보기엔 신기하기조차 했다. 그녀에겐 찾아오는 친척이나 친구도 전혀 없는 것 같았으므로 바깥의 원조를 받고 있으리라고 상상하기도 어려웠다. 보통 여자는 아냐, 하고 어머니가 말하곤 했는데 그건 그녀가 시쳇말로 '깡' 혹은 '악'이라고 불리는 남다른 강인함의 소유자라는 의미로 나는 해석했다. 항상 조용한 데다 연약하기 이를 데 없는 그녀에게 과연 그런 게 있을까 하는 생각에 나는 어머니의 말을 그다지 염두에 두지 않았다. 하지만 입대 날짜를 한 달쯤 앞둔 어느 날, 어머니가 말했던 바 그녀의 그러한 한 단면——그때까지 그녀가 꼭꼭 숨기고 있던 거칠고 날카로운 발톱이 내 앞에서 유감없이 드러내버린 일이 일어났다.

폭언과 욕설이 난무하던 그날의 소동을 얘기하자면 그보다

며칠 앞서 발생했던 좀 웃기는 사건부터 짚고 넘어가야만 한다. 10시도 넘은 밤이었는데 방문 밖에서 준영이학생, 하고 부르는 소리가 들렸다. 나한테만 들리게끔 한껏 낮춘 그녀의 목소리였다. 내가 방문을 열어보았더니 왠지 떨떠름한 기색인 그녀가 쌀쌀하고 어두운 마당에 팔짱을 끼고 서서 잠깐만 나와봐요, 하고 속삭이는 것이었다. 전에 없던 일이었지만 무언가 심상치 않은 낌새에 나도 발소리를 죽여 그녀의 은밀한 부름에 응했다. 그런데 그녀는 나를 데리고 다른 곳도 아닌 그녀의 가게로 들어가는 것이었다.

"저분, 어떡하면 좋아?" 하고 그녀가 손가락으로 안쪽의 방을 가리켰다.

"어?" 하고 나는 눈을 크게 떴다. "……저 사람 누구예요?"

쥐색 양복바지를 입은 웬 남자의 하체가 문지방 바깥으로 비어져 나와 있었던 것이다. 다가가서 보았더니 숱이 적은 머리에 흘러내린 안경을 떨어뜨릴 듯 코끝에 걸친 노인이 술에 취해 방바닥에 널브러져 있었다. 가게에서 몇 번 본 적이 있는 얼굴이었다. 작은 키였지만 비대한 몸집에 늘 넥타이를 맨 정장 차림인 그는 손자에게 줄 거라면서 동화책 같은 걸 몇 권씩 사가곤 했다. 노인답지 않게 걸걸한 목소리로 그녀에게 데이트를 한 번 하자는 둥 짓궂은 농담도 자주 걸곤 했는데 쪽 빼입은 차림새하며 고급 시계나 보석 반지 등의 장신구를 하고 다니는 걸로 봐선 돈을 아끼기 위해 헌책을 사러 온다기보다 젊은 여자와 몇 마디 얘기라도 나누는 잔재미를 보려고 자주 고서점으로 한가한 발걸음을 하는 것처럼 보였다. 이를테면 그는 그녀의 몇 안 되는 단골들 중 한 사람인 셈이었다.

"아무리 두드려 깨워도 꼼짝도 안 해요."

그녀의 말은 맞았다. 그녀의 시도가 약했던 게 아닌가 하고 내가 다소 우악스레 양복 윗도리 속에 들어 있는 노인의 양쪽 어깨를 흔들었지만 축 처진 몸이 요지부동이었다.

"대관절 이분이 왜 여기 누워 있어요?"

"술에 취해서 그렇죠 뭐. 셔터를 내리려는 참에 가게에 들어와서 커피라도 한 잔 주지 않으면 절대로 가지 않겠다고 떼를 써대는 통에 할 수 없이 물을 끓이고 있었는데 그새 저 지경이지 뭐예요. 이분 집이 어딘지 알기라도 했으면 좋으련만……."

낭패라는 투였다.

"주머니를 뒤져보면 혹시 집 전화번호 같은 거라도 나오지 않을까요?" 하고 내가 말했다.

"그렇지만 남의 주머니를 어떻게 함부로 뒤져요?"

"그럼 어떡해요? 파출소에 연락할까요?"

"그것도 별로……" 그녀는 또 난색을 표했다. "이만한 일로 그랬다간 나중에 이분한테서 좋은 소릴 못 들을 것 같아요. 가족들한테 어른으로서의 체면도 깎일 노릇이고……."

하긴 그랬다. 경찰관이라도 부르면 필요 이상으로 일이 커질 것 같았다. 그녀와 나는 서로 얼굴만 쳐다볼 뿐, 이러지도 저러지도 못하는 곤경에 처해 시간만 허비했다. 이따금 내가 그의 귀에다 입을 대고 아저씨, 아저씨, 하고 소리를 지르면서 누가 봤더라면 무례하다고 할 정도로 심하게 몸을 흔들어댔지만 매번 쓸데없는 짓으로만 그쳤다. 그럭저럭 자정을 넘기자 그녀가 나를 향해,

"준영이학생은 이제 그만 가서 자요. 공연한 일로 불러서 미안해요."

하고 말했다.

"누나 혼자서 어떡하려구요?"

"괜찮아요. 사실 대단치도 않은 일이에요. 저러다 깨면 가겠죠, 뭐."

하기야 생각하기에 따라선 그리 수선을 떨 일이 아닐 수도 있었다. 밤늦게 여자 혼자 있는 가게에 남자가 들어와 뻗어 있는 건데 술 취한 노인의 실수가 원인인 바에야 그녀에게 무슨 큰 흉이 될까 싶었다. 그녀는 그가 깨어나 갈 때까지 가게 문을 닫지 않으면 될 뿐이라며 잠을 좀 손해 보는 것밖에 달리 입을 피해가 없다고 말하면서 내 등을 떠밀어냈다.

아침에 눈을 뜨자마자 가게에 가봤더니 간밤의 취객의 모습은 보이지 않았다. 부스스한 얼굴을 한 그녀가, 새벽에 책상에 엎드려 잠깐 잠든 사이에 그 골칫덩이가 온데간데없이 사라졌다고 내게 웃으며 말했다. 나도 기가 막혀 같이 웃었지만 불과 며칠 후에 벌어질 일을 조금이라도 예견했더라면 그녀도 나도 그

렇게 웃어넘기진 못했을 것이다.

이미 입영 영장을 받은 탓에 새 학기 등록을 하지 않은 채 그즈음 집에서 빈둥거리던 나는 느지막한 오후의 정적을 깨뜨리며 날아든 느닷없는 고함에 깜짝 놀랐다. 고함은 단발에 그치지 않았다. 남녀의 고성이 한데 뒤엉킨 걸로 봐선 큰 싸움이 벌어진 게 틀림없었다. 바로 우리 집 대문 밖인 것 같았다. 나는 무슨 거리싸움이라도 났나 하고 문밖으로 급히 나가보았다. 그런데 뜻밖에도 그녀의 가게 안에서 격한 고함들이 연이어 터져 나오는 것이었다.

"아, 물어보지도 못해?" 하고 소리치는 남자에게,

"물어볼 걸 물어봐야죠! 사람 어떻게 보고 그래요?" 하고 맞받아치는 목소리는 분명 그녀의 것이었다.

나는 잔뜩 긴장한 채 가게 안으로 들어갔다. 그녀는 책상을 사이에 두고 낯선 중년의 남녀 한 쌍과 마주 선 채 수적으로 열세인 대결을 벌이고 있었다. 세 사람 공히 얼굴이 붉으락푸르락한 걸로 미루어 싸움이 이미 상당히 진행된 듯했다. 두 사람의 방문객들도 그랬지만 그녀 또한 몰입의 경지에 이르렀는지 나의 존재를 전혀 의식하지 못하는 것 같았다. 그 당장의 말다툼은 그녀와 남자 사이에서 벌어지고 있었다.

"아님 그만이지 왜 이 여자가 바락바락 소리를 질러?"

"아님 그만이라니? 처음 보는 사람한테, 당신 화냥년이지 하고 물어놓고 아니라면 그만인가요?"

"허, 이 여자 좀 보게! 언제 내가 당신보고 화냥년이라 그랬어?"

"그 말이 그 말이지 뭐가 달라요? 왜 애먼 사람한테 와서 짭새가 죄인 심문하듯 꼬치꼬치 따져 묻느냔 말예요? 당신 아버진지 누군진 몰라도 아 그래 내가 세상천지에 남자가 없어 그 늙은이하고 붙어먹었을 줄 알아요? 사람 우습게 보지 말란 말예요!"

"뭐, 짭새? ……붙어먹어? 야아, 이 여자 보기하곤 딴판이네. 어디서 그런 말들을 입에 담아?"

나는 그들이 무슨 얘기들을 하고 있는지 알 만했다. 그러고 보니 남자의 얼굴 생김이며 체구가 노인과 판박이였다. 그녀가 워낙 거세게 나오니까 질려버렸는지 남자는 말을 잇지 못한 채 씨근거리면서 그녀를 노려보기만 했다.

"……반말하지 말라고 내가 일차 경고했어요. 자꾸 반말하지 말아요. 내 입에서 험한 욕 나오기 전에……."

남자의 사나운 눈길에 조금도 꿀리지 않고 마주 쏘아보면서 그녀가 씹어뱉듯 말했다. 날카로운 발톱을 세운 살쾡이의 그것 같은 독기가 완연히 느껴졌다.

"보자보자 하니까 이 젊은것이……," 눈에 쌍심지를 켜고 그때까지 지켜보고만 있던 여자가 비단옷 자락을 서걱거리며 한 발을 앞으로 내디뎠다. "낫살이나 먹은 사람들이 말을 하면 좀 고분고분 들어야 할 거 아냐. 생전 외박이라곤 모르던 우리 어르신네가 여기서 자고 왔다니까 왜 그랬는지 와서 물어보는데 뭐가 잘못됐다고 지랄이야 지랄이!"

"뭐라구?"

그녀의 낯빛이 순식간에 백짓장처럼 변했다. 눈에선 파란 불꽃이 튀었다. 그러면서도 그녀는 그 일촉즉발의 순간을 즐기려는 듯 싸늘한 웃음을 떠올리는 여유까지 보였다.

"너, 방금 지랄이라 그랬지……?" 하고 나지막한 목소리로 운을 뗀 그녀는 한 음절씩 끊어 또박또박 읊조렸다. "지, 랄, 하, 지, 마, 이, 개, 같, 은, 년, 놈, 들, 아."

"이 쌍년이 얻다 대고!"

분기탱천한 여자가 득달같이 책상 위로 몸을 기울이며 갈퀴처럼 세운 열 손가락을 사용해 그녀를 공격하려고 덤벼들었다. 하지만 그녀는 잽싸게 한 발 뒤로 물러남으로써 간단히 위기를 모면했다. 그리곤 쨍쨍 울리는 쇳소리를 냈다.

"꺼져! 여긴 내 가게야. 둘 다 빨리 꺼져버리란 말야!"

책상을 돌아 다시금 그녀에게로 돌진하려는 여자를 남자가 양쪽 팔로 허리를 껴안아 막았다.

"오빠! 저년 그냥 놔둬선 안 돼. 큰일나겠어. 뒤가 구리니까 저년이 되레 큰소리치는 거야" 하고 소리치면서 여자가 울상을 지었다.

"넌 좀 가만있어!"

이 싸움의 주역은 어디까지나 자신이라는 듯이 동생을 꾸짖은 남자가 다시 그녀에게로 고개를 돌리며 이전보다는 한결 점잖게, 그러나 위협을 저변에 깐 목소리로 말했다.

"너, 말조심해. 그리고 함부로 까불지 마."

"당신들이나 말조심하고 까불지들 말어, 낫살이나 처먹었으면."

"좋게 말하려는데, 이걸 그냥!"

남자가 그녀에게 성큼 다가서더니 한 팔로 주먹을 치켜들곤 부르르 떨었다. 그러자 오히려 그녀는 맞기 좋은 위치에다 얼굴을 들이밀었다.

"그래, 이 좆 달린 놈아, 치고 싶으면 어디 한번 마음대로 쳐봐. 나도 돈 좀 벌어보자. 너희들 돈푼깨나 있다고 함부로 사람 업신여기는 거겠지."

싸움은 그녀의 완승으로 끝났다. 젊은 여자 하나를 굴복시키지 못한 두 중년의 침입자가 결국 벌레 씹은 표정을 한 채 황황히 대결장을 떠났던 것이다.

"미안해요, 준영이학생. 내가 못 볼 꼴을 보여서……."

길게 담배 연기를 내뿜으며 내게 그렇게 말하는 그녀는 몹시 지치고 허탈한 기색이었다. 담배 피우는 그녀의 모습을 본 건 그때가 처음이자 마지막이었다. 그럴 줄 몰랐는데 그녀는 그 강팍한 성깔과 마찬가지로 끽연 도구도 어딘가에 감춰두고 있었던 모양이었다.

이튿날 가게에 들러서 본 그녀는 이전과 조금도 다름없이 부드럽고 연약한 여자로 돌아와 있었다. 어느 쪽이 그녀의 본색인지 알 수는 없었지만 그녀에 대한 내 감정에 어떠한 변화도 느끼진 못했다. 돌이켜 생각건대 당시의 나는 분명 그녀의 편이었다.

내가 장정들의 집결지로 떠나기 전전날 밤, 그녀는 억지로 끌다시피 나를 호프집으로 데려가서 그야말로 조촐하기 이를 데 없는 둘만의 환송연을 베풀어주었다. 준영이학생이 가고 나면 나는 참 심심해질 것 같아……, 하고 혼자서도 지겹지 않다던 그녀가 그때만은 자못 쓸쓸한 목소리로 말했다. 그 말을 듣자 어쩌면 그녀가 실제로는 무척 외로울지도 모른다는 생각이 처음으로 들었다.

그땐 몰랐지만 결과적으로 그녀와 나는 이별주를 나눠 마셨던 셈이다. 전방 근무를 하다 한 해가 지나 내가 일등병 계급장을 달고 첫 휴가를 나왔을 땐 그녀의 고서점이 이미 서너 달 전에 사라져버렸던 것이다. 그 자리엔 초등학생을 대상으로 한 일일공부 학습지 취급점이 들어와 있었다. 속이 들여다보이던 고서점 시절의 유리문은 안쪽에 부착된 흰 종이로 가려져 있었다.

"어디서 왔는지 인상이 고약한 사내 둘이 나타나서 그날로 그 여자를 어디론가 끌고 가버렸지 뭐야. 그 여자가 그 사내들 앞에선 고양이 앞의 쥐처럼 얼굴이 새파래져서 아무 말도 못하더라. 전셋돈도 그 사내들이 그 여자가 써준 위임장을 들고 와서 받아 갔고 가게에 남아 있던 책들도 그 사내들이 다 팔아치웠다. 무슨 속사정인지 원……."

어머니는 혀를 찼다. 내가 방바닥만 물끄러미 내려다보면서 앉아 있자니 어머니는 다음과 같은 말을 덧붙였다.

"그 여자가 떠난 지 한 달쯤 지났을 때 홍철이네가 지나가는 길에 들렀어. 가게가 없어져서 궁금했던 모양이야. 나도 궁금한 게 있어 홍철이네한테 물어봤지. 당신네가 나갈 때 복덕방에 가게를 내놨다는 소리도 우리한테 안 했는데 그 여자가 어떻게 가게를 맡아 들어오게 됐던 거냐고…… 그랬더니 하루는 홍철이네가 가게 문을 열다 보니까 길 건너 담벼락 아래에서 웬 여자가 쪼그리고 앉아 웩웩 게우고 있더래. 어떤 여자길래 아침부터 큰길에서 남세스러운 짓을 할까 했더니 조금 있다가 그 여자가 가게 문을 열고 들여다보면서 아줌마, 여기가 무슨 동네예요? 하고 묻는데 머리 꼴 하며 옷이 엉망이더란 거야. 입에선 썩은 술 냄새가 풀풀 풍기고. 같은 여자 입장에서 보다 못한 홍철이네가 이리 좀 들어오라고 했대. 홍철이네가 그런 인정은 있으니까. 그렇게 불러들인 여자를 홍철이네가 머리도 빗겨주고 옷에 묻은 오물도 닦아줬던 모양이야. 그때 그 여자하고 이런저런 얘길 나누다가 결국 가게까지 넘겨주기로 얘기가 됐던 거래. 그런데 한 가지 이해 못할 점은 솔직히 장사가 안 된다고 얘기해주면서 홍철이네가 극구 말렸는데도 그 여자가 끝끝내 가게를 넘겨받고 싶어 했다는 거야. 뭘 바라고 그랬을까……."

그 후, 이십 년이 흘렀다.

어느 가을날, 연구실에서 논문을 작성하던 내가 잠시 쉬고 있는데 전화벨이 울렸다.

"김준영 교수님 좀 부탁합니다" 하는 귀에 선 여자 목소리가 흘러나왔다.

"접니다" 하고 대답하자,

"아······" 날 찾는다고 해놓고도 왠지 상대방은 잠시 뜸을 들이다가, "혹시 아주 오래전에 청파동에 있던 교수님 댁에 세 들어 살았던 헌책 가게 여자를 기억하시나 해서요······."

"헌책 가게······?" 하다 말고 나는 깜짝 놀랐다. "그럼 지금 전화 거시는 분이 그때 그 누······나?"

"기억하시는군요······ 저도 텔레비전에서 교수님 이름을 듣고 모습을 뵈니 금방 알겠더라구요. 옛날하고 얼굴이 하나도 안 변하셔서······."

그녀는 아마도 지난주 실업 문제를 주제로 한 토론 프로에 얼굴을 비쳤던 나를 눈썰미 있게도 알아봤던 모양이었다. 아무튼 나는 그냥 지나치지 않고 연락을 취해준 그녀가 진심으로 고마웠다. 오랜 세월이 지났건만 내가 그녀를 아주 잊었던 건 아니었다. 그렇게 헤어져버린 게 왠지 지워지지 않는 상흔처럼 남아 간혹 그녀의 행방이 몹시 궁금하게 여겨지곤 했던 것이다. 특히 허름한 고서점 앞을 지나갈 때라든지 가까운 데에서 남녀가 싸우는 소리가 들려올 때.

전화 통화가 이루어진 후, 며칠 지나 다가온 일요일에 나는 승용차를 몰고 파주에 있다는 그녀의 거처를 찾아갔다. 시골에서도 외진 데 있는 너무나 허술한 집이라서 창피하다며 한사코 그녀가 나의 방문을 회피하려고 했지만 완강한 내 고집을 꺾진 못했다. 나는 그녀를 다시 만나봐야만 했고 그녀가 사는 모습을 반드시 확인해야만 했다. 그래야만 내 오랜 상흔이 지워질 것만 같았던 것이다.

 그녀의 말대로 그녀의 집은 비포장도로에서도 뚝 떨어진 산기슭에 위치해 있었다. 지붕의 기와가 절반은 유실된 탓에 잡초들을 지붕처럼 이고 있는 집이었다. 그녀는 울타리도 대문도 없는 그 집 앞에 홀로 서서 기다리다 반갑게 나를 맞았다. 나는 나이만큼 주름이 생긴 그녀의 안내를 받으며 잡초 밭이라 해야 옳을 앞마당을 거쳐 집 안으로 들어갔다. 집채 앞에는 그래도 말끔히 잡초가 제거된 공지가 있었는데 그 한쪽에 치우쳐 요즘은 보기 드문 지하수를 퍼 올리는 데 사용하는 펌프와 빨래를 위한 것으로 보이는 야트막한 시멘트 수조(水槽)가 설치돼 있었다. 공지 근처에서 주홍색의 열매들을 가지마다 다닥다닥 매달고 서 있는 두 그루의 키 큰 감나무들에서 떨어져 내린 빨갛거나 노란 잎사귀들이 마른땅과 시멘트 구조물 위에 뒹굴고 있었다. 일견 화려한 빛깔을 담았으면서도 고적감이 짙은 풍경이었다.

 "귀신 나올 집 같죠?"

 햇볕이 쬐는 툇마루에 나란히 앉았을 때 그녀가 말했다. 그 말에 나는 일어나서 잠시 집의 구조를 살펴보았다. 지을 당시엔 꽤 훌륭했을 집이었는데 지금은 퇴락이 지나쳐 금방이라도 폭삭 주저앉을 것만 같았다. 집은 뒤쪽으로 디귿 자를 이루고 있었으며 우리는 그 글자의 세로획 위에 앉아 있는 셈이었다. 툇마루 옆으로 난 문을 통해 안마당이 들여다보였다. 응달이 진 거기에도 키대로 자란 잡초가 무성했다. 그녀의 말마따나 도무지 사람이 사는 집 같지 않았다.

"굉장하군요." 나는 다시 툇마루에 엉덩이를 걸치며 말했다.

"그래도 제가 이 집에서 태어났답니다. 저기 저 방에서요."

그녀가 손가락으로 안마당 가의 어느 한 방을 가리켰다. 그 방의 장지문도 그 옆의 다른 방들과 마찬가지로 종이가 죄다 너덜너덜 찢어져 있었다.

"열일곱 되던 해에 전 이 집을 몰래 떠났었죠." 그녀가 나지막한 목소리로 말했다. "삼 년 전에 돌아와 보니 부모님이 모두 이미 세상을 떠나셨더군요……."

그렇다면 고서점을 떠난 후에도 그녀는 십 년, 아니 그 두 배 가까운 세월을 객지를 떠돌았다는 얘기였다. 왜……? 무엇이 그녀를……? 하지만 나는 그녀에게 굳이 자초지종을 캐묻고 싶지 않았다. 그녀는 원래의 위치로 되돌아와 있었고 그것으로 설명이 다 된 것만 같은 느낌이었다. 나는 이미 그녀를 알고 있었다. 나는 그 시절의 대학 초년생이 아닌 것이었다.

"이 집에서 누구랑 살아요?" 하고 그녀에게 내가 물었다.

"혼자 살지 누가 또 있겠어요? 전 원래 무남독녀 외동딸이었어요."

역시, 하는 생각에 나는 고개를 끄덕였다. 그녀는 바깥방 하나만을 쓴다고 했다. 그 방만은 방문을 새로 바른 듯 종이가 깨끗하고 온전했다.

"참, 근데 웬 과일을 이렇게 많이 사오셨어요? 좀만 기다리세요."

그녀는 안마당으로 통하는 문 안으로 들어가더니 금방 과도와 소반을 들고 나왔다.

"일손이 없어 저 잡초들을 그냥 놔둔 겁니까? 제가 좀 쳐드릴까요?"

내 가슴팍에 닿을 만큼 웃자란 앞마당의 잡초들을 쳐다보며 내가 말했다. 집 꼴도 그랬지만 제멋대로 자라난 잡초들이 더욱 사람 사는 분위기를 해치는 것 같았던 것이다.

"아뇨, 전 이대로가 더 좋아요."

"왜요?"

"이 집엔 아무도 오지 않아요. 그래서 저는 호호……" 그녀는 혼자 잠시 웃다가 말했다. "저기다 매일 자리를 펴놓고 일광욕을 한답니다. 옷을 다 벗구요. ……길을 지나가는 사람이 있어도 잡초 때문에 몰라요. 가끔 저는 발소리를 듣기도 하지만 들킬 염려는 하지 않아요. 그러니까 절대로 잡초를 베면 안 돼요."

쉰 살에 가까운 여자가 지척에 길을 둔 채 잡초 뒤에 숨어 벌거벗고 누워 있는 광경을 떠올리자니 기가 막혀 나는 웃음도 나오지 않았다. 게다가 햇살 따가운 시골에 사는 사람이 일광욕을 한다는 얘기도 들어본 적이 없었다.

"그래도 잡초를 저 지경으로 놔두면 밤에 혼자 무섭지 않아요?"

"무섭긴…… 구렁이하고도 함께 사는데 잡초 따위가 무섭겠어요?"

"구렁이가 이 집에 살아요?" 나는 눈을 휘둥그레 떴다.

"이보다 더 큰 놈이에요." 그녀는 양팔을 활짝 펼쳐 보였다.

"봤어요?"

"그럼요. 방에 들어가다가 하마터면 그 뱀을 밟을 뻔했던 적도 있는걸요. 이 마당을 지나가는 건 여러 번 보았고 저쪽 안마당에서 눈에 띄기도 하지요. 방에 앉아 있으면 천장 위를 지나갈 때도 있어요. 그럴 땐 천장의 종이에서 스럭스럭 스치는 소리가 나면서 꿈틀꿈틀하는 형태가 보인답니다."

"그런데도 무섭지 않단 말입니까?"

"그런 건 안 무서워요." 그녀가 사뭇 진지해진 얼굴로 대꾸했다. "정말로 무서운 건…… 사람이에요."

한 시간쯤 그녀와 머물다가 나는 자리를 털고 일어났다. 그녀와 나는 다시 잡초들을 헤치면서 길로 나왔다. 차에 오르기 전에 내가 옛 생각이 나서 그녀에게 물었다.

"요즘도 다림질해요?"

"무슨 다림질?" 그녀는 잊어먹은 듯한 표정을 지었다.

"책에다 하는 다림질 말입니다. 생각 안 나요?"

"아아, 난 또……" 웃을 듯 말 듯하다가 웃지 않은 채 그녀가 말했다. "요즘은 그 대신…… 내 몸을 다림질하고 있어요."

"몸을 어떻게 다림질해요?" 이번엔 내가 헷갈렸다.

"아까 말했잖아요? 햇볕에다 몸을 쬔다고……."

운전석에 앉아 차에 시동을 걸고 나서 나는 차창 밖으로 그녀를 내다보며 말했다. 잘 있어요, 누나, 라고. 왠지 어색해서 입 안에서만 맴돌던 누나란 말이었다. 내 인사말을 들은 그녀는 부신 듯한 눈으로 잠시 나를 바라보고 있더니 갑자기 허리를 굽혀 절을 하는 것이었다.

모퉁이를 돌 때 잠깐 차를 멈추고 뒤돌아보았던 아직 그 자리에 서서 이쪽을 바라보고 있던 그녀의 외로운 모습이 귓갓길 내내 뇌리에서 지워지지 않았다.

꽃씨 날리는 날

 일요일 새벽빛이 차츰 밝아왔다. 내가 눈을 떴을 땐 구정물 빛깔이다가 퍼런 멍 같은 빛깔로 변하더니 그게 차츰 엷어지면서 우유처럼 뿌연 빛깔이 번져갔다. 골목으로 난 창문 밖에선 아무 소리도 들려오지 않았다. 빗소리 같은 것도 들리지 않았다. 나는 꼼짝 않고 이불 속에 그대로 누운 채 이 특별한 날이 멀리서부터 발소리를 죽여 나에게로 다가오는 뿌듯함을 혼자 즐기고 있었다. 곁에 누운 동생의 숨소리는 아직 고르게 이어지고 있었다.
 나는 일요일 아침에 이처럼 일찍 눈을 떠본 적이 없었다. 학교에 가는 날도 어머니의 지청구를 듣지 않는 날이 거의 없으리만치 등짝을 방바닥에서 떼놓기 싫어하는 농땡이가 바로 나였다. 그러나 오늘만큼은 밝아오는 날을 맞이하는 게 이다지 기쁠

수가 없었다.

이윽고 주인집에서 가게 문을 여는 소리가 들렸다. 언젠가 기태 아버지가, 동네 어귀에 24시간 문을 여는 편의점이 생긴 이후로 가게 문을 늦게 닫고 일찍 열어야 하게 생겼다며 투덜거리던 게 생각났다. 기태 아버지는 매우 경쟁적인 사람인 게 틀림없었다. 그래서 기태 녀석에게 그 값비싼 컴퓨터를 사주었을 것이다.

"요즘은 모든 게 경쟁이오. 사업도 그렇고 공부도 그렇지. 앞으론 컴퓨터 모르면 경쟁에도 뒤지고 사람 구실 못해요. 오학년이면 우리 기태도 벌써 늦은 편이에요. 빠르면 빠를수록 좋다는데…… 빌 게이츤가 하는 사람이 그랬대요. 그 사람은 컴퓨터 잘해서 세계 최고 부자가 됐다잖아요. 그러니까 거 눈 딱 감고 동우도 컴퓨터 하나 사주시구려. 월부로 사면 한 달에 십만 원씩만 넣으면 돼요."

기태 방에 컴퓨터를 들여놓던 날, 가격을 물어보고 나서 입을 딱 벌리는 어머니에게 기태 아버지가 말했다. 그러나 어머니는 입만 딱 벌릴 줄 알았지 기태 아버지의 말마따나 눈을 딱 감을 줄은 몰랐다. 하기야 월 10만 원의 절반만 줘도 되는 출장 과외 공부조차 두 달도 지탱하지 못한 형편이고 보면 어머니에겐 감을 눈이 없었을 것이다.

기태 녀석은 자기 컴퓨터에 손도 못 대게 했다. 전에는 나를 제 방으로 데리고 가서 숙제도 같이 하고 퍼즐 맞추기도 같이 하곤 했는데 컴퓨터가 책상 위에 자리 잡고부터는 제 방에 얼씬 거리지도 못하게 했다. 그래서 친했던 사이조차 서먹서먹해졌다. 마치 컴퓨터가 우리 사이를 갈라놓고 기태의 친구였던 내 위치를 대신 차지해버린 느낌이었다. 나는 기태의 방에서 뽕뽕뽕…… 뽕뽕뽕, 컴퓨터 게임하는 소리가 날 때마다 버림받은 기분이 들어 몹시 분하고 서러웠다. 만일 기태가 자기가 열 번 할 때, 나한테 한 번만이라도 게임할 기회를 준다면 매일 가방을 들어달라 해도 나는 마다하지 않을 각오가 되어 있었다. 기태는 그러나 주인의 눈치를 살피는 강아지나 다름없는 내 간절한 눈길을 애써 외면했다.

그런데 그런 내 아픔도 오늘로 끝장인 셈이었다. 나는, 이제 어둠이 완연히 가신 유리창 위에 아직은 알 수 없는 내 컴퓨터의 모습을 그려보며 혼자 가만히 웃었다. 컴퓨터만 생긴다면 나는 누구보다도 더 열심히 익혀 다른 아이들이 부러워할 만한 '컴퓨터 도사'가 될 결심이었다. 대회에 나가 상도 받을 거였다. 그런 생각들이 맴돌자 가슴속에 기쁨이 용솟음쳐 더 이상 누워 있을 수가 없었다. 나는 이불을 걷어 젖히고 기운차게 일어났다.

마당 가운데의 수돗가에서 세수를 하는데 기태 아버지가 물뿌리개를 들고 나타났다.

"어, 동우 너 웬일이냐? 오늘이 일요일인 걸 깜빡한 거 아니냐?"

"알아요."

"그럼 왜 이렇게 일찍 일어났어? 어디 가?"

"예."

"꽃놀이라도 가냐? 네 얼굴에 그렇게 씌었다."

나는 세숫대야의 물을 얼굴에 끼얹으며 간단히 아니라고만 대꾸했지만 내심으론 기태 아버지가 좀더 캐물어주길 은근히 바랐다. 하지만 기태 아버지는 내 기대엔 아랑곳하지 않고 수도꼭지를 틀어 물뿌리개에 물만 담았다. 그때, "꽃놀이보다 더 좋은 데 갑니다" 하는 소리가 들렸다. 담배를 꼬나문 아버지의 얼굴이 열린 방문 너머로 보였다. 아버지는 아직 너저분한 이불을 몸에 둘둘 감은 채로 문지방 위에 팔꿈치를 괴었다.

"문 좀 닫아요! 남세스럽게……."

어두컴컴한 방 안에서 어머니의 책하는 소리가 튀어나왔지만 아버지는 빙싯 웃어넘겼다.

"어딜 가는겨?" 기태 아버지가 궁금해 죽겠다는 얼굴로 물었다.

"컴퓨터 가지러 갑니다. 기태가 마, 우리 동우 기를 너무 죽인다 캐서."

"어! 동우네가 컴퓨터 샀어?"

"그렇다니까요." 아버지가 천연덕스럽게 대답했다. 그러자 기태 아버지가 고개를 갸우뚱했다.

"컴퓨터 사면 다 배달해주는데 왜 직접 가지러 가?"

"하나는 알고 둘은 모르시네. 직접 갖고 오면 배달비 빼줍니다. 그게 얼만데."

그래도 기태 아버지는 미심쩍은 얼굴로, "덩치가 커서 들고 오기 힘들 텐데" 하고 말했다.

"들고 오기 힘들면 업고 오면 되죠. 몸으로 먹고 사는 놈이 그까짓 컴퓨터 하나쯤이 대수겠어요."

"하긴 그래." 아버지의 거짓말에 완전히 속아 넘어간 기태 아버지가 수긍이 간다는 듯이 말하곤 "그런데 오늘, 일은 안 나가는 모양이지?" 하고 덧붙였다. 아버지의 노동 일이라는 게 일요일이고 뭐고 가리지 않는다는 사실을 기태 아버지도 익히 알고 있었다.

"오전 중에 컴퓨터 갖다 놓고 오후에라도 나가봐야죠 뭐."

아버지는 다소 풀이 죽어 대꾸했다. 아버지는 요즘 연립주택 공사장에 나가고 있었다. 그래서 내가 컴퓨터를 갖고 와야 된다고 했을 때, 처음엔 시간 내기가 곤란한 듯한 눈치를 보였다. 아버지는 일이 끝난 밤에 가자고 했다. 불경기라 일자리 구하기가 쉽지 않아 까딱 잘못하면 다른 사람에게 자리를 뺏길지도 모른다는 거였다. 술을 많이 먹어 하루 빠졌던 노동자가 이튿날로 해고된 경우가 부지기수란 얘기도 했다. 하지만 나는 막무가내로 고집을 부렸다. 준다는 사람이 일요일 낮에 오라고 했고 나도 그렇게 하겠다고 약속했기 때문이었다. 나는 가까스로 얻은 행운을 절대로 놓칠 수가 없었던 것이다.

"좌우지간 시간 좀 내보도록 하세요. 동우 말대로 딴 사람이 먼저 채 가버리면 어떡해요."

 기태에게 컴퓨터가 생긴 이후로 늘 애달파 하던 어머니도 거드는 바람에 아버지는 떨떠름한 기색으로 내 주장에 동의했다. 노가다 잘린다고 뭐 달라지나, 만날 그게 그거지 뭐. 아버지가 푸념하듯 말했다. 하기야 근래에 와선 일 나가는 날보다 쉬는 날이 더 많은 아버지였다. 어찌나 불경기인지 몇 해 전에 비해 일당이 훨씬 줄었는데도 막노동하겠다는 사람들이 줄을 선다는 거였다. 나는 월급제로 파출부 일을 하는 어머니의 수입이 들쑥날쑥 일을 하는 아버지의 그것에 비해 살림살이에 훨씬 큰 몫을 하리라는 걸 어렴풋이 짐작하고 있었다. 어쩌면 아버지는 그래서 더욱 일자리를 놓치게 될까봐 불안해 하는 것인지도 모를 일이었다.

 "그런 거짓말은 왜 해요? 보면 고물인 줄 다 알 텐데. 누가 새것 주겠어요?"

 일요일 치곤 평소보다 턱없이 이른 아침상에 둘러앉았을 때, 어머니가 말했다. 주로 집 짓는 공사장이 일터라곤 하지만 정작 입주한 가정의 내부는 구경한 적이 별로 없을 게 뻔한 아버지에 비해 그 방면의 경험이 누구보다도 풍부한 어머니인 만큼 컴퓨터에 대해 주워들은 풍월이 아버지에 비할 바 아니었다. 예컨대 어머니는 피시(PC) 통신이 무엇인지도 알고 있었다. 하지만 그동안 그런 것들은 있는 집 아이들의 호사 정도로만 여기는 눈치였는데 기태가 컴퓨터를 산 이후로 달라졌다. 무언가 짚이는 게 있었던지 이따금 내 입에서 컴퓨터 얘기가 나오면 한숨짓곤 했으며 언젠가는, 그것도 값이 천차만별이고 헐한 중고품도 있다더라며 내 눈치를 살피기도 했던 것이다.

"양심이 있는 사람이면 못 쓰는 물건을 광고까지 낼까? 다 쓸 만하니까 준다는 거겠지."

아버지가 퉁명스레 대꾸했다. 오늘따라 깨우지 않아도 스스로 일어난 동생도 껴들었다.

"우리 컴퓨터도 안 보여주면 되지 뭐. 기태 형도 그러는데."

"그래 우리 동혁이 말이 맞다. 고장만 안 났으면 고물이면 어때. 기태한테는 구경도 시켜주지 말고 너네들끼리만 갖고 놀아라."

아버지의 맞장구에 동생은 더욱 신이 나서 떠들었다.

"난 매일매일 오락할 거야. 형이 시켜준댔어. 그렇지 형?"

"밥이나 먹어, 인마."

내가 짐짓 퉁을 주자, 어머니도 가볍게 눈을 흘기며 말했.

"그래, 무슨 일이든 김칫국부터 마시는 게 아니다."

동생이 입을 닫자 아버지가 투덜거렸다.

"젠장, 너무 멀어. 전철 타고 또 버스 갈아타고 하다 보면 한 시간 반은 걸릴걸. 좀 가까운 동네였으면 좋았을 텐데 말이야."

"아따, 별소릴 다 하시네. 거저 얻어 오는 주제에 찬밥 더운밥 가리게 됐어요? 우리 동우 애쓴 걸 봐서라도 암말 말고 갔다 와요."

"그렇다는 얘기지 내가 뭐래."

머쓱해져서 아버지가 대꾸했지만 어머니의 말대로 내가 남 모르게 무진 애를 쓴 건 어김없는 사실이었다.

내게 컴퓨터를 공짜로 얻을 수 있는 방법을 가르쳐준 건 우리 반 친구인 인수라는 녀석이었다. 녀석도 나와 마찬가지로 산동네에 사는 가난뱅이였는데 어느 날, 왠일인지 자기 집으로 나를 억지로 끌고 갔다. 가자 해도 꺼리던 녀석이 말이다. 그러더니 골방에 놓인 컴퓨터를 떡하니 보여주며 으스대는 거였다. 이거 정말 되는 거야? 믿어지지 않아 내가 물었더니 녀석은 대답 대신 스위치를 눌렀다. 화면이 나타나면서 '부팅' 작동이 시작되었다. 학교의 컴퓨터실에서 형식적으로나마 몇 차례 교육을 받았던 나는 컴퓨터 화면이 처음에 어떻게 변화한다는 것 정도는 알고 있었다. 하지만 녀석의 화면은 학교나 기태의 것과는 달리 흑백이었다. 이거 색깔도 안 나오네? 나는 흠을 잡듯이 말했다. 새끼, 자긴 이런 것도 없으면서. 녀석이 아니꼽다는 투로 뇌까렸다. 봐라, 오락도 된다. 녀석이 능숙한 손동작으로 자판을 두드리자 게임 화면이 나타났다. 이어 뽕뽕뽕, 뽕뽕 경쾌한 소리가 내 마음속을 극도의 부러움과 질투로 채워갔다.

"이거 공짜로 얻은 거다. 히히……."

자기 혼자 한참 게임에 몰두하던 녀석이 손놀림을 멈추며 말했다. 나는 공짜라는 소리에 화끈 달아올랐다.

"어디서?"

"우리 누나가 벼룩신문인가 생활정보진가 하는 데에 광고 난 걸 보고 전화를 했대."

"거기 컴퓨터를 공짜로 준다는 광고가 났었대?"

"응. 누나가 그랬어."

"또 그런 광고가 날까?"

"몰라. 재수가 좋아야 되겠지."

나는 인수의 집을 빠져나오는 길로 한달음에 한길로 달려갔다. 길가에 위치한 약국 앞에 일렬로 세워둔 정보지 배포대들을 오며 가며 보아왔던 것이다. 아직 한 번도 관심을 기울이는 일 없이 무심코 지나쳤는 데다 무료라곤 해도 그냥 가지기엔 좀 미안하리만치 두툼하고 인쇄가 훌륭한 종이뭉치였기에 나는 좀 켕기는 마음으로 서너 가지의 정보지들을 뽑아 챙겼다. 그러곤 그것들을 가슴에 껴안은 채 무엇엔가에 쫓기듯 집으로 돌아왔다.

나는 벌건 눈으로 그 조그맣고 촘촘한 정보지의 글자들을 하나하나 샅샅이 훑어 내려갔다. 과연 정보지마다 '무료로 드립니다'라는 항목이 실려 있었다. 그런데 그건 값을 매겨서 팔겠다는 다른 항목들에 비하면 유난히 짧았고 정보지마다 두어 가지가 고작이었다. 그것도 책상이나 소파, 유모차 따위였다. 내가 찾는 컴퓨터는 딱 하나 나와 있었다. '컴퓨터 286 XT 무료로 드림 ☎ ×××-××××' 하지만 나는 그것을 발견하는 순간, 가슴이 벌렁벌렁 뛰었다. 알리바바가 도둑들의 보물 창고 앞에 섰을 때의 기분이 그랬을 것이다. 나는 '열려라, 참깨!'를 부르짖는 마음으로 전화기의 번호판을 정보지의 그것과 한 자 한 자 확인하며 꾹꾹 눌렀다. 그런데 보물 창고는 벌써 털린 뒤였다. 전화를 받은 남자는 내가 공짜 물건을 갖겠다는 염치를 차리느라 어물어물하자, 이미 다른 사람한테 주기로 약속이 됐다며 전화를 끊었던 것이다.

그 후, 거진 한 달 동안 나는 정보지들을 수집하고 전화를 거는 일에 하루도 빠짐없이 매달렸다. 그러나 내가 찾는 건 없거나, 있다 해도 한두 개뿐이었고 급하게 전화를 해보면 늘 버스 떠난 다음에 손 흔드는 꼴이었다. 노심초사하는 나에게 도움말을 해준 건 또 인수였다. 아니, 정확히 말하자면 인수 누나였다. 인수는 누나가 그러더라며, 우리가 살고 있는 가난뱅이 구(區)보다 부자 구에서 발행되는 정보지에 무료로 준다는 광고가 훨씬 많다고 일러주었다. 게다가 실은 자기 것도 우리 구의 정보지를 통해 얻은 게 아니라는 거였다. 나는 인수가 말해준 걸 그대로 따랐다. 그리하여 나는 가까스로 목적을 달성할 수 있었던 것이다.

"동우야! 너 컴퓨터 샀다며?"

아버지와 집을 나섰을 때, 기태가 가게 앞에 서 있다 말했다. 나는 멋쩍어 그냥 지나치는데 녀석은 몇 발짝 따라오며 계속 지껄였다.

"너도 나처럼 펜티엄 산 거야? 얼마짜린데?"

"백만 원짜리다, 인석아."

꽃씨 날리는 날　47

아버지가 귀찮다는 듯이 큰소리로 말했다. 그러자 녀석은 "백만 원짜리면 좋지도 않네 뭘. 내 건 백오십만 원짜린데" 하고 헤헤거리며 되돌아갔다.
"건데 아까 기태가 하던 소리가 뭔 소리냐? 펜티……."
골목길을 돌아나오며 아버지가 물었다.
"펜티엄요. 오팔육이라고도 한대요."
"그게 그렇게 비싸? 백오십만 원씩이나 하게?"
"그것도 싼 거예요."
"햐, 백오십만 원이 싸다?" 아버지는 혀를 찼다. 그리고 또 물었다. "네 건?"
"내 거요?"
"지금 갖고 올 거 말이다."
"삼팔육이라는데 기태 것보단 좀 못해요."
"무슨 말인지 난 도무지 모르겠다."
아버지는 더 이상 말을 하지 않고 전철역을 향해 뚜벅뚜벅 발걸음을 옮겼다. 일 나갈 때 걸치는 감색 잠바가 군데군데 흙자국이 난 데다 무척 더워 보였다. 바람이 제법 불긴 했지만 후텁지근한 날씨였다. 아버지처럼 겨울잠바를 입은 사람은 찾아보기 어려웠다. 양쪽에 하나씩 두 개의 커다란 보자기를 쑤셔 넣은 내 바지 주머니가 붕어빵처럼 빵빵하게 배가 불러 걷기에 좀 불편했다.

공기 중에도 길바닥 위에도 온통 꽃씨투성이였다. 하얀 솜털을 매단 꽃씨들이 눈발처럼 바람에 날리고 있었다. 멀리서 보기엔 고층 아파트들이 밀집한 동네였지만 모퉁이마다 키 높은 나무들을 싸안은 녹지가 꾸며져 있었고 단지(團地) 중심부를 흐르는 실개천 가의 축대 위로 난 길섶에도 푸른 잎새들을 매단 가로수들이 줄지어 서 있었다. 단지는 나무들이 빽빽이 들어찬 산기슭에 있었는데 꽃씨들은 주로 그 산에서 건너오는 듯싶었다. 산의 푸르름이 꽃씨들에 가려 흐릿할 지경이었다.

"젠장, 꼭 눈 오는 것 같네. 어디 버드나무나 은사시나무 같은 것들이 많이 있는 모양이다. 눈에 들어가지 않게 조심해라. 작년에 동혁이 눈병 나서 고생한 거 기억나지? 병원비도 수월찮게 깨먹었고."

한쪽 팔을 휘휘 내저으며 아버지가 말했다.

걸음을 옮겨놓을 때마다 꽃씨들이 작은 곤충들처럼 풀풀 날아갔다. 뒤덮인 꽃씨들을 빼놓으면 보도는 그지없이 정갈했고 단지 안은 잘 손질된 공원이나 다름없었다. 조심하긴커녕 나는 꽃씨 밟기를 재미있어 하며 걸었다. 어쩐지 즐거운 추억거리를 만드는 것 같았다.

"구십육동이랬지? 저기 보이네. 빨리 가자. 벌써 열 시가 넘어버렸다. 열두 시까지는 집에 들어가야 아버지 일 나갈 수 있다."

아버지는 보폭을 넓히는 동시에 속도를 빨리했다. 나는 거의 뛰다시피 아버지를 따라갔다. 드디어 옆구리에 96이라는 커다란 숫자가 씌어 있는 높다란 아파트 건물이 눈앞에 다가왔다. 숨이 턱에 찬 와중에도 긴장감이 괴어들었다. 그런데 바쁜 우리들의 발목을 잡아채는 사람이 있었다.

"여보쇼!"

유리문이 드르륵 열리며 검정색 유니폼을 경찰관처럼 차려입은 수위가 얼굴을 내밀었던 것이다. 그는 무척 근엄한 표정을 지으며 아버지를 아래위로 훑어보았다. 머리카락이 희끗하고 빼빼 마른 사내였다.

"당신들 어디 가요?"

수위가 힐책하듯 말했다. 기억력이 시원찮은 아버지가 머뭇거리는 바람에 내가 대신 대답했다.

"칠백팔호 가는데요."

"용무가 뭐요?"

수위는 어린애 따위는 상대하지 않겠다는 듯 나를 쳐다보지도 않고 다시 아버지에게 물었다.

"그게 그러니까……" 아버지는 쩔쩔매다가 간신히 대답했다. "컴퓨터 가지러 갑니다."

"그럼 컴퓨터 수리하는 데서 나왔소?"

"그게 아니고요, 그냥…… 그냥 준다고 해서 가지러 온 겁니다."

"이 사람, 무슨 소리 하는지 모르겠네. 칠백팔호와 아는 사람이오? 컴퓨터를 그냥 주게."

아버지의 꾀죄죄한 행색으로 봐서 708호와는 관계없는 사람인 줄 다 안다는 투로 수위가 말했다.

"그게 아니구요……."

"것도 아니면?"

수위를 이해시키는 데 적어도 5분은 걸렸을 것이다. 그는 직무에 충실함을 과시라도 하듯 우리의 방문 목적을 완전히 파악할 때까지 꽉 붙들고 놔주지 않았다. 내가 보여준 생활정보지 조각이 무엇인지 아버지와 내가 번갈아가며 입이 아프도록 설명을 해준 다음에야 간신히 그의 고개를 끄덕이게 만들 수 있었다. 하지만 그것으로 끝난 게 아니었다. 아버지와 나는, 우리가 저지른 실수에 대해 장황한 훈계를 들어야만 했다. 실수란 수위실 유리문에 붙어 있는 '주의 사항'을 무시한 것이었다. 그 내용은 이랬다. '1. 잡상인 출입 엄금. 2. 외부 방문객은 필히 수위실에 방문 목적을 알릴 것.'

"그 사람 참 되게 까다롭게 구네."

승강기 안에서 마음이 상한 낯빛으로 아버지가 중얼거렸다. 나는 아버지가 양복을 입고 왔더라면 좋았을 거란 생각을 했지만 그걸 당장 입 밖으로 꺼내 말하진 않았다. 이따가 승강기를 타고 내려올 때, 컴퓨터를 안고 있으면 웃으면서 그 얘기를 할 수 있을 것 같아서였다. 길게 잡아야 10분만 참으면 될 일이었던 것이다.

하지만 초인종을 누르자 자다 깬 듯이 부스스한 얼굴로 문을 열었던 여자는 우리가 왜 왔는지 전혀 알아보지 못했다. 더욱이 잔뜩 경계의 눈빛을 보내며 빨리 문을 닫고 싶어 하는 눈치였다. 아버지가 생활정보지 얘기를 꺼냈을 때에도, "우리 보는 신문 있어요. 지금 바꿀 형편이 못 돼요" 하고 엉뚱한 소리를 지껄이기도 했다. 우리는 조금 전 수위에게 했던 설명을 또 한 번 되풀이해야만 했다.

"거 참 이상하네요."

겨우 말귀를 알아들은 여자의 첫마디가 매우 실망스러웠다. 그 여자는 미간을 찌푸리며 덧붙였다. "도무지 이해가 안 가요."

아버지는 애매하게 고개를 끄덕였다. 볕에 타고 찌들어 거무튀튀한 얼굴에 수위실 앞에서보다 한층 난감한 빛이 떠올랐다. 아버지는 어흠, 괜한 헛기침을 내뱉은 다음, 전에 없이 더듬거리며 말했다.

"저, 절대로 거, 거짓말이 아닙니다."

하긴 아버지만큼 나이가 들어 보였지만 목선과 겨드랑이가 푹 파인 홈드레스를 입은 여자는 나로서도 바로 쳐다보기가 민망스러웠다. 피둥피둥 윤기가 흐르는 살결이 너무 많이 겉으로 드러난 데다 옷이 얇은 탓에 가슴이며 사타구니에 걸친 속옷마저 희미하게 내비치고 있었던 것이다.

"누가 거짓말한댔어요?"

되레 여자가 목소리를 높였다. 그리곤 조금 전 내 손에서 건네받았던 생활정보지 조각을 다시 뚫어져라 들여다보았다. 현관문의 둥근 손잡이를 잡은 손을 여전히 떼지 않은 채였다.
"이건 분명히 우리 집 전화번호예요. 맞다구요. 그런데 난 이게 왜 여기 실려 있는지 모르겠다는 거예요. 멀쩡한 컴퓨터를 왜 그냥 준다는 건지…… 누가 장난을 쳤는지도 모르니까 식구들한테 물어봐야겠어요. 그러니까 지금 당장은 뭐라 대답하기 곤란해요. 나중에 다시 연락해보세요."

여자가 쌀쌀맞게 말했다. 금방이라도 문을 닫을 태세였다.

"자, 잠깐만요." 아버지가 다급하게 말하곤 나한테 물었다. "동우야, 너하고 통화했던 사람 누군지 몰라?"

"몰라요." 나는 풀이 죽어 대답했다.

"남잔지 여잔지도?"

"남자였어요."

여자도 뻔히 들었겠지만 아버지가 보다 큰 목소리로 여자에게 말했다.

"남자하고 얘기했답니다."

그러자 여자가 약간의 관심을 내비치며 물었다.

"어른이었어?"

"목소리가 그런 것 같았어요."

나는 기억을 더듬으며 대답했다. 여자가 다시 물었다.

"언제 통화했는데?"

"어제요. 오후 한 시쯤 돼서…… 그런데 그 사람이 오늘 아침에 오라고 했어요."

여자는 내 얼굴을 빤히 들여다보며 무언가를 생각하는 눈치였다. 그 틈을 타서 아버지가 말했다.

"통화를 했으니까 이렇게 찾아온 겁니다. 그렇잖음 집을 어떻게 알았겠어요? 생판 처음 와보는 동넨데."

"좀 기다려보세요."

여자가 문의 손잡이에서 손을 떼고 안으로 사라졌다. 문이 스르르 닫히다가 약간의 틈새를 두고 멈췄다. 잠시 후, 안에서 말소리가 새어나왔다. 부러 귀를 기울이지 않아도 들릴 만큼 또렷한 소리였다.

"어이구 술 냄새! 너 좀 일어나봐."

"아이, 아파. 왜 이래, 엄마? 나 좀 자게 내버려둬. 대학생이 술 좀 마시면 안 돼?"

"그게 아냐 이년아. 컴퓨터 준다고 누가 광고 냈어?"

"컴퓨터를 줘? 왜?"

"이것 봐. 여기 우리 집 전화번호가 적혀 있잖아. 너도 몰라? 남자가 그랬다는데."

"몰라 난. 남자가 그랬다면 남자한테 물어보면 되잖아. 우리 집 남자래야 아빠하고 재식이밖에 더 있수?"

"없으니까 너한테 물어보지 이년아."

그러곤 왠지 소리가 들려오지 않았다. 나는 문틈에 눈을 댔다. 현관 가까이 놓인, 잎이 커다란 식물들을 담은 화분들과 그 너머 널찍하고 반들반들 윤이 나는 거실 바닥이 눈에 들어왔다.

거실 안쪽에, 문이 활짝 열려 침대의 일부와 바닥에 함부로 흩어진 옷가지들이 들여다보이는 방이 있었지만 그 안에 사람이 있는 것 같진 않았다. 내 시야를 벗어난 곳에서 다시 말소리가 이어졌다.

"내가 조금만 집을 비우면 꼭 일이 터진다니까. 멀쩡한 컴퓨터를 왜 모르는 사람한테 줘."

"그런데 엄만 어제 왜 그렇게 늦었수?"

"비행기가 두 시간이나 연착했지 뭐야. 여행사 놈들이 싼 비행기만 태워서 꼭 그런다니까."

"근데 아빠하고 재식이는 아침부터 어딜 갔수?"

"아빠는 식전에 연락이 와서 초상집에 갔고 재식이는 모르겠다. 고삼이나 된 녀석이 만날 집에도 붙어 있지 않으니…… 그나저나 어떡하냐? 웬 사람들이 컴퓨터 달라고 아침부터 문 앞에 떠억 버티고 있는데."

"뭐? 지금 사람들이 와 있어?"

"그렇다니까! 차암……."

발소리가 났다. 나는 재빨리 문에서 떨어졌다. 아버지는 그저 우두커니 서 있기만 했다. 다시 문틈이 벌어졌다.

"지금 내가 어떻게 할 입장이 못 돼요. 사람들이 들어와봐야 알겠어요. 우리 집 아빠하고 아들이 다 없어요."

처음이나 마찬가지로 뚱한 얼굴을 내민 여자가 말했다.

"어디 멀리 갔습니까?"

"몰라요."

"언제쯤 들어올까요?"

"그것도 몰라요."

여자의 손에 잡힌 손잡이에서 삐걱삐걱 소리가 났다. 여자의 태도엔 잡상인을 물리칠 때와의 무례와는 다소 차이가 있었지만 귀찮으니 빨리 사라져주었으면 하는 기색이 역력했다. 아버지가 맥 빠진 투로 말했다.

"그럼 어쩐다…… 조금 있다 다시 와야 될까요?"

"마음대로 하세요. 아니, 무작정 오실 게 아니라 전화를 하세요. 헛걸음하실 필요 없잖아요."

할 말을 다 했는지 여자는 잠시의 여유도 없이 그럼, 하는 식으로 보일 듯 말 듯 고개를 까딱해 보이고 나서 문을 닫았다. 그랬다가 금방 문을 빠끔 열고 정보지 조각을 문틈으로 내밀었다.

"이건 도로 가져가세요."

내가 그걸 건네받자 문은 재차 둔탁한 소리를 내며 닫혔다. 어흠, 아버지가 닫힌 철문에 대고 헛기침을 했다.

승강기를 타고 내려와 환한 바깥이 내다보이자 더욱 기운이 빠졌다. 아버지와 나는 어깃어깃 밖으로 나왔다. 수위가 우리를 유심히 살피는 기색이었다. 수위실 앞을 지나치던 아버지가 유리에 대고 말했다.

"이따 또 와야 되겠습니다."

"뭐요?"

수위가 창문을 열었다. 안에서 텔레비전 소리가 흘러나오고 있었다. "뭐라 그랬소?" 하고 그가 다시 물었다.

"나중에 다시 와야 되겠다구요."

아버지가 어색한 웃음을 띠며 말했다.

"그 집에 사람이 없어요? 어째 빈손이오?"

"준다는 사람이 외출하고 없어요. 안주인은 모르겠다고 하네요."

"그럼 어쩔 수 없지."

텔레비전에 눈을 돌리며 수위가 말했다.

"어디 가서 기다렸다 다시 와야겠어요."

"그렇게 하쇼. 내 알 바 아니지만."

유리문이 탁, 소리 나게 닫혔다. 수위는 다시 바깥을 쳐다보지 않았다.

현관 계단을 내려와 딱딱한 시멘트 바닥을 딛고 서서 아버지는 담배를 빼어 물더니 연거푸 뻑뻑 빨아댔다. 현관 앞 주차장엔 큼지막하고 번쩍번쩍 빛이 나는 승용차들이 피아노의 건반처럼 가지런히 서 있었다. 꽃씨들은 여전히 분분하게 떠다니고 있었다. 승용차들의 앞덮개며 지붕 위도 꽃씨들이 눈처럼 뒤덮고 있었다.

"이거 아주 더럽게 됐네. 오도 가도 못하고……."

담배꽁초를 바닥에 픽 내던지고 발끝으로 꾹꾹 눌러 밟으며 아버지가 중얼거렸다. 나는 못 들은 체하고 가까이 날아다니는 꽃씨들을 손으로 잡는 시늉을 했다.

"야, 그거 만지지 마라. 눈병 난다 그랬잖아." 아버지는 좀 신경질이 담긴 어조로 말하곤 내가 듣게 될까봐 걱정하던 제안을 내놓았다. "동우야, 우리 이따가 밤에 다시 오자. 보자 하니 시간이 걸릴 것 같다."

"싫어요!" 나는 딱 잘라 말했다. 그냥 돌아가다니, 어림없었다. 그건 기태에게 내 체면을 완전히 망가뜨리는 일이었다. 잔뜩 기다리고 있을 어머니나 동생에게도 낯을 들 수 없는 일이었다.

"아버지 말 좀 들어라. 나중에 온다고 컴퓨터가 어디 가냐? 그러니까 그냥 가자."

"안 돼요!"

"허! 이놈 참 벽창호네."

아버지가 뭐라든 상관없었다. 나는 선 자리에서 꼼짝도 하지 않았다. 내 태도가 워낙 완강하자 아버지는 마지못해 생각을 고쳐먹은 모양이었다.

"그래 알았다, 알았어. 그러니까 그 쑥 튀어나온 입 좀 그만 집어넣어라. 오리가 친구 하자 그러겠다."

아버지는 어디로 가는지 줄레줄레 걸어가기 시작했다. 나는 아직 아버지의 말을 완전히 믿지 못해 한 발짝도 움직이지 않았다. 내가 따라오는 줄 알고 저만치 혼자 걸어가던 아버지가 뒤를 돌아보더니 소리쳤다.

"빨리 와, 인석아! 거기서 다리 아프게 마냥 서 있을래? 어디 앉을 데라도 찾아봐야 될 거 아냐!"

오후 1시가 지나 공사장 사무실에 전화를 넣어보겠다고 상가(商街) 앞 공중전화 부스로 내려갔던 아버지가 한참 만에 이마에 시퍼런 핏줄을 세운 채 돌아왔다. 아버지와 내가 시간을 보내던 곳은 아파트 단지 한복판의 팔각정이 있는 작은 공원이었다. 나를 끌고 단지 안을 이리저리 돌아다니던 아버지가 하필 그곳에서 발걸음을 멈춘 것은 팔각정 주위에 벤치들이 놓여 있는 데다 전화가 가까웠기 때문이었다. 아무도 없는 공원에서 아버지와 나, 단둘이서만 하릴없이 죽치고 있었는데 아버지는 그동안 대략 30분 간격으로 나를 공중전화 부스로 내려보냈다. 그래서 나는 그때 벌써 네 번이나 별로 달갑게 여기지 않는 전화 응답을 들어야만 했었다. 아직 안 왔다, 얘. 여자는 매번 그 한마디만 하고 전화를 끊었다. 게다가 전화가 거듭될수록 여자의 목소리엔 차츰 가시가 돋아나고 있었다. 나는 좀더 긴 시간 간격을 두고 싶었지만 아버지가 연신 담배를 피워대며 안달복달하는 통에 미적미적 벤치에서 일어나지 않을 수 없었다. 더욱이 내가 고집을 부린 일이었기에 싫은 눈치를 내비칠 형편도 아니었던 것이다.

"개새끼들! 하루 이틀 일한 것도 아닌데……."

벤치에 털썩 몸을 부린 아버지가 화가 잔뜩 난 얼굴로 뇌까렸다. 그리곤 잠바 주머니에 손을 넣더니 소주 한 병을 끄집어냈다. 나는 심히 꺼림칙한 기분이 되어 이빨로 병마개를 따는 아버지를 지켜보다가 참지 못해 불만을 터뜨렸다.

"왜 술을 먹어요? 대낮부터."

아버지는 잠자코 병을 치켜들어 한 모금 꿀꺽 삼키고 나서 독한 술 마신 사람 특유의 오만상을 지으며 대꾸했다.

"괜찮다, 인마. 네가 뭘 안다고······."

"그러다 술 취하면 어떡하려고 그래요?"

"아따, 이 녀석이 꼭 지 어미 닮았네. 걱정 마라. 이거 한 병 갖곤 끄떡없다."

그렇게 말하곤 아버지는 또 한 모금을 뚝딱 마셨다. 벌써 병이 절반 가까이 비었다. 나는 아버지가 왜 술을 마시는지 대충 알아차릴 수 있었기에 더 이상 불평하지 않았지만 찜찜하긴 여전했다. 아버지는 딴 아이들이 우리 할아버지로 오해할 만큼 나이를 먹었다. 마흔이 지난 다음에야 어머니와 결혼을 해서 그랬겠지만 그보다도 실제 나이보다 한참 늙어 보이는 외모 탓이 더 컸다. 그건 고생을 해서 그렇다고 어머니가 말해주었다. 그래서인지 아버지는 이젠 사나흘 계속 일하기도 힘에 부치고 술도 예전 같지 않다고 투덜거리곤 했던 것이다.

술이 절반 이하로 줄어들자 아버지의 화난 표정도 어느덧 가셨다. 아버지는 술 마시는 걸 잊어버렸는지 벤치의 등받이에 비스듬히 몸을 기댄 채 졸린 눈으로 하늘을 바라보고 있었다. 단지 안의 어느 곳과 마찬가지로 꽃씨들이 새하얗게 떠다니는 하늘이었다. 벤치 위로 밝은 햇살이 쏟아지고 있었고 주위는 적막하리만치 고요했다.

나는 문득 마지막으로 전화를 건 지가 한 시간도 더 지난 것 같아 초조해졌다. 아버지가 술이 올라 깜빡하고 있다면 차라리 잘됐다고 생각하면서도 한편으론 제정신으로 돌아온 아버지가 전화를 걸어보라고 채근하길 이제나저제나 하며 기다렸다. 그런데, 멍하니 허공을 바라보고 있던 아버지가 부스스 자세를 고쳐 앉으며 말했다.

"참, 너 배고프겠다. 아까 보니까 상가 이층에 중국집이 있더라. 가서 자장면이나 한 그릇 먹고 와라."

아버지는 바지 주머니에서 오천 원짜리 한 장을 꺼내 내게 건네주었다. 아닌 게 아니라 시장기를 느끼던 참이었다.

"아빠 안 먹어요?" 내가 물었다.

"난 괜찮다. 밥 생각 없어."

나는 왠지 혼자 먹으러 가기가 미안해서 머뭇거렸다. 아버지는 빨리 가라고 밀어내는 손짓을 했다.

나는 하는 수 없이 혼자 중국집을 찾아갔다. 혼자서 떡볶이 같은 건 종종 사먹은 적은 있었지만 중국집에 들어오긴 난생처음이었다. 자장면을 먹는 도중에 혹시 아버지가 돈이 모자라 점심을 먹지 않는 게 아닐까 의심스러운 생각이 들었다. 그러나 그걸 깊이 생각하기엔 자장면이 너무 맛있었다.

식사를 하고 상가 밖에 나와 나는 전화 부스로 갔다. 시간도 웬만큼 지난 것 같았고 기왕 여기까지 와서 그냥 가기가 아까웠기 때문이다. 그런데 신호음이 울리고 한참이 지나 전화를 받은 여자의 태도엔 한층 날이 서 있었다.

"얘, 너무하지 않니? 너 때문에 낮잠도 제대로 못 자겠다. 벌써 몇 번째니?"

그러곤 이미 몇 차례 경험했듯이 일방적으로 전화를 뚝 끊어 버렸다. 아무도 보는 사람이 없다 해도 나는 수치심으로 얼굴이 화끈 달아올랐다. 아버지에게 컴퓨터 따윈 포기하고 그냥 돌아가자고 말하고 싶은 마음이 불끈 치솟았다. 하지만 공원으로 되돌아오는 길에 가만 생각하니 그게 그리 여의치 않았다. 빈손으로 돌아가 당할 창피를 도저히 감당할 자신이 없었던 것이다. 게다가 아버지가 나 때문에 일하러 가지도 못하고 애먼 술이나 마시지 않았던가.

멀리서 보기엔 자는 것처럼 보였지만 아버지는 여전히 반쯤 감긴 눈으로 허공을 바라보고 있었다. 내가 다가오는 기척을 듣곤, 점심 먹고 왔니? 하고 힐끗 고개를 돌려보더니 다시 눈길을 돌렸다.

다 마신 다음, 근처 쓰레기통에다 버렸는지 소주병은 눈에 띄지 않았다. 술은 아버지의 눈자위에 벌겋게 스며들어 있었다. 나는, 내가 없는 사이에 벤치 위에 내려앉아 한들거리는 꽃씨들을 손으로 쫓아내고 앉았다. 아버지가 너무 잠잠한 듯하여 잠시 후 내가 먼저 말을 붙였다.

"배 안 고파요?"

"······조금."

"그럼 자장면 사 먹어요. 맛있던데요."

"지금은 배가 고픈 게 좋다. 옛날 생각이 나서······."

아버지가 잠바 주머니에 손을 넣어 부시럭부시럭 담뱃갑을 꺼내며 말했다.

"배고픈 게 좋을 때도 있어요?"

"지금은 그렇다는 말이다."

내가 아버지의 말이 너무 아리송하여 머리를 굴리는 사이에 담배 연기를 한숨에 섞어 길게 내뿜고 난 아버지가 느릿느릿 말을 이었다.

"저렇게 꽃씨가 날아다니는 걸 보고 있으니까 옛날 생각이 떠올라. 아버지 고향에도 이맘때면 하늘이 하얗게 꽃씨들로 뒤덮였거든. 꼭 눈 오는 것처럼. 여기보다 훨씬 더했어. 강가에 버드나무가 많아서 그랬지. 그런데······ 꽃씨가 날릴 때면 늘 배가 고팠어. 고파도 이만저만 고픈 게 아니었단 말야."

"배고프면 밥을 먹으면 될 거 아녜요?"

소견머리 좁게 내가 말하자 아버지는 허허 웃었다.

"밥이 있어야 먹지, 인석아."

"왜 밥이 없어요? 아빠 어릴 때 농사를 지었다면서."

"농사를 지어도 먹을 게 모자랐다. 우리 집만 그랬던 게 아니고 예전엔 다 그랬다."

"먹을 게 없어 죽는 사람도 있었겠네요?"

"그럼. 직접 보진 못했어도 그런 소문은 많이 떠돌았다. 아빠도 죽을 뻔한 적이 있었다. 굶어 죽을 뻔한 게 아니라 매를 맞아서."

"누구한테 매를 맞아요?"

"누군 누구야 할아버지한테서지. 네 나이쯤 됐을 땐가 한두 살 더 먹었을 땐가 잘 모르겠는데, 하루는 내가 밭두렁에 엎어져서 막 떼를 썼지. 배고파서 못 일어나니까 밥 달라고. 밥 안 주면 죽어도 못 일어난다고. 내 생각엔 그때 하루 이틀 굶었던 것 같아. 그러다 할아버지한테 지게 막대기로 막 두들겨 맞았던 거야. 달래다 달래다 안 되니까 할아버지가 그만 속이 끓어서 에이 쌍, 하셨던 거겠지."

아버지가 막대기를 휘두르는 시늉을 해보였다.

"할아버지가 무서운 분이셨어요? 배고프다는 사람을 막 때리게."

"아냐, 그건. 할아버지한테 맞아보긴 그때가 처음인데 뭘. 얼마나 점잖은 분이셨는데. 딴 집에선 안 그랬지만 할머니한테도 손찌검하는 일이 없었다."

할머니나 할아버지를 본 적이 없는 나는 그 모습을 상상하기도 어려웠다. 남한강 가의 외진 산간 마을이라는 아버지의 고향도 말로만 들었다.

"그렇게 맞았으면 되게 아팠겠는데요?"

"아파?" 아버지가 왠지 히죽 웃었다. "아픈 줄도 몰랐다. 내가 기절을 해버렸거던. 쭉 뻗어버린 거지."

아버지가 이번엔 사지를 활짝 뻗은 채 배를 뒤집고 널브러진 개구리 시늉을 하며 눈을 뒤룩뒤룩해보였다. 평소와는 확연히 다른 모습인 게 아무래도 좀 취한 듯했다. 그래서 나는 더욱 아버지와의 대화를 이어가려고 기를 썼다.

"아빤 그때 할아버지가 미워 죽고 싶었을 거야. 그렇죠?"

"미워할 수도 없었다. 그럼 다행이었게……."

갑자기 아버지의 표정이 시무룩하게 변했다. 양손을 깍지 껴 뒤통수를 싸안곤 잠시 침묵을 지키다 다시 입을 열었다.

"할아버지는 그날로 어디론가 가버리셨다. 동네 사람들이 머리에 피를 흘리는 나를 죽은 걸로 착각하고 우리 집 툇마루에 옮겨다 놓았다는데 그 북새통에 할아버지가 사라지셨대. 그 후로 아무도 못 봤으니까 미워할 수 없었지."

"아빠가 죽은 줄 알고 도망친 거겠죠."

"글쎄다…… 나중에 강가 모래밭에서 할아버지 신발이 발견됐긴 한데…… 모르겠다."

"그럼 할아버지가 강물에 몸을 던져…… 자살해버렸다는 얘기 아녜요?"

나는 깜짝 놀라 소리쳤다. 무서운 얘기였다. 지난 여름에 텔레비전에서 보았던 납량 특집 프로그램이 생각나서 가슴이 떨렸다. 거기, 물에 빠져 죽은 사람이 물귀신이 돼 나왔다.

"에끼, 인석아. 시체도 못 찾았는데 무슨 소릴…… 아마도 내가 하도 말을 안 듣고 속을 썩이니까 어디 가버리셨을 거다. 틀림없이 그랬을 거야. 난 그렇게 믿어. 그래서 고향을 떠날 때까지는 꽃씨가 날리는 때가 되면 강변에 나가 할아버지를 기다리곤 했지. 그런 일로 자살하는 사람이 어디 있다구…… 그런데, 내가 지금 애 데리고 무슨 얘길 하고 있나!"

아버지는 눈을 껌뻑거리며 벤치에서 몸을 일으켰다. 그러곤 내게 등을 보이며 몇 발짝 비치적거리며 걷다가 멈춰 서서 눈을 문질렀다.

"아이고, 웬놈의 꽃씨가 눈에 기어들어가서……."

나는 아버지의 눈이 걱정돼 일어나서 곁으로 다가갔다. 아버지는 눈을 두 손으로 감싼 채 왠지 나를 피해 모로 돌아섰다.

"눈을 대봐요. 내가 불어줄게요."

"괜찮다, 이젠."

아버지는 얼굴에서 손을 떼냈다. 눈자위에 눈물이 흥건했다. 아버지는 눈물을 손등으로 쓱쓱 훔치며 미친 사람처럼 낄낄 웃기 시작했다.

"아까 네가 집에 안 간다고 고집을 부릴 때, 밥 안 주면 못 일어난다고 떼를 쓰던 나 같아서 우스워 죽겠더라."

그게 뭐가 그리 우스운지 한참 혼자 웃어 젖히던 아버지는 웃음을 그치며 말했다.

"전화 건 지 한참 된 것 같은데 가서 또 전화나 해봐라. 답답한 건 우리니까."

나는 아까 점심 먹으러 갔을 때 이미 전화를 걸어봤다는 사실을 그제서야 털어놓았다. 하지만 기분 나빴던 건 한마디도 내비치지 않았다.

아버지와 나는 다시 벤치로 돌아와 나란히 앉았다. 햇살이 뜨거웠다. 아버지는 잠바의 지퍼를 내려 가운데를 터놓았다. 그 사이로 낡고 더러운 러닝셔츠가 드러났다. 아무도 없는 데서조차도 잠바를 벗어버리지 못하는 아버지가 적이 안쓰러웠다. 잠시 후, 코 고는 소리가 들렸다. 어느새 아버지가 등받이 위턱을 베개 삼아 입을 헤 벌린 채 잠들어 있었다. 퍼붓는 햇살이 고랑처럼 파인 이마의 굵은 주름들과 담뱃진이 거무스름하게 밴 이빨들을 한층 생생하게 드러냈다. 규칙적으로 내뱉는 숨결엔 역한 술냄새가 짙게 배어났다.

나는 팔각정 안의 그늘에 들어가보기도 하고 잔디밭 여기저기 숨어 있는 작은 풀꽃들을 찾아보기도 하면서 무료하기 짝이 없는 시간을 보냈다. 간혹 공원 안으로 어린 손자를 등에 업은 할머니 같은 사람들이 찾아들었지만 벤치들이 죄다 그늘을 벗어난 탓인지 잠시 머물다 가버리곤 했다.

아버지는 좀체 잠에서 깨지 않았다. 벤치 뒤로 저만치 떨어져 있던 나무 그늘이 차츰차츰 다가와 햇살 대신 얼굴을 차지한 지도 오래됐건만 좁고 딱딱한 나무 위에 얹힌 뒷머리가 아프지도 않은 모양이었다. 잠든 아버지의 얼굴은 입 언저리에서 게거품 같은 침이 비어져 나와 더욱 볼썽사나웠다. 아버지의 손목시계의 바늘이 4시가 지나고 5시에 가까웠을 때, 나는 아버지를 흔들어 깨웠다. 아버지는 게슴츠레 눈을 뜨더니 여기가 어딘지 기억이 잘 안 난다는 듯 주위를 두리번거리며 머리를 긁적거렸다.

"……아이고 머리 아파. 내가 한참 잔 거로구나."

머리가 아프다는 아버지는 정신이 들자마자 입맛을 쩍쩍 다시며 또 담배를 피워 물었다. 그러곤 손목시계를 들여다보았다.

"뭐야, 이거? 벌써 다섯 시 아냐. 동우 너 전화해봤니?"

나는 한 시간 전에 전화했다고 거짓말을 했다.

"아직 안 들어왔대?"

"그렇대요. 그런데 전화를 너무 자주 하니까 좀 성가셔 하는 것 같아요. 천천히 해야겠어요."

"젠장, 전화 좀 자주 하는 게 뭐 어때서. 아침에 오라 한 게 자기네들인데. 그건 그렇고, 나갔다는 사람들이 왜 이렇게 안 들어와? 밖에서 전화라도 했을 텐데…… 혹시 마음이 바뀐 거 아닌지 모르겠다. 있는 사람들이 더 무서운 법이거든."

아버지는 재수 없는 소리를 지껄였다. 말이 씨가 된다고 정말로 컴퓨터를 그냥 주겠다는 마음이 변해버렸다면 큰일이었다. 나는 그런 얘길 하고 싶지 않아 잠자코 있었지만 적이 불안했다.

"목말라 죽겠네. 넌 목 안 마르냐? 우리 사이다나 사 먹으러 가자."

아버지가 자리를 털고 일어나더니 앞장서서 걸어갔다.

상가 1층의 슈퍼마켓에 들어가 아버지와 나는 사이다 한 병을 사서 나누어 마셨다. 아버지는 구질구질하게 트림을 막 해댔다. 슈퍼 여주인이 눈을 흘겼다.

"너 전화한 지 한 시간은 됐다 했지? 전화 또 해봐라. 저쪽에서 뭐라 그래도 답답한 놈이 샘 파야지 어떡하냐."

슈퍼를 나와 공중전화 부스가 눈에 띄자 아버지가 말했다. 하긴 우리에겐 전화 거는 일밖에는 딱히 할 일도 없었고, 달리 갈 곳도 없었다. 속으로 헤아려보니 마지막으로 전화 건 지도 서너 시간은 족히 흘러간 것 같았다. 그 정도면 그다지 욕을 얻어먹진 않으리라는 판단이 섰다. 나는 아버지를 밖에 세워둔 채 전화 부스 안으로 들어갔다. 하지만 내 예상은 정확한 게 못 됐다.

"또 너야?"

내 목소리를 듣기가 무섭게 여자는 지겨워 죽겠다는 듯이 숫제 고함을 쳐댔던 것이다.

"얘! 너 우리 집에 컴퓨터 맡겨놨니?"

나는 바짝 쪼그라들어 암말도 할 수 없었다.

"잘 들어!" 여자가 다시 엄한 목소리로 말했다. "너 같은 애한텐 이젠 컴퓨터를 주고 싶어도 못 주겠다. 원 이건 빚쟁이도 아니고……."

나는 뭐라 한마디 대꾸도 못한 채 수화기를 내려놓았다. 이젠 일이 다 틀어진 게 틀림없었다. 무언가 억울한 가운데 화가 치민 나는 전화 부스의 문짝을 거칠게 밀치며 바깥으로 나왔다.

"왜 그래?"

낌새가 이상한 걸 눈치 챈 아버지가 물었다.

"그냥 집에 가요." 나는 입술을 꾹 깨물며 말했다.

"무슨 소리야 그게? 그럼 여태까지 뭐 하러 기다렸니?" 아버지가 펄쩍 뛰었다. "무슨 싫은 소릴 들은 거로구나. 대관절 뭐라 그래?"

"……컴퓨터 맡겨놨냐구. 자꾸 전화 건다고 이젠 주고 싶어도 못 준대요."

"정말 그렇게 말했어? 이 못된 것들이…… 햐, 이거 환장하겠네!"

아버지의 이마에 퍼런 핏줄이 돋아났다. 아버지는 가래침을 퉤, 뱉더니 "가보자!" 하고 소리치며 성큼성큼 발길을 떼어놓았다.

"어딜 가요?" 나는 무언가 큰일이 벌어질 것 같아 부리나케 따라가며 물었다.

"그 집에 가지 어디 가, 인마. 가서 따져봐야 될 거 아냐? 우리가 뭐, 자기네들이 오라면 오고 가라면 가야 하는 병신들이냐?"

"따져서 뭐 해요. 주기 싫다는데. 가지 말아요."

"이 자식이 그렇게 안 봤더니 왜 이리 맹추 같아."

울상인 내게 아버지는 도리어 눈을 부라렸다. 그러곤 내가 따라 오든 말든 관계없다는 듯이 더욱 빨리 걸어갔다. 나는 얼이 반쯤은 빠진 채 숨 가쁘게 따라갈 수밖에 없었다.

96동 현관의 수위실은 이번엔 무사통과였다. 아버지가 고개를 끄떡 하고 지나치자 수위가 한 번 흘끗 쳐다보았을 뿐이었다. 승강기 안에서 나는 조마조마한 마음으로 아버지의 눈치만 살폈다. 아버지는 입을 꽉 다문 채 아무 말도 하지 않았다.

초인종을 누르고 나서 아버지는 한숨 비슷한 심호흡을 했다. 문을 연 여자는 우리를 발견하곤 다소 놀라고 질린 표정을 지었다. 그녀는 아침과는 달리 꽃무늬가 있는 평상복을 걸치고 있었다.

"이거 또 왔습니다. 헌데, 우리 애한테 컴퓨터를 못 주겠다고 하셨다면서요?"

아버지의 첫마디는 내가 걱정했던 것과는 달리 비교적 정중했다. 나는 조금 마음이 놓였다.

"그래요, 내가 그랬이요. 컴퓨터를 맡겨놓은 것도 아니면서 해도 너무하잖아요?"

갑자기 여자는 데면데면한 얼굴이 돼 말했다.

"그건 아주머니가 이해를 하셔야 합니다. 사실 우린 지금까지 밖에서 기다리고 있었어요. 그러니까 전화도 자주 하게 되고……"

"그걸 왜 내가 이해해야 돼요? 내가 기다리라 그랬어요? 게다가 그게 뭐가 그리 숨넘어가는 일이라고 시간마다 전화질을 해대요? 사람 피곤하게……"

여자의 목소리엔 성깔이 묻어났다. 이때부터 아버지도 차츰

꽃씨 날리는 날

거칠어졌다.

"전화질이라니, 말씀이 좀 지나치십니다. 먼저 약속을 안 지킨 건 댁네잖아요? 아침에 오라고 해놓구선."

"그걸 왜 나한테 따져요?"

"좌우지간 댁에서 누군가 그랬잖아요. 사람 헛걸음시킨 건 아무렇지도 않습니까? 그러고도 전화 자주 하는 것만 욕해요? 그것도 어린애한테."

"대관절 내가 무슨 욕을 했다고 시비예요? 참, 기가 막혀서. 이봐요! 뭘 얻으러 왔으면 얻으러 온 사람답게 굴어요. 뭐가 당당하다고 큰소리예요, 큰소리는!"

여자가 앙칼지게 소리쳤다. 아파트의 통로가 찌렁찌렁 울렸다. 여자의 윽박지름에 밀릴 듯하던 아버지가 마주 고함을 치고 나섰다.

"이런 제기…… 댁네가 약속을 어기는 바람에 난 오늘 일도 못 나가서 돈도 못 벌었다구요!"

"이 양반이 돌았나? 이젠 돈 얘기까지 하고 나오네. 가요, 가! 더 이상 얘기하고 싶지 않아요. 컴퓨터는 못 줘요. 우리 집에서 누가 준다 했더라도 내가 안 된다면 안 돼요. 그런 줄 알고 빨리 가요!"

여자가 퍅, 문을 닫아버렸다. 아버지는 발길로 닫힌 문을 냅다 걷어찼다.

"주지도 않을 걸 왜 오라 그랬어? 좆 빨라고 광고를 냈냔 말야!"

 하지만 아버지가 아무리 소리를 질러대도 닫힌 문은 다시 열리지 않았다. 그 대신 건너쪽 문이 반쯤 열리더니 낯선 여자가 눈을 똥그랗게 뜨고 내다보았고 잠시 후에는 위쪽 계단에도 두어 명의 구경꾼들이 나타나 낮은 목소리로 자기들끼리 쑥덕거렸다. 내가 몇 번씩이나 아버지에게 가자고 졸랐지만 아버지는 닫힌 문 앞에서 씩씩거리고만 있었다.

 한데, 그 와중에 검은 양복 차림에 금테 안경을 낀 오십대의 남자가 승강기에서 내렸다. 그는 우리를 쳐다보며 의아한 듯이 물었다.

 "어디서 오셨어요?"

 "이 집에 볼일이 있어 왔어요." 남자를 보자 아버지가 왠지 숙지근해져서 대답했다.

 "여긴 내 집인데……" 남자가 문 앞으로 다가서며 말했다. 그는 뭔가 분위기가 이상하다고 느꼈는지 계단 위에서 내려다보는 사람들과 건너편 집을 휘둘러보았다.

 "이 집에서 누가 애한테 컴퓨터를 주겠다고 해서 아침부터 기다리는 중입니다. 그런데……"

 갑자기 공손해진 아버지가 뒷말을 잇지 못하고 머뭇거렸다. 숨결이 아직 고르지 못했다.

 "아직 안 가져갔어요?" 남자가 고개를 갸웃하며 말했다. "아침에 우리 애한테 단단히 일러놓고 나갔는데. 이거 뭐가 잘못

됐구먼."

남자가 초인종을 눌렀다. 그러나 문은 열리지 않았다. 거듭 초인종을 눌렀지만 마찬가지였다. 열이 뻗친 남자가 이번에는 주먹으로 문을 쾅쾅 두드렸다. "문 열어! 안에 누구 없어?"

안에 누가 있는지 뻔히 아는 아버지는 모른 체하고 우두커니 지켜보고만 있었다. 남자의 세찬 주먹질이 서른 번도 더 가해진 다음에야 영원히 열릴 것 같지 않던 문이 벌컥 열렸다. 아니나 다를까 금방이라도 달려들어 마구 할퀼 것만 같이 입술을 파르르 떠는 여자가 모습을 드러냈다. 다음 순간, 그녀는 문을 두드린 사람이 누구란 걸 알고 기세를 누그러뜨렸다.

"왜 문을 안 열어? 잠 잤어? 얼마나 문을 두드렸는데."

나무라는 투로 말하는 남자의 말은 무시한 채, 여자는 우리를 쏘아보며 소리쳤다.

"저 사람들 아직 안 갔어요? 빨리 보내요!"

"무슨 일이야, 당신?"

"우습지도 않은 사람들이에요." 여자는 씹어뱉듯이 말하면서 남자의 소매를 낚아채 안으로 끌어들였다. "당신 좀 들어와봐요!"

다시 문이 소리를 내며 닫혔다. 이어 잠금장치 소리가 찰칵, 하고 들렸다. 아버지는 무표정한 얼굴로 층계 난간에 기대 서서 담배를 피웠다. 나에겐 더할 나위 없이 초조한 시간이 흘러갔다. 구경꾼들도 되돌아가고 눈에 띄지 않았다. 이따금 문 안에서 옥신각신하는 소리가 어렴풋이 들려왔다.

이윽고 문이 열리며 남자가 나왔다. 좀 전의 온화하던 인상은 간데없이 돌처럼 굳은 얼굴로 변해 있었다. 그가 녹녹치 않은 목소리로 말했다.

"돌아가시오. 미안하지만 없었던 일로 합시다."

"난 그렇게 못해요. 사람을 하루 종일 기다리게 해놓구선 이제 와서 그게 말이 됩니까?"

내용은 뻣뻣했지만 여자와 맞대거리할 때와는 사뭇 누그러진 투로 아버지가 대꾸했다.

"그래서 내가 미안하다고 하잖소? 그러니까 제발 시끄럽게 하지 말고 돌아가주시오."

"미안하다면 답니까?"

"그럼 내가 어떡해야 하겠소? 들으니까 아까 돈 얘길 했다던데 그걸 물어주면 만족하겠소?"

"이런 젠장, 누굴 거지로 아십니까?" 아버지가 불끈했다. 그러자 남자가 두 손바닥을 펴들어보이며 말했다.

"아, 화내지 마시오. 난 당신하고 싸울 생각이 전혀 없소. 약속을 지키지 못한 건 내 잘못이오. 그걸 인정하니까 내가 미안하다고 하는 거요. 내 사과를 받아들이고 조용히 돌아가주시오."

"난 그렇게 못한다고 말했잖아요?"

남자는 순간적으로 눈을 부릅떴다가 서서히 눈빛을 삭이며 말했다.

"정 그렇다면 내가 한 가지 제안을 하겠소. 우리 안사람에게 충분히 사과를 해주시오. 그렇게 해주시겠소?"

"누가 누구한테 사과를 한단 말입니까? 왜 내가 사과를 해요? 말도 안 되지. 먼저 성질을 돋운 게 누군데."

"굳이 따지자면 당신도 잘못한 게 있잖소? 여자 혼자 있는 집에 와서 소란을 피운 건 어쨌든 실수요."

"성질을 긁고 먼저 소리를 지르니까 그랬던 건데 그게 왜 내가 잘못한 겁니까? 난 잘못한 거 눈곱만큼도 없어요."

"……그럼 나로서도 어쩔 수 없소. 마음대로 해보시오. 그런데 한 가지만 경고하겠소. 또 문을 발로 차면 경찰을 부르겠소. 할 말은 아니지만 난 경찰과 잘 통하는 사람이오."

그 말을 끝으로 남자는 등을 보였다. 그리고 조용히 문이 닫혔다. 아버지는 문을 노려보며 말없이 서 있었다. 1분쯤 기다리다 나는 아버지의 잠바 옆구리를 잡아당기며 말했다.

"가요, 아빠."

아버지는 아무 말도 없이 억센 손으로 나를 밀어냈다. 나는 다시 1분쯤 있다 아까와 같은 동작을 되풀이했다. 아버지는 그제서야 내 말을 들었다.

승강기 안에서 보니 아버지의 얼굴이 몹시 일그러져 있었다. 나는 빈손으로 돌아가서 당할 창피를 잊어버린 채 빨리 아파트를 벗어나고 싶을 뿐이었다. 그런데 승강기가 1층에 멎어 문이 열렸을 때, 아버지가 나를 밀어내며 말했다.

"넌 바깥에서 기다리고 있어. 잠시만……."

"왜 또 그래요? 빨리 가요."

"암말 말고 조금만 기다리라니까, 인마."

나는 아버지의 손에 떠밀려 밖으로 나왔다. 아버지는 내리지 않고 승강기의 숫자판을 누르고 있었다. 나는 화가 나서 소리쳤다.

"난 그냥 가버릴 거야, 씨이……."

하지만 금방 승강기의 문이 스르르 닫히며 아버지와 나 사이에 벽을 만들었다. 하나하나 숫자를 더해가던 승강기 위의 노란 불빛이 우리가 방금 내려왔던 7층에서 멈췄다.

바깥은 벌써 해거름이었다. 나는 정말 혼자 집에 돌아갈 것처럼 96동 앞을 벗어나 멀리 걸어갔다. 아직은 밝았지만 가로등들에 불이 들어와 커다란 홍시처럼 보였다. 그 주위에 마치 여름날의 날벌레들처럼 꽃씨들이 솜털을 번뜩이며 날아다니고 있었다.

나는 모퉁이에서 걸음을 멈추고 뒤를 돌아보았다. 생각보다 먼 96동 앞에는 개미 새끼 한 마리 보이지 않았다. 내처 모퉁이를 돌아서버릴까 하다가 발길을 되돌렸다. 나는 결코 아버지를 떼놓은 채 혼자 돌아갈 수 없다는 걸 알고 있었다. 나는 왔던 길을 되짚어가 96동 앞을 지나 아까와는 반대편으로 걸어갔다. 걷다가 힐끔힐끔 뒤를 돌아보았다. 그쪽 모퉁이가 나타나자 나는 또 되돌아 걸었다. 그렇게 대여섯 차례 시계추처럼 오가고 나자 다리가 아팠다. 나는 이제 모퉁이를 만날 때마다 아파트 건물 앞의 화단 경계석에 잠시 엉덩이를 붙였다가 일어나곤 했다.

아버지는 대관절 무엇을 하고 있는 건지 깜깜무소식이었다. 96동 앞을 지나갈 때면 멈춰 서서 귀를 세워보았지만 고함 같은 것도 들려오지 않았다.

차츰 날이 어두워지고 있었다. 벌써 한 시간도 더 지난 것 같았다. 혹시나 내가 보지 못한 사이에 아버지가 떠나버린 게 아닐까 의심스러웠다. 그럴수록 나는 초조한 마음으로 96동을 돌아보곤 했다.

그런데, 내가 다시 모퉁이에 쪼그리고 앉아 있을 때였다. 누군가의 모습이 96동의 현관 위에 어른거렸다. 감색 잠바를 입은 걸로 미루어 분명 아버지였다. 아버지는 무엇인가를 들고 나와 현관 구석에 내려놓고 다시 안으로 들어갔다. 나는 숨을 죽인 채 지켜보았다. 아버지가 운반해놓은 것이 컴퓨터의 모니터 같았기 때문이었다. 나는 그쪽으로 가기 위해 벌떡 몸을 일으켰다가 금방 주저앉고 말았다. 왠지 온몸에 기운이 다 빠져 달아난 듯 꼼짝하기도 어려웠다. 조금 있으니까 아버지가 또 무엇인가를 들고 나와 먼젓것에 붙여 놓았다. 직육면체의 상자처럼 생긴 그것은 본체로 여겨졌다.

"동우야!…… 동우야!"

내 모습이 눈에 띄지 않는 건지 아버지가 96동 앞 보도에 내려서서 이쪽저쪽을 향해 번갈아 고개를 돌리며 내 이름을 큰 소리로 불렀다. 나는 비치적거리며 일어나 아버지 쪽으로 걸어갔다. 그것도 모르는 아버지는 거듭 내 이름을 애타게 불러댔다. 나는 몇 발짝 떼다 말고 손바닥으로 눈을 가렸다. 아버지처럼 꽃씨가 눈에 들어간 게 틀림없었다.

지존

안(安)은 뒤숭숭한 꿈속을 헤매다 문득 잠에서 깨었다. 그는 잠을 깨기 직전까지 은밀히 뒤를 밟아 다가오는 정체 모를 괴한에게 쫓겼다. 어느 구석엔가 몸을 숨겼다고 여기면, 이내 은신처를 알아낸 괴한의 발소리가 들리는 것이었다. 발소리들은 한결같이, 피아노 건반의 가장 낮은 음계를 솜방망이로 가볍게 눌렀다 뗐다 하는 것처럼 무디고 몽롱한 음색을 띠었으나 여간 가슴을 조이게 만드는 게 아니었다. 그럴 때마다 그는 금방 발각될 것만 같은 두려움에 떨었다. 그러다 갑자기 한쪽 옆구리에 와 닿는 둔중한 그 무엇인가를 느꼈다. 걷어차인 듯했는데 아픔을 준다거나 하는 따위의, 적대감을 드러내는 가격(加擊)이 아니란 건 꿈결에도 어렴풋이 알아차릴 수 있었다.

책상 위의 전기스탠드가 내쏘는 불빛이 우선 안의 눈을 찔렀다. 내가 불을 끄지 않았던가……? 안은 눈을 씀벅거리며 아직 잠이 덜 깨 물먹은 솜처럼 무거운 상체를 꾸무럭꾸무럭 일으켜 세웠다. 다음 순간, 그는 정신이 아뜩했다. 잠자리 곁에 바짝 다가서 있는 시커먼 양쪽 발과 두 다리를 발견했던 것이다. 퍼뜩 고개를 들어보니 누군가가 빤히 내려다보고 있는 게 아닌가! 불빛을 등지고 있어 음영이 지긴 했지만 분명히 낯선 얼굴이었다. 한데 검은 윤곽의 가장자리를 금빛으로 물들인 그 사내의 앞모습이 어딘지 현실과 동떨어진 느낌인 데다 올려다보기론 키가 천장에 닿은 듯 장대했기 때문에 안으로 하여금 방금 꿈속에서 뒤를 쫓던 바로 그 괴한의 현시(顯示)라는 착각이 들게끔 하였다. 안은 더럭 겁에 질린 가운데 이게 아직 꿈속의 일이 아닌가 싶어 몹시 헷갈렸다.

"이봐, 정신 차려!"

낮게 깔았지만 다분히 위협적인 목소리가 안의 얼굴 위로 얼음 조각처럼 굴러 떨어졌다. 그와 함께 옆구리를 겨냥한 가벼운 발길질이 뒤따랐다. 그제야 안은 아까 잠결에 느꼈던 동일 부위 위의 촉감을 기억해냈고, 꿈보다도 별로 나을 성싶지 않은 현실 속으로 왈칵 내동댕이쳐졌다.

"누, 누구요?!"

"쉿……! 조용히 해, 인마." 사내가 으르렁거렸다. "내가 누구인지 굳이 밝혀야 한다면, 글쎄…… '밤손님'이라고나 할까."

밤손님?…… 밤손님! 갑자기 안은 심신이 얼어붙었다. 아니,

마음만 그랬고 몸은 사시나무 떨듯 했다.

"야, 떨긴 왜 떠냐? 사내자식이 병신같이…… 겁먹지 마, 인마. 누가 널 죽인다고 했냐?" 사내가 심약해빠진 동생을 나무라듯 안에게 말했다. "봐라, 내 손에 뭐가 있나. 보시다시피 이건 손전등일 뿐이야."

사내는 한 손에 거머쥐고 있는 짧고 뭉툭한 물체를 흔들어 보였다. 제정신이 아닌 안으로선 사내가 말해준 다음에야 그의 손에 무엇인가가 쥐여 있었다는 사실을 가까스로 알아차렸다. 사내의 말마따나 흉기가 아님이 분명해 보였으나 그렇다고 조금이라도 마음이 놓이는 건 아니었다. 강도를 접해보긴 난생처음인 안은, 아니 설사 이전에 경험했을지라도 틀림없이 그럴 테지만, 마구 가슴이 떨려 숨 쉬기가 어려울 지경이었다. 그 모습을 약 10초 동안 지그시 지켜보던 사내가 다시 입을 열었다.

"떨지 마, 떨지 말라니깐. 이만한 일로 그리 옹색한 꼴을 보여서야 이 험한 세상을 어떻게 살아가겠나? 정말이야, 보기 안쓰러우니까 좀 안정을 찾으라구. ……하지만 내가 자넬 신사적으로 대해준다고 해서 딴마음 먹어선 안 돼. 만약 허튼수작을 부렸다간 당장에 대갈통이 박살나고 말 거야. 난 싸움을 무지 잘해. 자네 같은 약골은 열 명이 덤벼도 날 당해내지 못한다구. 내가 빈손으로 자네 집에 들어온 거만 봐도 알 수 있잖아? 그래서 내 미리, 그리고 진심으로 자네한테 충고해두는 바이지만 위험한 짓을 벌일 생각 따윈 추호도 갖지 않는 게 좋아. ……어때? 내 충고를 받아들일 마음 자세가 돼 있는 건가?"

이 국면에 직면해서 아니라고 말할 장사가 있을 것인가. 도리 없이 안은 예, 하고 쥐어짜는 목소리로 간신히 대답했다. 자신이 거짓말을 한다고 여겨지지도 않았다. 싸움을 잘한다는 사내의 말이 허풍인지 아닌지 시험해볼 깜냥이 되지 못함은 스스로가 너무나 잘 아는 사실인 것이다. 초등학교 2학년 때 동급생과 맞붙다가 코피를 터뜨리며 울어버린 이래로 이날 이때까지 다른 사람과 서로 손찌검을 해본 적이 없는 안이었다. 고교생이던 시절, 두어 차례 불량배에게 걸려들어서도 차렷 자세로 곱다시 얻어터지기만 하였다. 이 주제에 하물며 강도에게 덤비다니, 안으로선 감히 꿈도 꾸지 못할 일이었다.

"좋아, 그렇다면 나도 약속하지. 자네가 고분고분히 굴기만 하면 내, 자네 손가락 하나도 다치게 하지 않을 걸세. 그러니까 자네도 내 사업에 협조 좀 해주게나." 여전히 장승처럼 버텨 선 채 사내가 말했다.

"……어떻게 협조해야 합니까?" 바보처럼 안이 물었다.

"무슨 사람이 어찌 그리 앞뒤가 꽉 막혔나?" 사내가 안을 가볍게 질책했다. "내가 이 야심한 밤에 자네 집을 왜 찾아왔겠나? 자네가 이뻐서 문안드리러 왔겠나? 한마디 하면 알아서 기어야지 원…… 그래, 내 말해주지. 자네 돈을 나한테 좀 나눠달란 말일세. 난 자네를 깨울 생각이 없었는데 자네가 돈을 얻다 숨겨뒀는지 아무리 뒤져도 못 찾아서 이리 됐네. 단잠을 깨운 건 미안하지만 너그러이 이해하게. 돈만 주면 나는 곧 가네."

"……드릴 돈이 별로 없습니다." 안이 송구스럽다는 투로 말했다.

"어허, 이 사람 왜 이러나?" 사내가 약간 역정을 냈다. "자네 돈이 나한테로 옮겨온다고 해서 그 돈이 나라 밖으로 새 나가는 것도 아닐세. 여전히 우리나라 돈이라구. 거시적인 안목을 좀 가지게나."

"협조를 못해드려 미안합니다. 선생님이 집을 잘못 찾아오신 것 같습니다." 말본새가 참 별난 밤손님이란 생각과 함께 안이 조금 용기를 내어 말했다.

"그래……? 일단, 별로 없다는 그 돈은 어디 있나?"

"저기 바지 주머니에……."

안이 방문 가까이 서 있는 나뭇가지 형태의 옷걸이를 손짓으로 가리키며 엉거주춤 일어날 태세를 취하자 강한 악력이 여실히 전해지는 사내의 두 손이 어깨를 꾸욱 눌렀다.

"가만…… 그거야 벌써 내가 찾았지. 여기 있어." 사내가 자신이 걸쳐 입은 어두운 빛깔의 상의에 달린 바깥 호주머니를 툭툭 치며 말했다. "근데 말씀이야, 만 원짜리 지폐는 몇 장 안 되더군. 모두 얼마였나?"

"……오륙만 원쯤 될 겁니다."

"그러게 말이야. 이 정도론 내가 창피스러워서 어찌 그냥 갈 수 있겠나? 안 그런가?" 크고 두터운 사내의 손바닥이 안의 한

쪽 뺨을 쓰다듬듯 스쳐갔다. 밉보였다간 무력을 사용하겠다는 무언의 시위 같은 느낌에 안은 등골이 오싹했다.

"그렇지만 가진 돈이 그것밖에 없습니다."

"궁상떤다고 내가 속아 넘어갈 줄 알면 오산이야. 자네가 이런 식으로 나오면 우리 사이에 맺어진 신사협정이 깨어지는 거야. 무슨 말인지 알아들어?" 이전까지와는 달리 쌀쌀맞기 그지없는 사내의 어조였다. 안은 사내의 바짓가랑이를 붙잡는 기분인 채 덜덜 떨며 말했다.

"저, 정말입니다. 절대로 선생님을 속이는 게 아닙니다. 진짜로 돈이……."

"만일 또 뒤져봐서 한푼이라도 딴 돈이 나오면 어떡하겠나?" 사내가 으름장을 놓았다. "그땐 자넨 죽은 목숨이야. 알겠어?"

"……예." 주눅이 든 안의 대답이 마음에 들지 않는다는 듯이 사내가 토를 달았다. "대답 소리가 약해. '만약 딴 돈이 발각될 경우, 죽음이라도 달게 받겠습니다' 하고 분명한 목소리로 말해봐."

"딴 돈이 발각될 경우, 죽음을 달게 받겠습니다……."

"왜 '만약'은 빼먹는 거야? 또, '죽음을'이 아니라 '죽음이라도'라고 내가 말했잖아? 다시 한 번!" 사내가 성질을 부렸다.

"만약 딴 돈이 발각될 경우, 죽음이라도 달게 받겠습니다." 안은 이마 위에 식은땀이 돋아남을 느끼며 앵무새처럼 지껄였다.

서슬이 퍼렇게 다시 뒤진다고 말했던 사내는 그것을 금방 행동으로 옮기진 않았다. 그 대신 안에게 바짝 다가섰던 원래의 위치에서 한 걸음 물러서더니 앞으로의 향배를 생각해보는 눈치였다. 잠시 그랬다가 불쑥, 안을 더욱 불안하게 만드는 말을 들이밀었다.

"저 방에서 자는 아이가 자네 딸 맞지?"

그렇다고 대꾸하던 안의 뇌리엔 사내가 고이 잠든 딸의 방에 침입해 얼씬거리는 장면이 끔찍한 악몽처럼 그려졌다. 올해 고등학교에 입학했으니만치 한 송이 꽃봉오리같이 여린 딸이었다.

"외동딸인가?" 사내가 딸을 들먹이는 게 소름 끼치는 일이었건만 안은 다시 그렇다고 대답하지 않을 수 없었다.

"눈에 넣어도 아프지 않겠군……" 하고 혼잣말처럼 중얼거리던 사내가 갑자기 엄숙한 어조로 뇌까렸다. "이봐, 자네한테 돈이 없다는 걸 딸을 걸고 맹세할 자신 있나? 자네 목숨보다 난 그쪽을 취하겠네. 아직 숫처녀 같아 보이니까 잘하면 몸보신도 되겠지. 산삼보다도 중삼(中3), 고삼(高3)이 더 낫다고들 하니까."

안은 순간적으로 발끈해서 사내를 노려보았다. 스스로 생각하기에도 놀라운 행동이었다. 용자(勇者)에게도 아킬레스건이 있듯, 역으로, 겁쟁이에게도 목숨까지 내놓을 각오가 치솟게 하는 어떤 경우나 대상이 반드시 하나쯤은 있는 법이다. 안에게는 딸에 대한 성적 희롱이 그 경우이자 딸의 안전이 그 대상인 셈이었다.

"왜 꼬나봐? 내 말이 모욕적이란 말씀인가? 그럼 어디 한번 덤벼봐. 모가지가 분질러지고 싶으면…… 허지만 자네, 그보다도 냉큼 돈을 내놓는 게 현명한 처사야. 그렇게만 하면 나한테서 듣기 싫은 소리도 안 들을 테고 억울하게 죽거나 다치지도 않아. 난 양심적인 사람이라 많이도 안 바라. 이 밤중에 잠 안 자고 찾아와서 어렵게 자네 집 문을 딴 수고비만큼만이라도 주면 만족해." 사내의 말투가 어언간 설득조로 바뀌어 있었다.

"그렇게까지 말씀하시는데 돈이 있다면 왜 안 드리겠어요? 먹고 죽으려 해도 돈이 없는 걸 어떡합니까?" 안 역시도 눈에 몰렸던 힘을 풀곤 곡진함이 얹힌 어조로 대꾸했다. 결코 친밀한 관계라 할 수 없는 두 사람이 서로 사정하고 상대방의 양해를 구하는 데 열심인 이상한 판국이었다.

"정말 없나?" 몹시 아쉽다는 듯이 사내가 되물었다.

"……예." 안이 대답했다.

"금붙이 같은 건?" 하고 말하던 사내가 진작에 그게 궁금했다는 듯이 덧붙였다. "참, 자네 안사람은 어딜 갔길래 독수공방인가?"

"……이혼했습니다." 이런 말을 끄집어내야 할 때마다 안은 늘 숙연해지곤 했다.

"저런!……" 사내의 입에서 혀를 차는 소리가 나직이 흘러왔다. "그래서 집구석에 패물 같은 게 하나도 남아 있지 않았구먼. 다 줘서 보냈나?"

사내가 혀를 차는 게 이혼에 대한 동정의 표시인지 손을 댈

패물이 없어 낭패라는 건지 알 수 없었다. 아무튼 안은 고개를 끄덕였다.

"잘했네. 갈라서는 마당에 여자가 소지하고 있던 패물을 갖고 구접스럽게 네 것, 내 것 따지는 건 사내자식이 할 짓이 아니지. 그 점에선 자네가 좀 마음에 드는군."

그렇게 말해놓고 사내는 마치 자기 것인 양 책상에 딸린 안의 의자에 가 걸터앉았다. 불빛 아래 처음으로 사내의 얼굴이 드러났다. 목소리로 대충 짐작은 했었지만 마흔 중반쯤 됐을까, 각진 턱과 음영이 짙은 눈매, 우뚝한 콧날, 지나치게 얇고 작은 입술을 빼놓곤 비교적 잘생긴 얼굴이었다. 직업으로 따지자면 은퇴할 나이도 훨씬 지난 것 같았으나 완강하고 다부져 뵈는 몸매가 그 약점을 충분히 상쇄하고 있는 느낌이었다. 천장에 닿았다고 여겨지던 키는 실상 그다지 크지 않았다.

"그래, 왜 이혼했나?" 은근한 어조로 사내가 물었다. 안은 문득 사내가 무엇을 하자는 건지 의아했다. 갈수록 이해할 수 없는 밤손님이었다. 얘기를 나누다 보니 최초의 공포심도 어느덧 반감된 상태였다.

"……아내가 부정을 저질렀습니다." 숨길 필요도 없는 듯싶어 안은 솔직히 털어놓았다.

"부정을 저질렀다……" 나직이 읊조리던 사내가 말했다. "한 번쯤 용서해줄 마음은 없었나?"

안은 대답을 하지 못했다. 울며불며 매달리던 아내의 모습이 눈에 선했다. 무언가 뜨거운 것이 가슴을 촉촉이 적셔왔다. 눈길을 내리깐 안의 모습을 가만히 지켜보던 사내가 다시 말했다.

"누구든 실수할 때가 있는 법이라네. 모르긴 해도 자네 안사람의 실수에 대한 책임의 절반가량은 자네에게 있을 걸세. 자넨 혹시 아내 몰래 바람피운 적이 없었나? 우리 사나이끼리 솔직히 말해보세."

"그런 적은 한 번도 없었습니다." 그것만큼은 안이 자신할 수 있었다.

"그럼 퇴폐 이발소나 안마 시술소 같은 덴 어떤가? 가봤겠지?"

"……예."

"그것 봐." 사내의 득의가 웃음 속에 배어 나왔다. "그런 데 가는 건 부정이 아니라고 생각하나? 우리 사내들이 열이면 열, 다 하는 짓이라고 해서 부정이 아니라 변명할 텐가?"

"……선생님 말씀이 맞습니다." 교사에게 꾸지람을 듣는 학생처럼 안이 풀이 죽어 말했다.

"그건 그렇고, 자네 시를 쓰나?"

사내가 이번엔 책상 위에 얹어둔 원고지들을 부스럭거리며 안에게 물었다. 워드프로세서로 작성하기 전에 일단 시의 초고를 원고지 위에 긁적거리는 버릇이 안에게 있었다.

"예."

"그렇담 시인인가?"

지존 **89**

"예."

"햐, 이거 영광일세!" 사내는 다소 과장스런 제스처를 썼다. "고매하신 시인을 다 만나 뵙고 있으니까."

"과찬이십니다." 상대방이 누구란 것을 잠시 잊은 채 안이 평상시의 그 경우처럼 멋쩍어 하는 기색을 나타냈다.

"난 글 쓰는 동네엔 문외한이지만 시만 써 갖곤 먹고살기 힘든 게 아닌가?"

"작년 봄까진 출판사에서 일했습니다."

"요즘은 놀고 있다는 얘긴가?" 사내가 관심을 표명했다.

"예. 취직자리가 마땅치 않습니다. 요즘 출판이 전반적으로 불황입니다."

"흐흠, 그렇다고들 하더군." 고개를 끄덕이던 사내가 지나가는 투로 넌지시 물었다. "저축이 좀 있었던 모양이네? 일 년 이상 놀고도 버틴 걸 보면."

"쥐꼬리만큼 있던 것도 이제 다 쓰고 없습니다." 다시금 돈에 관한 얘기가 나오자 안은 자못 긴장한 채 대꾸했다. 아직 통장이 완전히 빈 건 아니었지만 대충 맞는 소리이기도 했다.

사정을 눈치 챘는지 어쨌는지 사내는 금방 좀 전의 화제로 되돌아갔다. 그런데 안으로 하여금 사내를 다시 쳐다보게 만드는 말을 하는 것이었다. 그는 이런 말을 했다.

"난 시를 몰라. 하지만 백 줄의 시구보다 인생에 대한 깊은 고뇌 끝에 눈에서 흘러내리는 한 방울의 눈물이 훨씬 시다운 게 아닐까? 보석처럼 빛나는 한 방울의 뜨거운 눈물 말일세. 그게 진정한 시가 아닐까……."

안은 눈이 휘둥그레져 사내를 바라보았다. 시에 대한 사내의 인식이 무척 신선하게 느껴졌던 것이다. 어디서 주위들은 소리가 아닌가 의심스럽기도 했지만 어쨌든 그건 아무나 할 수 있는 말이 아니라는 생각이 들었다. '완전히'라곤 할 수 없다 해도 안이 사내에 대한 경계심을 허물어뜨린 건 그 말을 듣고 나서부터였다. 사내는 사내대로 자신의 입을 통해 나왔던 말을 반추하듯 한동안 침묵을 지켰다.

"이렇게 함세……" 사내가 무겁게 입을 열었다. "난 이 순간부터 도둑도 강도도 아니네. 자네를 밤에 찾아온, 문자 그대로의 '밤손님'이라고 해두자구. 아깐 딴 돈이 발각되면 자네는 죽은 목숨이라고 엄포를 놨지만 그 말도 취소하겠네. 혹시 자네가 돈을 숨기고 있는진 아직 몰라. 하지만 향후 자네 수중에서 돈이 새로 나타나도 자넬 벌하지 않겠다는 얘기야. 딱한 처지인 자네에게 어찌 내가 돈을 내놓으라고 협박할 수 있겠나? 자네가 자진해서 날 좀 도와주겠다면 별문제겠지만…… 참, 아까 자네 딸을 언급한 것도 미안하네. 아무려면 내가 그런 파렴치한 짓을 하겠나? ……이제 모든 것을 털어놓겠네. 이 시대의 대표적인 양심을 꼽으라면 난 시인을 댈 터인즉, 그런 시인인 자네라면 말이 통하리라 믿음이 가서 말일세. ……사실을 말하자면 난 기부금을 걷으러 다니는 거라네."

"기부금이라뇨……?" 너무나 엉뚱한 낱말의 등장에 안은 멀뚱히 사내를 쳐다보았다.

"지금부터 내가 하는 말을 잘 듣게. 한데 미리 경고해두지만 나중에 절대로 다른 사람에게 발설하진 말게. 그렇잖으면 자네 목숨이 위태로워질지도 몰라. 어떤가? 반드시 비밀을 지키겠다고 맹세할 수 있겠나?" '엄숙,' 그 자체인 표정으로 사내가 말했다.

사내의 태도가 워낙 진지하여 선뜻 그러마, 하고 응하기에 되레 장애가 되는 듯했으나 안은 사내와 눈길을 마주치며 고개를 끄덕였다. 도대체 무슨 얘기를 하려고 사내가 저리 무게를 잡는지 일단 듣고나 봐야 속이 시원해질 것만 같았던 것이다.

"이 원고지 뒷면을 잠시 내가 사용해도 되겠지?" 무슨 까닭인지 사내가 빈 원고지 한 장을 손에 집어들곤 힐끗 안을 쳐다보더니 볼펜으로 그 이면에다 사각사각 무엇인가를 썼다.

"자아, 자네 이걸 한번 읽어보게나. 어때? 잘 보이나?"

안은 그 종이 위에 적힌 글씨를 읽기 위해 눈조리개를 부지런히 조절해야만 했다. 큼직큼직한 영어 알파벳들이었으나 획이 가는 데다 흰 여백이 불빛을 반사하는 탓에 얼른 알아보기 힘들었다. 사내는 안이 더듬자 종잇장의 각도를 두세 차례 수정하는 수고를 아끼지 않았다.

'Civilian Corps'

"……시빌리언 ……코즈." 안이 글씨를 읽기에 성공하자,

"'코즈'가 아니라 '코'라네. 여기에선 단수니까" 하고 발음을 교정해준 사내가 잇따라 말했다. "'시빌리언 코,' 우리말로 옮기면 '민간인 군단'이라고나 할까…… 내가 만들고 있는, 아니 자금이 확보되기만 하면 한두 주 이내라도 활동이 가능하게끔 핵심 조직은 이미 결성된 단체의 이름이야."

"'민간인 군단'이면…… '참여연대'라든지 '시민연대' 같은 성격의 사회운동 단체입니까? 그런 단체를 엔지오(NGO)라고 하던가요?" 안이 아는 체를 했다.

"천만에!" 사내가 강한 어조로 부인했다. "우리 씨씨는—이제부턴 '시빌리언 코'를 이니셜을 따서 '씨씨'로 약칭하겠네. 아니, 반드시 그렇게 불러야 하는 게 규칙일세. 조직의 안전을 위하여—그런 단체들과는 백팔십도 달라. 철저한 지하 조직이자 오직 무력의 사용만을 수단으로 하지. '군단'이라는 명칭이 천명하듯이…… 내가 말로 설명하는 것보다 자네가 이걸 한번 읽어보면 우리 씨씨가 지향하는 바가 뭔지 금방 알 수 있을 걸세."

사내는 주섬주섬 상의 안주머니에서 모서리들이 좀 해진 흰 편지 봉투 하나를 끄집어냈다. 그러곤 그 안에 접힌 채 들어 있던 종이 한 장을 펴서 안에게 던져주었다. 자잘한 육필의 글씨들이 씌어진 A4 크기의 종잇장이었다. 안은 그 글씨들이 불빛을 잘 받는 데에 위치하도록 종잇장을 손에 들었.

    Civilian Corps 결성을 공고함

삼가 언론사 제위께 알려드리나이다.

온갖 불법과 부정이 판치는 이 나라 현 실정에 분노한 우리 애국 시민들이 상기 단체의 결성을 완료, 이 시간부터 본격적인 활동을 시작합니다. 권력과 부를 악용하여 법 위에 군림하는 자, 몹쓸 죄를 짓고도 갖은 수단과 방법을 동원해서 법망을 빠져나가는 자, 그 밖의 모든 파렴치한 짓을 저지른 자들은 우리의 무자비한 철퇴를 피할 길이 없음을 감히 선언합니다. 우리는 사회의 해충이나 다름없는 이 자들에 대해 경고, 납치, 구금, 구타, 경우에 따라선 완전히 제거함으로써 모든 선량한 국민들을 보호하고 우리 사회를 정화시킬 것입니다. 폭력이라는 수단에 호소할 수밖에 없는 우리의 선택이 왜 불가피했는가에 대해선 어느 누구보다도 언론사 제위께서 잘 알고 계실 것입니다.

(이하 생략)

악을 심판하는 정의의 무력 단체,
Civilian Corps 최고 지도자회의 의장
지존 배상

"시인 선생이 보기엔 글이 제대로 된 건지 모르겠지만 아무튼 그게 초안일세. 때가 되면 그걸 국내의 모든 언론사, 방송사에 한꺼번에 뿌릴 걸세. 아마도 나라 안이 발칵 뒤집힐걸. 뒤가 구린 자들은 제 발이 저려 전전긍긍할 테고…… 그래, 그걸 읽고 난 자네 소감을 말해보게."

눈 가까이 대고 글을 들여다보던 안이 다시 고개를 들자 사내가 말했다. 안은 곧바로 대답을 하지 못한 채 우물거렸다.

"혹시 황당무계하다고 생각되진 않나?" 사내가 안에게 물었다.

"……"

"그렇긴 해도, 우리 씨씨의 취지에는 공감하는 바가 있지?"

"……예." 안이 대답했다.

"그럴 거야. 우리 사회를 바라보는 양식 있는 사람들의 눈은 다 비슷비슷하니까. 다만 각자가 생각하는 해결 방법에 좀 차이가 날 뿐이지. 그러니까 자네나 나나 근본적인 사회 개혁의 욕구는 동일한 거야. 이의 있나?"

"……없습니다." 안이 대답했다. 안은 사내의 기(氣)에 눌리는 느낌인 한편, 묘한 끌림을 자인하지 않을 수 없었다.

"좋아," 사내가 말했다. "실은 내가 한눈에 알아봤지만 자넨 신뢰할 만한 인물이야. 자넬 우리 씨씨의 비밀 회원으로 받아들이겠네. 축하하네."

"예에……?" 안은 예기치 못한 사내의 말에, 황급히 모가지를 집어넣는 자라처럼 움츠러들었다.

"이봐, 시인 선생!" 돌연 사내가 위압적인 눈빛을 세웠다. "자넨 이미 우리 조직의 비밀을 알아버렸어. 이 마당에 내 기대를 저버리지 말게. 만약 그러면 내가 곤란하네."

"……."

"걱정할 것 없어. 난 자네가 뭘 걱정하는지 알아." 사내가 말투를 부드럽게 바꾸었다. "자넨 어떤 경우에도 안전해. 난 자네 이름도 묻지 않아. 자네는 내 밑의 행동 조직과는 상관없이 나하고만 하나의 점 조직으로 연결되는 거야. 그러니까 만에 하나, 내가 붙잡혀도 나만 입을 다물면 그만인 거지. 자네가 만약 내가 누구인지 알면 내 말을 틀림없이 믿을 텐데…… 좋아, 말해주지. 난 해병대 중령 출신이야. 자랑 같지만 사나이 중의 사나이지. 내가 거느리는 행동대원들은 과거, 월남전에서 나와 함께 무수한 죽을 고비들을 넘나들었던 내 부대원들이 대부분이고…… 날 믿어. 자네가 사나이라면 날 믿을 수 있겠지?"

점차 고조되던 사내의 목소리가 격정을 듬뿍 머금은 채 멈추었다. 월남전에 참전했다 하니 겉모습보단 대여섯 살 위로, 안에 비하면 거의 열 살은 연상인 셈이었다. 그런 사내가 강한 호소를 담은 눈으로 대답을 재촉하고 있었으므로 안은 몹시 곤혹스러웠다.

"어서 말해주게. 날 믿을 수 있다고……."

우정 어린 음조였다. 그건 윽박지름보다 더한 강요로 안을 압박했다. 하는 수 없이, 하지만 전적으로 타의에 의했다곤 스스로 변명하고 싶지도 않은 기묘한 기분인 채, 안은 선생님을 믿겠습니다, 하고 체념하듯 말했다.

"자넨 역시 훌륭해." 사내가 안을 추켜세웠다. "다만 한 가지

"자네가 생각하기엔 우스울 거야. 사회의 독초들을 제거하겠다고 나선 우리 씨씨의 우두머리인 내가 좀도둑질이나 하려고 자네 집에 몰래 숨어들었다는 사실이…… 아무리 목적이 수단을 정당화한다 해도 너무 치사한 짓이라는 건 나도 인정해. 하지만 우리 조직의 자금 문제가 그만큼 심각하다는 걸 이해해주게. 대충 십억 정도의 기금이 우선 필요해. 아지트를 장만해야 하고 무스탕이나 갤로퍼 같은 차도 두어 대 구입해야 하니까. 활동 경비도 있어야만 하고…… 그렇다고 드러내놓고 기부금을 모금할 성격도 아니니 어떡해? 나와 우리 행동대원들이 이 짓이라도 해야 한다고 결정했던 거지. 지금 이 시간에도 우리 불쌍한 행동대원들이 각자 나와 같은 업무를 수행하고 있을 거야. 그동안 자네와 같은 비밀 회원들도 많이 모았지만 실적이 너무 미미해. 마음들이야 한결같이 우리 사업에 동참하고 싶다 해도 경제력이 따라주지 않는 걸세. 어쩐다……? 오늘도 내가 공치게 생겼으니. 가장 많은 실적을 올려야 할 지존인 내가 말일세……."

사내는 몹시 안타깝다는 표정을 떠올렸다. 안은 다시금 심한 압박감을 느꼈다. 사내가 안의 안색을 살피며 말했다.

"조금이라도 성의를 표시할 순 없겠나? 제발 내 체면을 좀 살려주게. 어디까지나 나라를 위하는 일이네."

"……죄송합니다. 지금 제 형편이 그렇습니다." 안은 머리를 조아렸다.

지적해둘 건, 이제 자네가 우리 조직의 일원이 된 이상, 날 선생님이라 호칭해선 안 돼. '지존'이라고 불러주게."

"지존……?" 방금 글귀에서 그 낱말을 눈으로 봤을 때와 마찬가지로 귀로 듣기에도 그건 안에게 생소했다.

"너무 거창한 것 같을 테지만 우리 동지들 사이에 통하는 내 별명이니까 그대로 따라주게. 월남전 당시, 워낙 대담무쌍하게 전투를 치르면서도 나 자신은 물론, 부하들까지 다치게 하지 않아서 생긴 별명일세. 존경심이 우러난 부하들이 날 그렇게 불러주었던 거지. 그 명예로운 호칭을 지금 자네 입을 통해서도 듣고 싶네. 자아, 어디 한번 불러보게, 지존이라고."

"……지존!"

그렇게 부르고 나니 안은 사내에게 마음의 무릎이 꿇린 느낌이었다. 사내는 만면에 흐뭇한 빛을 띠었다.

"좋아." 사내가 말했다. "자넨 이제부터 '시인 동지'라 부르겠네. 앞으로 누가 연락해서 '시인 동지'를 찾으면 난 줄 알게. 혹시 자네한테 다른 의견이라도 있나?"

"……없습니다."

앞으로 연락한다는 사내의 언급에, 내가 왜 이 지경까지 와버렸나 마음이 켕겼지만 안은 순순히 대답하지 않을 수 없었다. 책상 위를 짚고 있던 양 팔꿈치를 거둬들여 팔짱을 낀 자세를 취한 사내는 눈길을 위로 한 채 한동안 침묵을 지켰다. 그러다 자못 숙연한 어조로 말문을 열었다.

일순 사내의 얼굴에 착잡함과 분노가 뒤섞인 빛이 스쳐갔다. 그러나 곧 미소를 지으며 퍽이나 엉뚱한 방향으로 말머리를 돌렸다.

"술 있나?"

"술이요?" 안이 되물었다.

"자네가 우리 조직에 가입하기로 한 영광스러운 자리에 어찌 축하주가 없을 수 있겠나? 한잔 하세."

"없는데요." 안의 대답은 사실이었다.

"없어? 시 쓰는 사람 집에 술이 없다니 그래 갖고 시를 어떻게 쓰누?" 사내가 안에게 가벼운 핀잔을 주었다. "그렇담 술하고 안주를 좀 시키게."

"지금 이 시각에요?"

"가만있자, 지금 몇 시야?" 사내가 자신의 손목시계를 들여다보았다. "……아직 세 시밖에 안 됐네. 야식집에 주문하라구. 거실 탁자 위에 생활정보지가 하나 놓여 있던걸. 자아, 우리 나가자구. 답답하게 방구석에서 이러고 있지 말구."

안은 사내가 던져주는 바지를 걸쳐 입곤 그에게 이끌려 거실로 나와 불을 켰다. 사내가 먼저 소파 위에 털썩 몸을 부렸다.

"기왕이면 얼큰한 걸로, 해물탕 대자로 시켜. 소주도 두어 병 함께 갖고 오라고 하구."

무언가 뒤죽박죽인 기분인 채 안은 생활정보지에 난 야식 배달집의 광고를 찾아들곤 탁자 위의 전화기 번호판을 눌렀다. 사내가 자기 곁에 앉으라고 안의 손목을 잡아끌었다.
　주문한 음식이 도착하기까지의 약 반 시간 동안, 사내와 안은 각각 두 개비의 담배를 피웠다. 사내가 마치 다정한 친구에게 하듯 연신 뭐라 지껄였지만 안의 귀엔 하나도 들어오지 않았다. 배달원이 들어오는 순간, 강도야, 소리친다. 그러고는 배달원과 합세해서 사내에게 덤벼든다. 그런 상황만 되면 혹시 이 사내를 붙잡거나 내쫓을 수 있지 않을까? ……그런데 이 사내가 그리 호락호락할까? 월남전에서 '지존'이라는 별명을 얻었으리만치 용맹을 떨쳤다는 이 사내가 말이다. 저 딱 바라진 어깨며 어깨를 짚던 손의 악력으로 미루어 보건대 사내의 말이 단순한 허풍이 아닌 것만 같다. 까딱하면 코뼈가 부러지고 턱이 으스러지는 험한 꼴을 당할지도 모른다. 게다가 만약 사내가 말한 조직이 실재할 경우, 그 뒷감당을 어이할꼬? 또, 조직의 실재를 전제한다면 다소 허황스럽긴 하지만 정의를 표방하는 그 조직의 우두머리와 적대시함이 과연 옳은가? 그건 그렇고, 이 사내에게 그다지 미움이 가지 않는 건 무슨 까닭일까……?
　온갖 사념들이 실타래처럼 헝클어진 가운데 벨소리가 울렸다. 안은 갑자기 온몸에 찬물이 끼얹어진 듯 움찔했다. 가슴이 갈팡질팡 뛰었다. 아직 어떻게 해야 할지 결정을 내리지 못한 상태인 채 긴장에 떨며 일어서는 안을 사내가 갑자기 한쪽 팔로 제지했다.
　"자넨 꼼짝 말고 있어."

사내가 현관으로 가서 안의 눈엔 보이지 않는 문밖의 배달원에게서 술과 음식물을 건네받고 셈을 치르는 동안, 안은 사내의 지시를 충실히 따랐다. 안은 도리어 안도의 한숨을 몰래 내쉬었다. 자신의 내심을 사내에게 들켜버린 것이 아닌지 걱정까지 하면서.

　"이거 원, 내 호주머니를 털어야 하다니 자네, 손님 대접이 영 말이 아니군." 사내가 마치 자기 돈을 써버린 양 투덜거렸다.

　김이 모락모락 나는 해물탕 대접이 탁자 위에 차려졌다. 사내는 자신이 한 잔 마실 때, 안이 두 잔을 비우길 강요했다. 안의 조직 가입을 축하하는 술자리인 만큼 그래야만 한다는 것이었다. 안은 그의 비위를 거스르지 않기 위해 건네오는 술잔을 마다하지 못했다. 그리하여 긴장 속에서도 조금씩 취해갔다. 안보다는 덜했지만 마신 술이 쌓여가자 사내도 취기가 오르는 모양이었다. 언성의 높낮이를 조절하던 조심성을 잃어버린 채 한밤의 고요를 거침없이 깨뜨리는 것이었다.

　"자네가 아직도 날 도둑놈으로 생각한다면 당장 경찰에 신고해버려. 내 아무 짓도 안 할게. 신고해! 신고하라니까!" 사내는 안의 손에 수화기를 쥐여주는 호기까지 부렸다. "아 글쎄 일일이를 꽉 눌러버리라니까."

　"왜 자꾸 이러세요?" 안이 당황해 하면서도 취중의 객기를 빌려 말했다. "전 선생님을 믿는다고 벌써 말했잖아요?"

　"우라질, 왜 또 선생님이야? 지존이라니깐." 사내가 꼬집었다.

"참, 지존······."

"그렇게 말해주니 고마우이. 난 자네가 어떻게 나오나 한번 시험해본 거였어." 사내가 농을 거두었다. "내가 사람을 잘 본 거지. 아무려면 사나이끼리 한 약속인데······."

다시 부지런히 사내가 안에게 술을 권했다. 어언 배달 받은 두 병의 소주가 거의 바닥났다. 안은 꽤 취기를 느꼈다. 하지만 긴장을 늦추지 못해서인지 평소와는 달리 비교적 정신은 맑은 편이었다. 이따금 안의 낯빛을 흘끔거리던 사내가 다시 입을 열었다.

"그런데 말씀이야, 시인 동지! 자네 지갑 속에 신용카드가 세 개나 있더구먼. 내가 그걸 그냥 집어갈 수도 있었지만 차마 그러질 못했네······ 우리 조직이 필요로 하는 건 현금이지 자질구레한 물건들이 아니니까." 사내는 표정을 굳힌 채 잠시 안을 노려보다가 말을 이었다. "지금 생각난 건데, 자네한테 기부금을 낼 기회가 전혀 없는 건 아니네. 신용카드로 대출을 받으면 될 게 아닌가? 셋을 사용하면 모르긴 해도 백, 아니 이백쯤은 간단히 마련할 수 있을 걸세."

"그, 그건," 황망히 내뱉는 안의 말머리를 사내가 재빨리 낚아챘다.

"알아, 자네가 무슨 말을 하려는지. 하지만 대의를 생각하게. 우리 사업은 돈 몇 푼을 아낄 일이 아냐. 자부심을 갖고 기부하게. 자네는 이미 회원이야. 말로만 그럴 게 아니라 가능한 한

성의를 표시해야만 돼. 자넨 사나이야. 그리고 이건 자네가 사나이임을 증명할 수 있는 좋은 기회야. 까짓것, 한번 꽉 쓰게나. 내 말을 이해하겠나? 예스인지 노인지 그것만 말해보게."

"......이해합니다." 안은 코너에 몰린 심정으로 대답했다.

"그럼 어떡할 셈인가?" 사내는 상체를 안에게 바짝 들이밀었다.

"......나중에 돈을 부쳐드리겠습니다." 당면한 난경을 모면하기 위해 안은 생각이 떠오르는 대로 대꾸했다. "은행 계좌를 알려주시면 그렇게 하겠습니다."

"고맙네, 시인 동지." 여전히 녹록잖은 눈길을 보내며 사내가 말했다. "하지만 그 방법은 곤란하네. 어떤 경우에든 내 계좌 번호가 노출돼선 안 돼. 자네를 못 믿어서 하는 얘긴 결코 아닐세. ......이렇게 하자구. 이따 은행 문이 열릴 시간이 되면 자네가 나와 함께 나가는 거야. 실은 말일세, 우리 행동대원 한 사람이 문밖 어디엔가에 숨어 대기하고 있다네. 자네 딸이 자네가 돌아올 때까지만 등교하지 않도록 설득해주게. 그동안 우리 행동대원이 자네 딸을 보호하고 있도록 지시하겠네. 자네 딸이 절대로 눈치 채지 못하게끔 바깥에서. 딸애를 공연히 겁을 집어먹게 만들어선 안 되니까. 거듭 말하지만, 과감히 기부금을 납부할 자네를 못 믿어서 그런 조치를 취하겠다는 게 아님을 명심해두게. 이건 어디까지나 앞으로의 활동을 위한 훈련 과정의 일환으로 그렇게 하는 걸세. 우리 행동대원들이 죄다 전투 경험만 있지 몰래 누굴 감시한다거나 하는 일을 해본 적이 없으니까.

시인 동지! 내 말이 이해가 되나?"

"……이해됩니다." 뭔가 알쏭달쏭 혼란에 빠진 가운데 안이 얼결에 대답했다.

그 직후였다. 승강기가 올라와서 멈춰 서는 소리가 어렴풋이 들려왔다. 이어 딩동, 벨이 울렸다. 그 소리에 사내가 문득 긴장하는 빛을 드러냈다.

"뭐야, 이거?" 사내가 나직이 뇌까렸다. "벌써 그릇 가지러 왔나?"

그러더니 벌떡 일어서서 현관문 앞으로 다가가 소리쳤다.

"누구요?"

"신문입니다." 젊은 남자의 목소리가 응답했다.

"난 또 뭐라고……" 사내가 맥이 빠진다는 투로 지껄였다. "신문이면 거기다 놔두고 가지 왜 벨은 눌러?"

"사은품을 갖고 왔습니다. 잠깐만 문 좀 따주세요."

"이런 제기랄, 그런 건 낮에 갖다 줘야지 왜 꼭두새벽부터……."

사내의 말은 그러나 끝맺음을 하지 못했다. 문이 열리자마자 거센 기세가 왈칵 내부로 밀어닥쳤던 것이다. 그 돌발적인 사태에 직접 몸으로 밀침을 당했던 사내보다도 멀거니 바라보고만 있던 안이 더욱 대경실색, 하마터면 까무러칠 뻔했다.

날쌘 동작으로 집 안으로 침입한 건 건장한 네 남자였다. 둘은 사복 차림이었고 둘은 경찰관의 정복 차림이었다. 맨 앞에선 사복은 손에 부리를 세운 권총까지 들고 있었다.

"집주인이 누구요?"

권총을 든 사복이 말했다. 그는 날카로운 눈으로 사내와 안을 번갈아 바라보았다.

"······접니다." 그제야 비실비실 소파에서 몸을 일으키며 안이 대답했다. 대관절 경찰이 어떻게 알고 왔을까? 안은 희한하다 못해 손등이라도 꼬집어봐야 될 것만 같았다.

"그럼 이 친구군!" 사복이 금세 사색이 된 사내에게 총부리를 겨누었다. "당신, 양팔 들어! 바짝! 서툰 짓 하면 다쳐."

"왜 이래요?" 사내가 그 와중에도 비굴해 뵈는 웃음을 흘리며 주절거렸다. "뭔가 오해를 하신 겁니다. 저는 이 집 손님입니다. 저길 보세요. 술을 마시고 있었다니까요."

사복이 힐끗 탁자 위에 얹힌 안주 대접과 빈 술병들을 쳐다보았다. 그러곤 좀 의아스럽다는 표정을 지었다.

"김형사, 박형사! 이 사람 좀 붙잡고 있어." 지시를 내리고 난 사복이 안을 향해 물었다. "이 사람 말이 사실입니까? 아는 사람이냐구요."

"잘 모르는 사람입니다." 안의 대답에,

"왜 그래, 시인 선생?" 두 경찰관에게 양쪽 팔을 결박당한 사내가 무슨 소리냐는 듯이 바락바락 고함을 질러댔다.

"이럴 수가 있어? 왜 날 모략하는 거야? 왜 우리가 모르는 사이야? 엉?"

"시꺼! 당신은 입 다물고 있어!" 사복이 사내의 면상을 쥐어박듯 꽥 소리쳤다. "이따 조사해보면 다 나올 걸 갖고 쓸데없이 악쓰지 마."

조사해본다는 말이 주효했던지 사내는 언제 그랬냐 싶게 일순간에 맥없이 고개를 떨어뜨렸다.

"이 친구 먼저 끌고 가서 차에 태워놔."

경찰관들에게 연행된 사내가 문밖으로 사라지고 나자 사복이 안의 등뒤를 건너다보며 좀 전과는 달리 부드러운 목소리로 말했다.

"학생이 신고했었나?"

언제부터인지 모르게 안의 딸이 문틈으로 빠끔 얼굴을 내밀고 있었다. 불안과 두려움이 짙게 덧씌워진 얼굴이었다.

"……그 사람이 아빠를 협박하는 것 같았어요. 경찰에 신고할 테면 해봐라, 하는 소리가 다 들렸어요. 전 겁이 나서……"

"이젠 조금도 겁낼 것 없다. 겁이 난다고 신고를 안 했으면 어떡할 뻔했니? 참 잘했다. 너한테 휴대폰이 있어서 정말 다행이었구나." 경찰관이 딸을 다독거리고 나서 안에게 말했다. "잠깐 서까지 가주셔야겠는데요."

찬 새벽 공기를 한참 쐰 다음, 조서를 꾸밀 태세인 수사관의 책상 앞에 수갑을 찬 사내와 나란히 앉았을 땐 안의 술기운도 웬만큼 가셨다. 사내는 안의 거실에서 떨어뜨린 고개를 내내 그대로 유지한 채 안에게 곁눈 한 번 주지 않았다. 안은 그런 그와 근접한 거리에 앉아 있기가 몹시 불편하고 서먹서먹했다. 왠지 피치 못할 잘못을 저지른 느낌이었다. 차라리 사내가 배신에 대한 원망과 질시를 노골적으로 표출한다면 마음이 더 편할 것만 같았다. 불과 반 시간 전까지만 해도 '지존'이라고 큰소릴 치던 사내가 형편없이 쪼그라든 모습으로 전락한 현장을 목격해야만 하는 자신의 처지가 불운이라 여겨지기까지 했다.

그랬다.

안의 속마음은 사내가 체포당한 데 따른 후련함을 만끽하기보단 이런 식으로 굴러갈 수밖에 없었던 한밤의 운명에 대한 아쉬움과 착잡함으로 천근같이 무겁기만 했다. 안은 수사관의 양해하에 연거푸 담배를 피워댔다.

수사관은 노트북 컴퓨터를 앞에 두고는 사내에게 몇 가지 기본적인 질문을 하기 시작했다. 이름은? 주소는? 주민번호는? 사내는 기왕 붙잡힌 마당에 수사관을 애먹여봐야 좋을 게 없다고 판단한 탓인지 뜸들이지 않은 채 고분고분 대답했다. 그런데 자판을 두드리던 수사관의 손이 한순간 멈춰졌다. 수사관은 잔뜩 눈살을 찌푸리며 잠시 모니터를 들여다보았다.

"이 친구 봐, 이거…… 도대체 전과가 몇이야? 사기에다 폭행, 또 사기, 사기, 사기, 절도…… 게다가 소싯적엔 탈영까지! 요란뻑적지근하구먼. 근데 이번엔 강도로 전업했다구? 어이구, 이 인간아……."

별안간 수사관이 책상 너머로 주먹 쥔 팔을 뻗어 사내의 머리

통을 호되게 쥐어박았다. 불시에 일격을 당한 사내가 윽, 신음을 내뱉었다. 하지만 정작 모진 아픔을 느낀 건 안의 마음이었다. 안은 사내의 신음에 겹쳐, 신음보다 훨씬 멀고 깊숙한 곳에서 들리는 어떤 환청을 들었던 것이다. 그것은 하나의 거대한 제국이 삽시간에 와르르 몰락하는 소리였다.

황사에 바치다

"카드는 안 쓰시나요?"

꽃들이 보관된 냉장 쇼케이스 안을 들여다보고 있던 나는 그 소리에 고개를 돌렸다. 손에 든 전정가위를 부지런히 놀리면서 꽃집 여자가 다시 말했다.

"거기 예쁜 카드들이 많은데 기왕이면 하나 골라보세요."

여자가 눈짓으로 한쪽 벽에 걸쳐 세워져 있는 목제 카드꽂이를 가리켰다. 다세대용 우편함처럼 생긴 그것엔 칸막이들마다 생일카드, 입학·졸업 축하카드, 연인에게 보내는 카드 따위의 글씨가 적힌 종이쪽지가 하나씩 붙어 있었다. 나는 멋쩍게 웃으며 고개를 저었다.

꽃집 여자는 더 이상 내게 카드의 사용을 권하지 않았다. 나는 여자가 금속 재질로 보이는 끈과 연분홍색 포장지, 그리고 반짝거리는 투명 셀로판지로 꽃다발에 외장(外裝)을 입히는 동안, 하나같이 앙증스럽도록 조그마한 카드들을 구경하였다. 그것들은 내가 모르는 누군가의 설렘, 혹은 기쁨이 담기기를 기다리고 있었다.

불현듯 간밤의 꿈속에서 본 두 눈동자가 떠올랐다. 싯누런 모래바람이 대기를 가득 메운 가운데 까만 두 눈동자가 공중에 둥둥 떠다니면서 이윽한 눈길로 나를 내려다보고 있었다. 아마도 자기 직전에 시청했던 황사에 관한 텔레비전 특집 프로가 그 꿈을 불러왔을 거였다. 예년보다 일찍 찾아온, 또한 더욱 빈번해진 황사 현상의 원인과 폐해에 대해 꽤나 심도 있게 설명해주던 기상 전문가에게서 고비 사막, 타클라마칸 사막 등의 지명을 들었던 것이다. 나는 새삼스레 황사가 사막 토양의 공중 이동이란 사실을 깨닫곤 창문을 열어젖히고 뿌옇게 흐려진 밤하늘을 올려다보기까지 하였다.

"예쁘죠?"

꽃집 여자가 완성된 꽃다발을 들어 보였다. 나는 웃으며 고개를 끄덕였다. 꽃다발을 평가할 안목이 내게 있을 리 만무했지만 검붉은 꽃송이들과 그 주위를 둘러싼 녹색 식물의 어우러짐이 보기 좋은 건 사실이었다. 나는 미리 약정했던 꽃값을 치렀다.

"불타는 사랑……" 꽃다발을 건네주며 여자가 미소 띤 얼굴로 말했다. "흑장미의 꽃말이에요. 이걸 받으시는 분이 누구신지, 무척 행복하시겠어요."

길거리에 세워둔 승용차들의 후드며 앞 유리창 위에 먼 여행에 지친 먼지들이 자욱이 내려앉아 있었다. 나는 아기를 안듯 조심스레 꽃다발을 받쳐 들곤 내 사무실이 위치한 방향으로 천천히 발걸음을 떼어놓았다. 차도는 무리 지어 오가는 차량들로 혼잡했으며 먼 데 서 있는 고층 건물들일수록 누르스름한 하늘을 배경으로 한 거대한 묘석처럼 보였다. 아직 점심시간도 채 끝나지 않은 대낮인데도 워낙 시야가 흐린 탓으로 전조등을 밝힌 차량들이 더러 눈에 띄었다.

눈과 호흡기 질환이 우려되는 날씨니 되도록 외출을 삼가라는 경고 방송이 일기예보 시간마다 되풀이되고 있었지만 도심의 인도는 그런 얘기쯤은 아랑곳하지 않는 용감한 행인들로 붐볐다. 꽃다발이나 꽃바구니, 혹은 사탕 부케를 들고 다니는 젊은 이들이 자주 내 곁을 지나쳐 갔다. 그들은 대개 남녀 한 쌍, 아니면 서너 명씩 무리를 지어 손에 든 것을 자랑하듯 거리를 활보하거나 초록 등이 깜박거리는 횡단보도를 우르르 뛰어 건너가곤 했다. 그들은 어느 누구도 그들의 머리 위로 흘러가고 있는 사막에 한눈 팔지 않았다.

80년대 중반의 두 해를 나는 사막, 그것도 밤의 사막을 지키는 일만으로 일관하였다. 밤마다 사막을 눈앞에 두고 지새운다는 것, 그게 내가 주어진 임무였다. 거긴 중앙아시아의 사막들보다도 더 먼 아라비아 반도의 사막이었다. 내 삼십대의 가운데 부분은 그 처량했던 임무가 말해주듯 황량한 사막 가운데 홀로 모래바람을 마주해 서 있는 것만큼이나 의지할 데 하나 없이 막막하기만 하였다.

사우디의 공사장으로 떠나기 직전이 내가 살아온 세월 가운데 가장 어려웠던 때일 것이다. 그때까지 나는 사법고시 2차 시험에 자그마치 열 번을 떨어졌다. 대학 4학년 때부터, 군 복무를 하느라 불가피하게 빠뜨렸던 세 번의 기회를 빼놓곤, 놓치면 큰일날세라 해마다 꼬박꼬박 응시함으로써 그토록 엄청난 실패의 실적을 쌓고 말았다. 결과를 예측하였더라면 그리 할 바보가 없을 테지만, 나 또한 과감히 미련을 떨쳐버리지 못한 채, 한 번만 더, 이번엔 꼭, 하고 엉덩이를 의자 위에 무겁게 부려놓곤 했으니 누굴 탓할 일도 아니었다. 열 번을 채우고 나자 내 심리적 마지노선이 무너져버렸다. 사시(司試)라는 나무는 내가 열 번을 찍어도 넘어가지 않음이 판명된 셈이었으니까. 나는 그제서야 다른 나무에 도끼를 댈까 하고 주위를 기웃거려 보았다. 명문 대학 졸업장이 있으니 아무려면 일자리 하나 구하지 못할까 싶었는데 막상 취업을 하겠다고 나서보니 실정은 딴판이었다. 웬만한 기업체의 신입사원 채용엔 나이에 걸려 이력서를 내는 것조차 허용되지 않았다. 한두 살이 문제라면 인사과 같은 델 찾아가 사정이라도 해볼 용기라도 내봤을지 모르지만 대여섯 살이나 차이가 나 시쳇말로 쪽팔려서 도저히 그렇게 하진 못할 노릇이었다. 나이로만 따지면 경력사원에 지원해야 마땅한 일인데 사시 열 번 낙방의 경력을 예쁘게 여겨 사준다는 데가 어디 있단 말인가. 나는 취직이 무망하다는 사실을 절감하고부턴 방구석에 틀어박힌 채 세상과 고립된 나날을 보내야만 했다. 연애를 하면서도 잘도 시험에 붙는 동창생들도 더러 있었지만 나는 위로해줄 여자도, 떠나보낼 여자도 가져본 적이 없었다. 그만큼 나는 시험에 온갖 것을 걸었으며 누구 못지않게 공부에만 몰두하였던 것이다. 학창 시절의 성적으로 쳐도 합격자들에 비해 나으면 나았지 못하지 않았다. 그렇다면 오로지 불운이 원인일까? 하지만 이 바닥에서의 '불운'은 너무나 흔해 빠져 아무도 귀담아 듣지 않는, 일테면 게으른 공무원의 입에 붙은 '인력이 모자라서……'에 버금갈 만큼 데데한 변명에 지나지 않을 터였다. 게다가 불운도 열 번이라면 무슨 할 말이 있을 것인가. 나는 의기소침의 단계를 지나 거의 자포자기 상태에 빠져들었다. 입신양명은커녕 평범한 삶에 복귀하기에도 너무 멀리 와버린 것이었다. 결혼도, 먹고살기 위한 방편도, 한나절이나 전에 떠나버린 막차처럼 여겨졌다. 만약 내가 돈 있고 백 있는 집안 출신이었다면 얘기가 달라지겠지만 불행히도 나의 양친은 어디까지나 가진 것 없고 배운 것 없는 농투성이에 지나지 않았다. 양친은 이미, 어느 시골 구석에나 한둘은 꼭 있게 마련인 천재 소릴 듣는 아이를 자식으로 뒀던 죗값을 톡톡히 치르고 있었다. 남들에게 분수도 모른다는 손가락질을 받아가며 조금 가졌던 전답을 내 뒷바라지에 거의 다 탕진하곤 늙고 병든 몸을 연명하기 위해 날품팔이로 나선 지 오래였다. 제대 후부터 내 후원자는 누님 내외였다. 매형이 동사무소의 말단 공무원인 누님의 쪼들리는 가계에서 나는 숙식은 물론, 책값, 목욕비, 이발비 따위의 기본 용돈까지도 염치없이 조달받고 있었다. 나중에 열 배, 아니 백 배로 갚으면 되잖니, 하고 누님이 말하곤 했지만 열 번의 대기록이 세워지고 나자 실망의 빛을 감추지 못했으며, 언제라도 붙기만 한다면야……, 하고 애써 대범한 척하던 매형 또한 더 이상의 아량을 베풀 필요성을 느끼지 못한 듯 곱지 않은 시선을 보내는 것이었다. 돌이켜 보건대, 때맞춰 내게 사막이 나타나주지 않았더라면 그 후의 내 삶이 그 어떤 추락의 경로를 밟았을지 상상하기도 끔찍한 노릇이다.

긴 세월을 법전(法典)에만 코를 처박고 있던 나 같은 사람에겐 타인들과의 교제 범위가 극히 제한적일 수밖에 없었다. 가까운 친구들과의 만남도 극도로 자제했으며 동창회나 향우회로부터 나오라는 전갈이 이따금 들려와도 그동안 나는 단 한 차례도 그 부름에 응하지 않았다. 시간의 낭비가 두렵기도 했지만 그보다도 오랜 수험 생활에 찌든 내 몰골로 말할라치면 마르고 핼쑥하기가 중환자를 방불케 했으므로 지인들의 눈을 피하고만 싶었던 것이다.

그런데, 그 무렵 실의에 빠진 채 밤낮 잠으로만 소일하고 있던 나에게 고향 선배 한 사람이 전화를 걸어왔다. 향리의 초등학교와 중학교 두 해 선배인 그는 잊을 만하면 전화로 내 안부를 물어보곤 하였다. 그는 헛된 꿈이나 꿨던 나와는 달리, 고등학교만 졸업하곤 곧바로 사회생활을 시작해 당시엔 모 건설회사에 다니고 있었다. 왠지 그는 소싯적부터 자기 친동생보다도 나에게 더 살갑게 대했으므로 나도 그에게만은 남다른 친근감을 느껴오던 차였다. 그는 신문을 봐서 내 또 한 번의 실패를 이미 안다고 하며 오랜만에 얼굴이나 한번 보자고 말했다.

"마음고생이 심하겠구먼. 그렇더라도 사내가 일단 뜻을 세웠으면 끝장을 봐야겠지. 머리가 나빠 그렇다면 별문제겠지만 자네야 어디……."

그날 저녁, 시청 근처에 있는 자기 회사 부근의 골목 안 음식점에서 소주잔을 마주했을 때, 그가 말했다. 나는 더 이상 시험에 미련을 두지 않노라고 풀이 죽어 대꾸했다. 처음엔 낙방자에게서 흔히 찾아볼 수 있는 한때의 넋두리쯤으로 치부하는 듯하던 그는 취직에 관련해서 내가 겪었던 어려움을 솔직히 털어놓자 차츰 정색을 하기 시작했다.

"그럴 거야. 자네 나이에 대기업에 공채로 들어가긴 어려워." 고개를 끄덕이며 그가 안쓰럽다는 얼굴로 말했다. "시험도 포기했고 취직도 안 되면, 당장 이제 어떡할 거야?"

"절에 가서 머리 깎고 중이 되든지, 약 먹고 콱 죽어버리든지……."

술이 들어가자 한층 울적해진 나는 아무렇게나 지껄였다.

"에이, 자네답지 않은 말을 하는군." 그는 웃지도 않은 채 말했다.

"정말이라구요. 내가 뭘 할 수 있답니까? 아무것도 없어요."

나도 웃지 않았다. 결코 농담이 아닌 것이었다. 빌어먹을……! 모처럼 고향 선배를 만나 이런 말이나 뇌까리고 있는 나 자신이 죽이고 싶도록 혐오스러웠다. 선배는 입을 다문 채 굳은 표정으로 나를 빤히 쳐다보았다. 그 상태를 1분쯤 지속하고 나서 눈에 힘을 풀곤 담배를 피워 물었다.

"정 그렇다면 말이야," 그렇게 말해놓고 또 한동안 침묵을 지키던 그가 입을 열었다. "한두 해 해외 나가서 머리나 좀 식히다 오면 어때?"

"제가요?" 나는 그가 무슨 말을 하는지 의아했다.

"오해 말고 내 말 잘 들어봐. 내 업무가 해외 공사장으로 기능공을 송출하는 일이야. 그런데 지원자들 가운데 자네 같은 사람들이 심심찮게 있더라구. 최고 학부를 마쳤지만 너무 오래 고시병에 걸려 나이가 어중돼버렸거나 개인사업을 벌였다가 한푼 없이 쫄딱 망해버린 사람들 말야. 그런 사람들은 창피하니까 이력서에 대학 졸업 사실을 일부러 빼먹지. 하지만 우린 면접에서 한 번만 보면 알아. 먹물들은 어딘지 때깔이 다르니까. 혹 자네가 기능공으로라도 해외 나갈 마음이 있으면 내가 보내줄 수 있어."

"그렇지만……" 나는 어물거리며 말했다. "기능공은 기술이 있어야 할 텐데 제가 어디……?"

"기술이 없는 사람도 돼. 잡부라는 직종으로 분류되는데 사무 보조 같은 일을 하지. 근데 판검사가 되려고 했던 자네가 젊은 직원들 밑에서 심부름 같은 짓을 할 수 있을까? 웬만한 각오 없이는 어렵긴 해."

아닌 게 아니라 낯이 뜨거워졌다. 술기운 탓이 아니었다. 나는 얼른 대꾸를 못한 채 슬며시 고개를 떨어뜨렸다. 그도 말은 끄집어냈지만 강권하진 못하겠다는 듯 가만히 내 기색을 살피고만 있었다. 그러다 갑자기 목소리를 높였다.

"참, 그거면 괜찮겠군. 리야드 근처에 있는 우리 회사 중동 사업 본부의 경비직의 귀국 날짜가 얼마 남지 않았어. 정문 경비실을 지키기만 하는 일이야. 혼자서만 하는 근무니까 누구한테 싫은 소릴 들을 일도 없고 자네가 다시 공부할 마음이 생기면 책도 볼 수 있어. 너무 심심해서 탈이지만 말야. 난 그런 일이라면 자네에게 '딱'일 것 같은데 자네 생각은 어때?"

"글쎄요······."

"잘 생각해봐. 난 자네가 시험을 포기했대서 이런 얘기도 하는 거야. 바깥바람을 좀 쐬면 기분 전환도 될 테고 돈도 좀 모아 올 수 있으니까. 경비라 하니까 우습겠지만 그래도 해외 근무는 시급(時給)이 높아서 국내로 치면 과장만큼 받아. 게다가 마음 먹기에 따라 공부도 할 수 있는 여건이니 그리 나쁘진 않잖아?"

아침까지만 해도 내게 꽃다발을 살 계획 같은 건 없었다. 간혹 꽃집과 거래를 하는 경우가 있긴 했으나 내 법률사무소의 중요한 고객들의 특별한 날에 생화가 아닌 난분(蘭盆)이나 관상식물을 보낼 때뿐이었으며 그 일의 처리도 여직원에게 맡겨둔 터였다. 그러던 내가 직접 꽃집엘 찾아가 장미 꽃다발을 사게 된 계기는 이랬다.

문밖이 왠지 소란스러워 내 집무실 문을 열고 나가보았더니 사무장을 포함한 남녀 다섯 직원 모두가 책상 위에 놓인 꽃바구니 하나를 에워싸고 떠들어대고 있었다.

"웬 꽃이야?" 그들에 합류하며 내가 물었다.

"저한테 배달된 꽃이에요. 오늘이 화이트 데이잖아요."

여직원 하나가 자랑스레 대답했다. 붉은 장미들로만 만들어진 풍성한 꽃바구니였다. 내가 잠시 꽃을 감상하는 듯한 자세를 취하고 있자, 소장님도 화이트 데이는 아시죠? 하고 다른 여직원이 말을 붙였다.

"알지 그럼, 남자가 여자에게 사탕 주는 날인 줄. 밸런타인 데이는 여자가 남자한테 초콜릿을 선물하고. 흠, 여기 사탕도 있군 그래."

나는 꽃들 사이에 꽂힌 막대기 사탕을 가리켰다. 신문에도 나고 방송에도 보도되고 있었다. 제과업자들이 정작 서구에는 없는 날들을 만들어 젊은이들의 소비를 부추긴다는. 일본에서 시작된 새로운 풍습이라 했던가. 한 달 전 밸런타인 데이에 누군가가 내 책상 위에 초콜릿을 놔두기도 하였다.

"미스 리는 좋겠다. 미국에 있는 남자 친구가 꽃을 다 보내오고."

꽃을 받지 못한 여직원이 부럽다는 투로 말했다.

"아니 이게 미국에서 왔나?" 나는 바보 같은 소릴 내질렀다.

"아이, 소장님도! 미국에서 주문만 한 거죠. 요즘은 꽃 판매도 세계적인 체인이 다 돼 있어서 어느 나라에건 꽃 배달을 시킬 수 있어요. 체인을 통해 서로 다른 나라에 있는 꽃집끼리 연락을 한다나 봐요."

그렇겠군, 하고 나는 속으로 중얼거렸다. 하지만 국내도 아닌 외국에서도 꽃을 보낼 수 있다는 사실이 적이 신기하기까지 했다.

"그런데 미스 리는 아직 남자 친구 얼굴도 못 봤대요."

그녀는 이어, 너무 재미있어 일러바치지 않고는 못 배기겠다는 투로 덧붙였다. 무슨 소린가 했더니 인터넷 채팅으로 사귄 남자 친구라는 거였다. 당사자인 여직원이 그는 미국 모모 대학에서 박사 과정을 밟고 있는 유학생이며 이번 여름방학 때 귀국하면 만날 약속이 돼 있다고 부연 설명했다.

"얼굴은 못 봤지만 대화를 해보니 퍽 괜찮은 사람 같아요."

꽃, 얼굴을 보지 못한 채 대화로만 사귄 이성, 머나먼 외국…… 갑자기 내 머릿속에 이런 낱말과 어구들이 어지러이 맴돌았다. 그 위에 겹쳐 간밤에 창을 통해 올려다보았던 어둠에 잠긴 사막의 영상이 떠오르는 순간, 어떤 회한이 내 가슴 안벽을 세게 쳤다. 쿵, 하는 소리가 내 캄캄한 내부에서 들리는 것 같았고 내 온몸이 공명상자처럼 그 울림에 반응하며 떨렸다. 나는 그들에게서 벗어나 집무실로 되돌아왔다.

  나는 회전의자를 뒤로 돌려 책상을 등지고 앉았다. 통유리로 된 창문 밖으로 여전히 누런 빛깔의 대기와 지상에 붙박여 먼지를 뒤집어쓰고 있는 문명이 내다보였다. 시간은 대기와 지상 사이에 불어대는 바람처럼 어디론가 사라져선 다시는 되돌아오지 않는다. 불현듯 나는 그 사라져버린 시간의 한 토막을 뒤쫓아가 붙잡고 싶은 강한 충동을 느꼈다. 그러기 위해선 이제라도 꽃다발을 사야만 될 것 같았다.

  우스갯소리로 '더운 계절'과 '아주 더운 계절'의 두 계절만이 있는 나라라고 했는데 내가 처음 발을 디뎌놓던 무렵은 '더운 계절'이어서인지 밤이 되면 제법 으스스했다. 정문 경비는 두 사람이 하루를 낮과 밤 12시간씩 나누어 교대했다. 신참인 나는 오후 6시부터 오전 6시까지인 밤 근무를 섰다. 자연 낮과 밤이 뒤바뀐 생활이 시작됐다. 나는 낮에는 군대의 사병 내무반과 흡사한 기능공 숙소의 널찍한 침상을 독차지한 채 늘어지게 잠을 자다가 땅거미가 질 때쯤이면 어슬렁어슬렁 경비실로 근무를 서러 가곤 했다. 같은 숙소를 쓰는 기능공들은 내가 잠잘 때 뙤약볕 아래 땀을 흘렸고 내가 근무하는 시간엔 함께 뒤엉켜 코를 골았으므로 나는 언제나 외톨이였다. 나와 바통을 주고받듯 낮 근무를 하는 사람은 고국에 있을 때 무슨 일을 하였는지 아리송한 사십대였는데 1년간 지속하던 올빼미 생활을 나로 인해 청산하게 되어 살판나 했다. 낮 근무 시간엔 들락날락하는 차량들이라도 있어 눈이 심심찮은 데다 근무가 끝나면 동료들과 어울려 입의 근지러움을 해소할 수 있기 때문이었다. 더욱이 이따금 숙소 안에서 은밀히 벌어지는 술자리에 참석한다거나 매일 밤 관리측에서 제공하는 에로 비디오를 시청하는 데 따른 세속적 쾌락을 놓치지 않을 수 있었다. 간혹, 아니 일반적이라 해야 옳을지 모르지만, 고독을 못 견뎌 하는 사람들이 있는데 그가 그런 것 같았다. 그는 내게 밤 근무를 이양하면서 출감자의 그것이 그럴 성싶은 환희를 숨기지 않으면서도 인정상 어쩌지 못하겠다는 듯이 미안한 기색을 약간 내비쳤다.

경비 업무는 누구한테서 싫은 소릴 들을 일이 없다는 고향 선배의 말은 사실이었다. 그냥 '없다'기보단 '별로 없다'로 해야 좀더 정확한 표현이 되겠지만. 관리측 직원들은 기능공들에겐 나이의 고하를 막론하고 '김씨, 박씨' 따위의, 어딘지 비하하는 듯한 호칭과 함께 반말을 쓰기가 예사였는데 경비, 특히나 밤 경비는 그들과 얼굴 대할 일이 별로 없었으므로. 반면 남들이 다 잘 때 혼자 매일 밤을 꼬박 새운다는 일이 결코 쉽지만은 않았다. 육체 노동이 따르지 않았건만 허약해질 대로 허약해져 추위를 유난히 타는 내 체질이 문제였고 긴 세월 한밤의 고독에 단련된 나에게도 하루도 빠짐없이 지속되는 12시간의 독거(獨

居)는 상당한 인내를 요하는 것이었다.

정문이라 부르긴 해도 야전군의 주둔지가 그렇듯 문이 따로 있는 건 아니었다. 어림잡아 두 평 남짓한 경비실은 길다란 단층 건물인 중동 사업 본부 사무 동(棟)을 멀찍이 뒤로 둔 채 이 또한 군부대의 위병소처럼 외따로 서 있었다. 지척에 낡은 2차선 도로가 지나갈 뿐, 도로 너머와 흰 페인트가 칠해진 무릎 높이의 울타리 바깥은 통상 사막이라 일컫는 황무지가 끝없이 펼쳐져 있었다. 밤이 이슥해지면 그 너른 땅 위에 겹겹이 쌓인 어둠이 시야를 가로막았다. 불빛 하나 보이지 않아 적적하기 이를 데 없는 데다 바람이라도 자는 날은 고요하기조차 하여 그야말로 적막강산이었다. 그럴 녘이면 눈과 귀가 함께 멀어버린 듯한 착각에 빠져들곤 했다. 도로 위의 차량 소통도 밤이면 거의 끊겼다. 서쪽으로 10킬로미터쯤 떨어진 리야드로부터 동진해 끝없이 펼쳐진 사막을 가로질러 페르시아 만의 항구도시까지 이어지는 도로라 했는데 따로 시원스런 차량의 질주가 가능한 고속도로가 생김으로써 그 기능을 거의 상실했다는 것이었다. 노면이 파이고 마모가 격심했지만 방치된 듯 보수가 이뤄지지 않는 건 그 까닭인 모양이었다.

아루아가 전화기 속에 최초로 등장한 건 내가 근무를 시작한 지 한 달쯤 지난 어느 날이었다. 새로 2시쯤이었을까, 경비실 안의 전화기가 느닷없이 벨소리를 냈다. 회사 지급품인 감청색 겨울 잠바를 껴입은 채 전기난로에 바짝 붙어 의자 위에 웅크리고 있던 나는 조금 짜증을 내며 수화기를 집어들었다. 이때쯤 걸려오는 전화는 이 나라와 여섯 시간이나 되는 시차(時差)가 있다는 사실을 염두에 두지 않은 고국의 어린 자식이나 무식한 아내가 우리 아빠, 혹은 내 남편 아무개씨를 바꿔달라고 하기 십상임을 몇 차례의 경험으로 알고 있던 탓이었다. 오후 10시 이후에 외부에서 걸려오는 모든 전화는 경비실로 연결됨으로써 그런 전화에 응답해 그들의 무지를 일깨워주고 그리운 목소리를 들려주기가 불가함을 주지시켜 그들로 하여금 이산(離散)의 아픔을 느끼게 만드는 일이 내게 주어진 또 하나의 임무인 셈이었다.

그런데 그날 내가 집어든 전화기에선 전혀 예상치 못했던 목소리가 흘러나오는 것이었다. 아랍어를 쓰는 젊은 여자의 그것이었다. 잘못 걸려온 전화가 분명했다. 나는 엉겁결에 우리 회사의 이름을 영어로 주워섬겼다. 그러자,

"코리언 컴퍼니? 유, 꼬리?"

하고 상대방이 물어왔다. '꼬리'가 이곳 사람들이 일컫는 '한국' 또는 '한국인'임을 알고 있었으므로 나는 그렇다고 대꾸했다. 여자는 영어로 친구에게 전화를 한다는 것이 엉뚱한 데로 연결된 것 같다며 이쪽 전화번호를 확인하곤, 번호를 잘못 누른 자신의 실수를 시인했다. 그런 다음, 곧바로 통화를 끊지 않고 평소 '꼬리'가 어떤 사람들인지 무척 궁금했다며 잠시 얘기를 나눠도 괜찮은지 내 의사를 묻는 것이었다. 그걸 굳이 싫다고 할 까닭이 내겐 없었다. 밤의 어둠과 정적에 갇힌 채 끝없는 무료 속

에 빠져 있던 나였으니 말이다. 게다가 그 이국 여자의 목소리가 어찌나 간드러지고 애교가 넘쳐나던지 실로 '은 쟁반에 옥구슬 구르는 소리'였던 것이다. 원서를 읽는 데 그다지 어려움이 없을 만큼 영어를 공부했는데도 회화의 경험은 거의 전무했던 나는 처음엔 몹시 긴장한 채 그녀와의 대화에 임했다.

"당신 이름은?" 그녀가 시작했다.

"……최." 풀 네임을 알려줄까 잠시 망설이던 나는 간단한 쪽을 택했다.

"아하, 미스터 초이! 내 이름은,"

그녀는 노래를 부르듯 자기 이름을 내 귀에 부어넣었다. 첫 음절인 '아'는 낮게, '루'는 높고 길게, 그리고 끝의 '아'는 처음과 마찬가지로 나지막하게. 아루아— 그것이 그녀의 이름이었다. 나는 한 여자의 이름이 발음하는 방식에 따라 그토록 매혹적으로 들릴 수도 있다는 사실을 그때 처음으로 알았다.

"아루아……, 이름이 참 아름답습니다."

"정말? ……고마워요."

"근데 왜 이리 늦은 시각까지 잠을 자지 않지요?"

"잠이 오지 않아서. 왜 그러는지 저도 잘 모르겠어요. 거의 매일 밤 그래요. 그렇게 묻는 당신은 왜? 한국인은 부지런하다고 들었는데 아직까지 일을 하시는 건가요?"

그녀는 비교적 정확한 영어를 구사했다. 나 또한 그녀가 알아듣기 쉽게 의식적으로 천천히 그리고 또박또박 한 단어, 한 단어를 발음했다. 다행히 우리의 의사소통엔 그다지 큰 어려움이 없었다. 아마도 영어가 모국어가 아닌 제삼국인끼리의 대화라서 되레 쉬웠는지 몰랐다. '네이티브 스피커'에게서 흔히 발견되는 과도한 혀굴림이나 알아듣기 힘든 슬랭의 사용이 제한될 수밖에 없었으므로.

시간을 재보지 않아 정확히는 알 수 없었지만 그녀와 나는 반 시간은 너끈히 지났다 싶을 만큼, 꽤나 오랜 대화를 나누었다. 주로 그녀의 질문에 내가 대답하는 양상으로 대화가 진행되는 가운데서도 나는 그녀가 나이는 스물여섯이지만 아홉 살 위인 친삼촌이자 남편이 외교관으로 활동하다 두 해 전 런던 시내에서 교통사고를 당해 사망함으로써 딸 둘을 둔 청상(青孀)이라는 사실 따위를 그녀의 나긋나긋한 목소리를 통해 들을 수 있었다. 우연한 전화상의 만남이 그만치 괄목할 만한 진전을 이룬 건 서로 상황은 달랐지만 심야를 뜬눈으로 지새우는 사람들 사이에 공유됨 직한 일종의 유대감에 힘입었을 터였다.

공교롭게도 죽은 그녀의 남편은 나와 같은 나이였다. 내가 그 점을 말해주자 그녀는 잠시 침묵을 지키다가 부인이 몇 살이냐고 물었다. 그러다 내가 아직 미혼이라는 대답을 듣곤 조금 놀라는 듯했다.

통화의 말미에 그녀는 나와의 대화가 무척 즐거웠다고 하면서 앞으로도 가끔 대화의 기회를 가져도 되겠느냐고 내 의사를 묻는 것이었다. 물론 나는 기꺼이 응하겠다고 대답했다. 잠시나

마 무료함을 쫓을 수 있다는 소득 이외에도 낯모르는 이국 여자와의 대화, 그것도 난생처음인 영어 대화는 내가 일찍이 경험하지 못했던 색다른 즐거움을 선사해 주었으므로.

'가끔'이라고 말했지만 아루아는 이튿날도 그 이튿날도 오전 1시와 2시 사이에 어김없이 전화를 걸어왔다. 남편을 따라 서구의 바람을 쐬어서인지 상상 밖으로 아는 게 많아 화제가 풍부한 여자였다. 나는 그녀가 말하는 영어 단어를 제대로 알아듣기 위해 영한과 한영을 겸비한 사전을 경비실에 비치해야만 했다. 그날그날 그녀에게 해줄 얘기를 미리 영문으로 작성해 메모해두기도 했다. 권태롭기만 하던 내 생활에 예기치 못했던 변화가 생긴 것이었다. 그리고 그 변화는, 당시엔 내가 의식하지 못했을지라도, 결과적으로 내 삶에 심대한 영향을 미쳤다.

몇 점의 옷가지들과 함께 큼지막한 여행용 가방 안에 쑤셔 박아왔던 수험용 법률 서적들은 그녀와의 만남이 이루어지기 전까진 손도 대지 않고 그냥 가방 안에 놔둔 채였다. 기실 나는 김포공항을 떠나기에 앞서 내 후원자들에게 고시를 포기했음을 공언했다. 하지만 찔끔찔끔 눈물을 짜면서 내 손때 묻은 책들을 가방 안에 집어넣는 내 누님의 억지까지 막을 도리는 없었다. 판검사가 됐어도 한참이었을 네가 기능공으로 떠난다니……. 막무가내인 누님의 행동에 제동을 걸었다간 더 큰 슬픔을 유발시킬 것 같아 내가 참았던 것이다. 아니 참았다기보다 수수방관했다. 인생의 패배자임을 뼈저리게 자인했던 나는 어떤 일에건 눈곱만큼도 의욕이 일어나지 않아 누님과 실랑이를 벌이기조차 귀찮았기 때문이다. 마음대로 하세요, 그렇지만 그 책들은 이제 나와는 아무 상관이 없어요. 나는 마음속으로 그렇게 씨부렁거렸다. 나는 내 마음이 돌이킬 수 없게 굳어진 것이라 여겼다. 실제로 나는 밤 근무가 아무리 무료하다 한들 그 책들을 다시 펴볼 생각 같은 건 꿈속에서조차 하지 않았다.

그러던 내가 각오도 새롭게 고시 공부에 재차 매달리게 된 데는 아루아의 기여가 결정적인 역할을 했음을 부인하기 어렵다. 내 사정을 알 턱이 없는 그녀에게 그럴 의도가 있을 리 없다 할지라도 내게 미친 영향은 그랬다.

첫날, 그녀가, 한국인은 부지런하다는데 아직까지 일을 하느냐고 물었던 게 계기였다. 내가 무심코 그렇다고 대꾸했더니 대관절 무슨 일을 하기에 이리 늦게까지 열심이냐는 질문이 잇따랐다. 나는 적이 난처했다. 아무리 낯모르는 이국 여자였지만 경비를 서고 있다고 털어놓기가 어쩐지 부끄러웠던 것이다. 나는 낮에는 사무를 보지만 지금은 개인적인 공부를 하는 중이었다고 둘러댔다. 만날 일이 있을 리도 없겠고 나에 관해 백지 상태인 이국의 여자에게 고만한 거짓말 한 가지 했대서 양심에 거리낄 일도 아니었다.

"무슨 공부를?" 그녀는 참 호기심이 많았다.

"······ 법률가가 되기 위한 공부." 내가 가장 잘 아는 공부가 그것밖에 더 있겠는가.

"그럼 변호사 같은 직업을 가지려구요?"

"맞아요."

"당신의 소원이 꼭 이루어지도록 신에게 빌겠어요."

그날, 대화를 끝내고 칠흑 같은 어둠과 다시 대면하고 있자니 그녀와 통화했던 사실이 꿈을 꾼 것만 같았다. 하지만 매혹적이기 짝이 없는 그녀의 음성이 귓전에 맴돌고 있었다. 나는 출국 후 처음으로, 아니 그 이전의 언제부터라고 잘라 말할 수 없는 기간을 포함해서 처음으로, 꽤나 고양된 기분을 느꼈다. 휘파람이라도 불고 싶었다. 그런데 아까 그녀에게 했던 거짓말을 떠올리자 갑자기 개운찮은 마음이 드는 것이었다. ……신에게 빌겠어요. 그녀가 말했다. 농담이거나 자주 신을 들먹이는 아랍인들의 독특한 언어습관 때문이겠지 하고 나는 애써 가볍게 생각하려고 했다. 하지만 그렇다고 내가 그녀를 속였던 사실까지 없어지는 건 아니었다. '법률가가 되기 위한 공부' 즉 고시 공부를 하고 있었다고 내 입으로 말하지 않았던가.

내 그런 사정을 알 리 없는 아루아는 거의 하루도 빠뜨리지 않고 내게 공부가 잘 되어가는지 물어보는 질문으로 인사를 대신하는 것이었다. 그럴 적마다 나는 자신을 되돌아보게 됨으로써 씁쓸한 기분을 떨쳐버릴 수 없었다. 그러길 일주일쯤, 나는 한숨을 푹푹 내쉬며 가방 속에 든 책들을 일단 밖으로 끄집어냈다. 한데 무심코 책 하나를 집어들어 내 손에 의해 지저분한 밑줄이 그어진 책장을 펴드는 순간, 감전이 된 듯 가슴이 찌르르

해지는 것이었다. 한동안 나에게서 버림받았던 내 오랜 꿈과 수많은 밤을 하얗게 지새우며 흘렸던 땀과 속절없이 시들어가던 청춘이 거기 그대로 발이 묶인 채 나와의 재회만을 기다리고 있는 것이었다. 절로 눈물이 흘러내렸다.

경비실 안엔 전등이 없었다. 내부가 밝으면 어두운 바깥을 관찰하기에 불리하기 때문일 터였다. 그 대신 경비실 건물의 이마에 해당하는 위치에 외등 하나가 부착돼 있었다. 그 등의 불빛이 주위에 던지는 밝음이 창을 통해 내부의 앞쪽까지 스며들고는 있었지만 책을 읽기엔 조금 어두웠다. 그 불편을 감수하느니 차라리 나는 바깥에 나가 불빛 아래 서서 책을 읽는 쪽을 택했다.

그렇게 내 공부는 다시 시작되었다. 나는 추위와 다리의 아픔을 무릅쓴 채, 때론 두 발을 동동 구르기도 하면서도, 책을 손에서 놓지 않았다. 이빨들이 딱딱 마주칠 정도로 춥거나 다리가 뻣뻣해져 마비에 이를 지경일 때만 경비실 안으로 들어와 의자에 앉아 쉬었다. 그러나 오래 쉬진 않았다. 깊이를 알 수 없는 어둠과 쥐 죽은 듯한 정적, 음울한 소리로만 존재를 알리는 바람, 때론 창백한 달빛이 내 주위를 감쌌다. 나는 세상의 끝에 서 있는 기분이었다. 더는 물러날 곳이 없었다.

나로 하여금 공부에 다시 몰두하게 만든 것도 아루아였지만 그녀의 도움—그 매일 밤의 전화 방문이 없었더라면 과연 내가 그토록 끈질기게 공부할 수 있었을지 의문이다. 나는 그녀에게 거짓말을 하지 않기 위해서라도 공부를 해야 했기 때문이다.

허무맹랑하게 들릴지 모르지만 당시 내 심경은 실제로 그랬다. 그녀는 내 유일한 대화 상대였으며 둘도 없는 친구였으므로. 일테면 그녀는 내가 사막 가운데에서 우연히 발견한 오아시스였으며 어둠 속에서 내게 다가든 한 줄기 빛이라고 해도 그닥 과장이랄 수 없었다. 우리는 얼마나 많은 얘기꽃을 피우며 그 적적한 밤들을 함께했던가! 그리고 그것이 지겹고 무료하던 내 생활에 얼마나 소중한 활력소 역할을 했던가! 그녀에게서 전화 올 시간이 가까워지면 늘상 나는 가슴이 설레곤 했으니까.

그러나 그녀와 나는 어느 쪽도 금기를 깨뜨리지 않았다. 얼굴 없는 상대 사이엔 더욱이나 쉽사리 접근 가능한 에로틱한 대화에의 유혹 말이다. 따지고 보면 그리 못할 것도 없었다. 깊고 깊은 밤, 그것도 누가 엿들을 리도 없는 둘만의 은밀한 전화 통화가 아니었던가. 게다가 우리에겐 직접적인 대면이 불가능하다는 '혜택'마저 주어져 있었으므로 얼마든지 뻔뻔스러워질 수도 있는 노릇이었다.

때론 나는 그녀의 실제 모습이 몹시 궁금해지기도 했다. 그녀도 아랍 여자 특유의 크고 검은 눈을 가졌을까? 목소리처럼 생김새도 아름다울까? 정녕 단 한 번만이라도 만나볼 순 없는 것일까? 하지만 여자란 여자는 죄다 검은 베일로 온몸을 감싼 채 두 눈만 빠끔히 복면 틈새로 뜨고 다니는 이 나라에선 직접 그녀와 만난다는 건 감히 상상도 못할 일이었다. 외국인이 지나가는 여자에게 말을 붙이는 행위조차도 엄격히 금지돼 있다고 들었다. 모르긴 해도 멀고도 캄캄한 공간을 격해 이뤄지는 그녀와 나의 대화일지라도 만약 종교 경찰에게 발각되는 날이면 크게 문제로 삼을 일일 게 틀림없었다. 어쩌면 외간 남자와의 대화 자체에 죄의식을 느끼기에 그녀가 선을 넘는 대화를 극히 자제하는지도 모를 일이었다. 그녀와 내가 친밀함을 표시하는 대화란 기껏 이런 수준이었다.

"당신 나라는 무척 아름다울 것 같군요." 언젠가 내가 고국의 자연에 대해 설명을 해주었을 때 그녀가 말했다. "여긴 사막이라 볼품이 없죠. 그래도 혹시 아름답다고 느낀 건 없나요?"

"……지평선." 잠시 생각하다 내가 대답했다. "한국엔 산이 많은 까닭에 지평선을 볼 수 있는 장소가 별로 없습니다."

"지평선? ……당신은 로맨티시스트가 틀림없군요." 그녀가 말했다.

"왜요?"

"지평선은 멀어요. 당신이 지평선을 아름답다 하는 건 먼 곳을 그리워하기 때문일 거예요. 그런 사람은 로맨티시스트죠."

"……그럴까요?"

"나도 로맨티시스트랍니다. 먼 곳을 그리워하는."

그녀는 가벼운 웃음소리를 내며 말했다. 그러곤 덧붙였다.

"사실은 세상의 어느 지점도 지평선 위에 있는 거래요. 당신이 서 있는 곳도, 내가 서 있는 곳도, 멀리서 보면 지평선 위가 될 테죠. 내 말을 이해해요?"

"······하긴 맞는 말이군요."

"그런데 사람은 먼 지평선만을 그리워하죠. 그리고 그 먼 지평선 위의 다른 사람은 이쪽을 똑같이 그리워하는 거죠."

"마치 우리들처럼." 내가 농조로 말했다.

"우리들처럼? ······맞아요." 그녀는 까르르 웃음소리를 냈다.

"당신과 나는 각자의 지평선 위에서 마주 보며 서 있어요. 너무 멀어 얼굴은 보이지 않지만 목소리는 들리네요."

거리에 어둠이 내리고 있었다. 바람이 드세졌는지 가로수의 잎사귀들이 한 방향으로 쏠리곤 했다. 노변의 상가와 가로등들에 지펴진 불빛 주위에 야음이 빠른 속도로 몰려들고 있었다. 대기에 가득한 사막의 흐름은 조금도 기세가 누그러지지 않은 채였다. 나는 창가에 앉아 바깥을 멍하니 내다보고 있었다.

내가 내 손으로 꽃다발을 사긴 난생처음이었다. 하지만 꽃다발을 살 뻔했던 적이 딱 한 번 있었다.

원래의 계약 기간이던 첫해를 채우고 난 후 다시 한 해를 연장해서 두 해의 체류 기간을 끝마칠 즈음, 나는 아루아에게 작별을 고해야만 했다. 떠나기 사흘 전이었으며 경비실 근무로는 마지막인 밤이었다. 내 후임이 이미 도착해 있었던 것이다.

몇 달 전에 이미 이날이 올 것임을 예고했건만 그녀는 종내 울음을 터뜨렸다. 나도 눈시울이 뜨거워졌다. 그녀와의 대화를 지속하기 위해 두번째 해엔 낮 근무로 옮길 기회가 주어졌는데도 굳이 밤 근무를 계속했던 나였던 것이다.

흐느낌 끝에 그녀가 말했다. 당신 모습을 단 한 번이라도 보고 싶다고. 그러곤 방법까지 제시해주는 것이었다. 그 당일 오후 6시경에 장미 꽃다발을 들고 리야드 시내의 모 쇼핑센터 입구 계단 위에 10분간만 서 있어 달라는. 그렇게 해주면 당신을 알아볼 수 있을 거라고. 비록 당신은 검은 베일 속에 갇힌 나를 알아보지 못할지라도. 나는 그녀의 애틋한 마음을 이해했고 틀림없이 그렇게 하겠노라고 장담했다. 그 약속에 그나마 조그만 위안을 얻은 듯한 그녀는 잠긴 목소리로 쇼핑센터 1층 꽃집의 위치까지 알려주었다.

그런데 그날 정오쯤 됐을 때, 오후 4시에 이륙하는 비행기를 타라는 명령이 갑자기 관리 측으로부터 떨어졌다. 하루의 여유가 있었으므로 느긋하니 그녀에게 조금이라도 좋은 인상을 남겨주기 위해 세면장에서 면도를 하다 그 전갈을 받은 나는 눈앞이 캄캄했다. 무슨 핑계라도 대고 싶었지만 그런 게 있을 까닭이 없었고 정식 사원도 아닌 일개 경비직의 그것이 통할 리도 없었다. 게다가 매표(買票) 사정상 탑승 일정에 하루 이틀 변경이 생기는 경우는 종종 발생하는 일인 것이었다.

아루아가 약속 장소인 쇼핑센터의 계단 근처를 서성일 시각에 나는 까마득한 공중에 뜬 채 기내의 좁은 의자 위에 맥없이 앉아 있었다. 귀국의 기쁨도 거친 환경 속에서도 공부를 계속했다는 충족감도 내겐 없었다.

나는 책상 위 한켠에 눕혀두었던 꽃다발을 창턱으로 옮겨 유리창에 기대 세워 놓았다. 꽃다발 뒤로 뿌연 빛깔로 뒤덮인 밤의 사막이 흘러가고 있었다.

불타는 사랑……

흑장미의 꽃말이 그렇다고 했던가.

회생

　산행을 하기엔 마뜩찮은 날씨였다. 3월도 중순이었건만 볕을 보지 못한 지 벌써 사흘째였다. 유난히 눈이 적었던 지난 겨울의 강우량을 벌충이라도 하듯 무시로 진눈깨비가 오락가락했다. 도로는 물에 젖어 질퍽거렸고 대낮에도 전조등을 켜고 다니는 차들이 많을 만큼 괜스레 어둡기조차 했다. 그 까닭에, 그가 아닌, 다른 친구가 산에 가자고 했더라면 아마도 나는 그리 쉽게 응하진 않았을 터였다.
　김의규에게서 전화가 걸려온 건 휴일의 느지막한 아침 식사를 마치고 얼마 지나지 않아서였다. 그의 목소리를 듣긴 꽤 오랜만이었다. 서너 달, 혹은 그 이상인지도 몰랐다. 그런데 그동안의 격조를 메우기 위한 몇 마디의 의례적인 언사가 오간 후, 그가 약간 머뭇거리는 투로 오늘 별일이 없으면 함께 산행을 하자고 말하는 것이었다.

"산에? ……지금?"

나도 모르게 목소리를 높였다. 고교 시절부터 가깝게 지내온 내가 알기로 그다지 산행에 열심인 축이 아닌 그가 꽤나 엉뚱한 소리를 한다고 여겨졌기 때문이었다.

"그래. 오늘 같은 날, 차라리 시원하고 좋잖아. 사람도 적을 거구."

"너 요즘 산에 다니는 취미를 붙인 모양이구나. 날씨도 이런데 산에 가자는 걸 보니……."

"그런 건 아니고……." 내 반응이 시원찮은 탓인지 그가 시무룩한 목소리로 대꾸했다. "왜, 싫으니? 난 네가 같이 갔으면 좋겠는데……."

듣자 하니 어딘지 이상한 느낌이 들었다. 평소의 김의규와는 사뭇 달랐다. 그런 식으로 말하기보다는 '야, 이까짓 날씨에 몸을 사려서야 되겠냐? 형님이 나오라면 네 알았습니다, 하고 냉큼 나와야지'라고 큰소리를 칠 법했다. 이 친구가 그간 많이도 죽었구나, 내 머릿속으로 이런 생각이 스쳐갔다. 그 순간, 나는 그와 산에 동행하기로 결정을 내렸다.

"좋아, 같이 가자. 근데 기왕이면 형기도 부를까? 걔가 지금 교회에 갔다 왔는지 모르지만 오랜만에 셋이 한번 뭉치자구."

한때 셋이서 두어 차례 산행한 적이 있음을 떠올리며 내가 말했다. 역시 고교 동창생인 배형기는 나와 마찬가지로 잠실에 살고 있었다. 김의규도 잠실에 살 땐 반상회 하듯 셋이 더러 술자리를 만들곤 했지만 몇 해 전 성남으로 이사한 후로 어울림이 중단되었다. 나는 형기를 부르자고 하면 그가 좋아할 줄 알았다. 그러나 그게 아니었다. 형기 얘기를 끄집어내자 잠시 사이를 두다가 꺼리는 투로 그가 말했다.
"……형기는 놔두고 그냥 우리 둘이서만 가자."
"왜? 형기하고 무슨 일이 있었어?"
"아냐. 내가 형기하고 무슨 일이 있겠어? 언제 봤는지도 모르겠는데."
하긴 그럴 것이었다. 친하기로 치자면 내가 그들 사이의 다리 역할이었으므로 둘 사이에 무슨 내막이 있었다면 내가 모를 리 없었다. 일찍이 행정고시를 통해 관문에 들었던 배형기는 현재 경제 부처에서 잘나가는 공무원으로 통했다. 중앙관서의 국장직에 있는데 차관 자리가 멀지 않았다고 듣고 있었다. ……그래서일까? ……이 친구가 그 정도로 의기소침해져서 그러나……? 나는 알 듯 말 듯한 기분인 채 우리 둘만의 산행에 동의했다. 우리는 별다른 의견 충돌 없이 행선지를 북한산으로 낙착을 보았다. 나는 상대적으로 가까운 관악산이나 청계산을 선호했으나 그가 미리 작정한 듯 북한산을 양보하지 않을 눈치였으므로 순순히 따르기로 했던 거였다. 그렇다고 내가 내심 불만인 건 아니었다. 가령 술자리에서 주종(酒種)의 선택에 이견이 발생할 때, 주장이 강한 쪽이 이기는 게 친구들 사이의 상례이고 진 쪽이 그걸 마음에 담아 고깝게 여기지 않듯이 말이다. 다만, 그에게서 산에 가자는 얘기를 들었을 때와 마찬가지로, 악천후에 왜 하필 멀고도 어려운 코스를 가겠다는 건지 고개가 갸우뚱해질 따름이었다. 그런데 통화의 말미에 지나가는 투로 끄집어낸 그의 말이 나로 하여금 한층 더 어리둥절하게 만들었다.

"잠깐, 너 혹시 집에 꽃삽 있어?"

"꽃삽이 뭐야? ……아, 꽃나무 심을 때 쓰는 삽 말이야?"

"맞아, 쬐그만 삽. 전에 우리 집에 하나 굴러다녔는데 암만 찾아도 없더라구."

"그거라면 베란다 어디에 있을 거야. 근데 그걸로 뭐 하려구?"

"……그냥 좀 필요해서 그래."

"식물이라도 캐 올 셈이야? 아님 부엽토……?"

손가방 속에 필기도구처럼 꽃삽을 늘 소지하고 다닌다는 어느 소설가에 대해 신문에서 읽은 적이 있었다. 그 꽃삽으로 인해, 서울 근교의 마당 너른 집에 사는 그 사람의 작품들 가운데 개불알꽃이라든지 벼룩나물, 미나리아재비 따위의 낯선 들풀 이름들이 빈번히 등장하고 그 묘사가 세밀하다는 얘기였다.

"그런 건 아니고……."

"그럼 뭐야?"

"그게 꼭 필요한 건 아니고 있으면 좋을 것 같아서 말이지……."

그는 다시 어물어물 말꼬리를 흐렸다. 대관절 무엇 때문에 대답이 그리도 흐리터분한지 이해가 되지 않았다.

"좌우지간 꽃삽은 내가 챙겨서 갈 테니까 만나서 얘기해."

나는 다소 퉁명스레 말해주곤 수화기를 내려놓았다. 뜬금없이 꽃삽이라니…… 베란다의 통유리 밖으로 내다보이는 희뿌연 하늘빛에 눈길을 주며 나는 다시금 고개를 갸웃거렸다.

우리는 잠실역 근처의 길모퉁이에서 만났다. 비는 소강상태였지만 흠뻑 젖은 길과 건물들, 그리고 축축하고 쌀쌀한 바람이 이뤄내는 스산한 풍광 속에 그가 먼저 와서 기다리고 있었다. 버스 정류장 부근을 제외하곤 행인이 뜸했기 때문에 큰 키에 등산모를 눌러쓰고 배낭을 멘 채 외따로 서 있는 그의 모습이 쉽게 눈에 띄었다. 그는 별 특징이 없는 어두운 빛깔의 봄 잠바와 군청색 면바지 차림이었는데, 나와는 달리, 신발을 제외하곤 격식을 차린 등산 복장보다 평상적인 간편복을 즐겨 입는 그의 습벽은 여전한 모양이었다.

"야, 김의규! 갑자기 무슨 바람이 불었냐?"

"오랜만에 얼굴도 볼 겸, 겸사겸사…… 오늘은 비가 별로 안 온다더라."

그는 변명하듯 말했다. 면도를 언제 했는지 관자놀이 아래에서부터 난 수염이 눈에 띄게 자라나 있었다. 그래서인지 낯빛이 전반적으로 꺼칠해 보였다.

우리는 전철을 타고 수유리까지 가서 등산로 입구가 있는 우이동까진 버스를 이용하기로 했다. 내가 알기로 그는 승용차를 처분한 지 오래였고 경험상 하산 후엔 약간의 음주가 예상되었으므로 나로서도 구태여 차 얘기를 끄집어내지 않았다. 일요일 오전의 전철 안은 빈자리가 많아 그와 나는 나란히 앉을 수 있었다. 우리는 학창 시절에 책가방을 그렇게 했던 것처럼 저마다 무릎 위에 배낭을 올려놓았다. 등산복 차림인 채 꾸벅꾸벅 졸고 있는 승객들이 군데군데 눈에 띄었다.

"저것 봐, 오늘 같은 날에도 등산 가는 사람은 다 간다구" 하고 그가 내 귀에 대고 속삭였다.

"그렇구나……."

나는 까닭 없이 안도의 한숨을 내쉬었다. 좌석 아래에 설치된 난방 시설이 엉덩이에 온기를 전해왔다. 맞은편 좌석에 신문지로 감싼 버들개지 한 다발을 품에 안은 젊은 여자가 앉아 있었다.

"아직 진달래는 피지 않았겠지?" 그가 말했다.

"글쎄…… 아직은," 하고 대꾸하던 나는 퍼뜩 생각이 나서 물었다. "참, 아까 꽃삽은 왜 갖고 나오라고 했어?"

그는 대답 대신, 그래 갖고 왔니? 하고 되물었다. 내가 그렇다고 대답하자 새삼스레 내 얼굴에 곁눈을 주며 그가 쓴웃음을 지었다.

"땅을 좀 팔 일이 있어서…… 나뭇가지로도 충분하겠지만 꽃삽이 있으면 나을까 해서지."

"땅을 왜 파? 산속에 보물단지라도 묻어놓은 거야?"

"보물단지면 좋겠는데, 애물단지를 파묻어야 하니 좀 골치 아파."

"애물단지? 그게 뭔데?"

갑자기 그의 팔꿈치 하나가 내 옆구리를 아프도록 쿡 찔렀다. 하마터면 나는 아얏, 소리를 지를 뻔했는데 그가 연신 눈을 끔벅이는 걸 보곤 애써 입을 꾹 다물었다. 하긴 한적한 객차 안의 환경은 방담을 나누기엔 적절치 않았다. 도란도란 얘기를 나누어도 여과 없이 주위 사람들의 귀에 스며들게 마련일 터였다. 나는 그런 점을 이해하면서도 왜 그가 과잉반응을 보이는지 궁금하기 짝이 없었다. 나는 그가 방금 내게 취했던 것보다는 한결 완화된 강도로 은밀히 그의 옆구리를 질렀다. 하지만 그는 모른 척 딴전을 피웠다. 나는 잠시 기다리다가 또 한 번 그의 옆구리를 팔꿈치로 가격했는데 그제야 그는 내 귀에 입을 바짝 대고 대번에 내 기분을 뜨악하게 만드는 몇 마디 말을 불어넣어 주었다.

개를 파묻으러 간다는 것이었다.

나는 그가 잠실에 살 때, 그의 집에서 기르던 개를 몇 번 본 적이 있었다. 누런 털빛을 가진 진돗개였다. 그는 그 개를 두고 진도에 있는 처가에서 데려왔으니만치 순종이 틀림없다고 자랑하곤 하였는데, 나는 그 사실보다도 이웃 눈치 안 보고 그런 큰 개를 기를 수 있는 그의 마당 딸린 단독주택이 더욱 부러웠다. 그 집이야 법원 경매에 부쳐져 날아가버린 지 오래였지만 성남으로 옮겨가서도 개는 여태 길렀던 모양으로, 그의 넓적다리 위에 얹혀 있는 배낭이 왜 불룩한지 짐작이 갔다. 배낭의 위아래 쪽으로 각(角)이 어렴풋이 내비치는 걸로 미루어 아마도 개의 시체를 상자 안에 넣었으리라. 김의규는 내게 실토를 한 직후부터 숫제 눈을 질끈 감고 자는 척했다. 그런 그에게 말을 붙이고 싶지 않아서 나도 눈을 감았는데 아직 동토(凍土)일 것만 같은 산에 구덩이를 파고 개를 매장할 일이 그리 쉽지 않을 것도 같고 자꾸만 그 장면이 무슨 괴기영화의 한 토막처럼 눈꺼풀 속에 그려져 마음이 천근만근 무거웠다. 그런 가운데에서도 꽃삽을 떠올리면 입술 사이로 피식 실소가 비어져 나왔다. 그걸로 구덩이를 파겠다니, 정신이 제대로 박힌 친구인가 싶어 어이가 없어서였다.

그런데 어떤 수상쩍은 소리가 문득 내 귓구멍 속으로 살금살금 기어 들어오는 것이었다. 가만 듣자 하니 한마디로 부스럭거리는 소리라 할 수 있는 그 소리엔, 객차 안이 붐볐다면 아마도 놓쳐버렸을 정도로 낮은 음조인 데다 벽 너머에서 들려오는 것처럼 어렴풋했지만, 두드리고, 할퀴고, 또한 버둥거리는 소리들이 뒤섞여 있음을 알아차릴 수 있었다. 내 배낭 속에 쥐 같은 게 들어 있을 리는 없었다.

그렇다면……?!

불현듯 나는 몹시 기분 나쁘고 께름칙한 정조(情調)에 덜미를 잡혔다. 그와 동시에 감았던 눈이 절로 떠졌다.

맙소사……!

아니나 다를까 그 소리들은 그의 배낭으로부터 새어 나오고 있는 게 분명했다. 배낭 곁면의 보일락 말락 한 들썩임도 선입견에 기인한 착시가 아닐 것이었다. 거기에 더해 끙끙거리는 신음소리까지 듣고서야 내가 결코 오해하고 있지 않다는 확신이 섰다. 그는 사태 발생을 아는지 모르는지 미동도 하지 않은 채 여전히 조는 시늉으로 일관하고 있었다.

나는 내 친구가 아직 명이 붙어 있는 자기 집 개를 성급하게 죽은 것으로 간주했는지 모른다고 생각했다. 그런 유의 불상사는 드물긴 하지만 사람을 두고도 일어난다 하지 않았던가. 초상집에서 병풍 뒤에 안치해둔 시체가 제 발로 걸어 나옴으로써 상주며 조문객들을 놀라 뒤로 나자빠지게 만들었다는 건 비교적 흔한 얘기이고 영국에서 도로를 신설하느라 한 세기쯤 전에 조성된 공동묘지를 파헤쳐 보니 내부가 손톱자국들로 어지러이 파인 관들이 수두룩이 나왔다는 사실도 언젠가 해외 토픽으로 보도되었으니만치 믿어도 좋을 것이었다.

부스럭대는 소리는 간헐적으로 이어졌다. 큼지막한 개가 최소한의 부피로 접혀진 채 옴짝달싹하기 어려운 암흑 속에서 의식을 회복했을 테니 얼마나 당황스럽고 갑갑할지는 가히 상상이 되고도 남음이 있었다. 그 소리에 신경을 곤두세우고 있는 것만으로도 숨이 막힐 노릇이었다. 급기야 나는 다시금 그의 옆구리를 팔꿈치로 질렀다. 하지만 그에겐 아까 그랬던 것처럼 한 번으로는 안 통하는 모양이었다. 무슨 일이 벌어지고 있는지 알아차렸으면서도 사람들 앞에서 창피만 당할 일일 뿐 뾰족한 대책이 없어 일부러 모른 척하고 있는 것처럼도 여겨졌다. 그렇다면 잠자코 있어줘야 할 국면인데 나는 긴가민가해서 이번엔 내 발로 그의 발을 툭 건드려보았다. 그러자 그 즉시 그의 발이 동일한 방법으로 내 발에 응답을 해왔다.

"내가 언제 개가 죽었댔어?"
전철역을 빠져나오자마자 김의규는 되레 역정을 냈다.
"그럼 죽지도 않은 개를 생매장하겠다는 거야?"
실로 끔찍한 일에 가담해야만 할지도 모른다는 불안감에 질린 나는, 나도 모르게 고함치듯 말했다.
"야, 좀 조용조용히 말해라. 남이 들으면 우리가 싸우는 줄 알겠다." 골이 난 조카를 달래듯 한 손으로 내 어깨를 짚으며 그는, "아무리 개라도 어떻게 산 채로 파묻을 수야 있겠니? 죽이기라도 해서 묻어줘야지……."
"아직 살아 있는 개를 왜 죽이기까지 해서 묻어?"
"아주 고약한 피부병인데 약도 없대. 가축병원에서도 포기했다니까 알조 아냐?"
"피부병이 그렇게 무서운 거야?"
"모르는 소리 마라. 조선시대 세조도 피부병으로 붕어하셨잖어."

"그래도 굳이 죽일 것까지야……."

"그럼 어떡하니? 하다 하다 안 되니까 수의사가 안락사를 권한다는데."

"개도 안락사를 시켜?"

"요즘은 그렇대. 간단히 주사 한 방으로. 비용은 오만 원이라더군."

우리는 버스 정류장으로 가서 시동을 건 채 대기하고 있던 마을버스에 올라탔다. 버스는 금방 떠났다. 등산복 차림인 승객이 태반인 버스는 우리의 합석을 허용할 만큼 비어 있지 않았으므로 그와 나는 약간 거리를 두고 엇비스듬히 나뉘어 자리를 잡았나. 좌석 옆의 차창마다 뿌연 김이 서려 바깥이 전혀 내다보이지 않았다. 그건 바깥 공기가 차다는 증거일 터였다. 잠시 후, 앞 유리의 와이퍼가 작동을 시작했다. 좌석에선 잘 보이지 않았으나 아주 적은 양의 비나 눈이 유리에 부딪혀 흘러내리는 모양이었다. 뒷좌석에서 누군가가 기침을 해댔다. 기침소리가 들릴 때마다 나는 그가 은폐하고 있는 개가 불쑥 배낭 밖으로 대가리를 내밀고 왈왈 짖기라도 하는 양 공연히 불안했다. 버스는 이내 종점에 닿았다.

실비에 가까운 진눈깨비가 우리를 맞이했다. 낮게 내려온 우중충한 하늘에 닿아 있는 인수봉의 깎아지른 벼랑을 비롯한 정상 부근의 봉우리들은 뜻밖에도 많은 눈을 이고 있는 듯 하얗게 보였다. 흰 빛깔은 정상께만 아니라 산의 중턱에 이르기까지 산

희생 **145**

포돼 있었다. 내 친구는 잔뜩 찌푸린 얼굴로 산을 올려다보았다.

"난 봄인 줄 알았는데, 이거 원……." 그가 혼잣말처럼 중얼거렸다.

"산이니까 다르겠지. 평지엔 비 올 때도 산엔 아마 눈이 왔을 거야."

우리는 등산객을 주 고객으로 하는 상점가를 통해 경사진 길을 걸어 올라갔다. 벌써 하산하는 축과 이제 올라가는 축이 길을 나눠 쓰고 있었지만 날씨 탓인지 드문드문 서로 지나칠 뿐 여느 휴일과 같은 북적거림이 없었다. 이따금 나도 모르게 그가 걸머멘 배낭에 눈길이 갔는데 배낭이 그의 걸음을 따라 규칙적으로 들먹거리고 있었으므로 그 내용물의 동태를 파악하긴 어려웠다.

"너 닭 잡아본 적 있어?"

한동안 잠자코 걷기에만 열중하던 그가 물었다.

"아니…… 넌?"

"나도 없어, 한 번도."

왠지 시큰둥하니 그가 대꾸했다. 싱겁기 짝이 없는 문답이었다. 아니, 당면한 국면 앞에서 결코 그렇지만은 아닐 것이었다. 나는 그가 왜 그런 질문을 하는지 적이 찜찜했다.

"쥐는 잡아봤어?"

"글쎄…… 기억이 잘 안 나."

우리가 초등학교에 다닐 적엔 학교에서 쥐꼬리를 갖고 오라는 숙제를 내주기도 했다. 그때 내가 쥐를 잡았던가……? 일쑤 회초리로 쥐를 때려잡곤 하던 아버지나 삼촌의 도움을 받았는지 혹은 쥐덫을 놓았는지도 명확하지 않았다. 쥐덫에 든 쥐를 도랑에 빠뜨려 죽인 기억은 났지만 그가 말하는 '잡았다'가 단순한 포획을 의미하진 않을 것이었다.

"그럼 네가 입때껏 죽여본 동물 중에 가장 큰 게 뭐니?"

"……어릴 적에 개구리는 몇 번 죽여봤어."

"개구리 따위는 나도 죽여봤다."

비아냥거리는 듯한 어조로 그가 말했다. 그러곤 한심하다, 한심해 하고 중얼거렸다.

"한심하긴, 뭐가?"

"나이 오십이 될 때까지 죽여봤다는 게 고작 개구리니까……."

"그런 것도 한심한 것에 속해?"

"그럼 아니라는 거야? 한심하지 않다구?" 그는 삐죽거렸다.

"난 네가 무슨 말 하는지 모르겠다."

"몰라도 돼."

이 친구가 농담을 하나 싶었으나 그에게서 웃음의 기미를 전혀 찾아볼 수 없는 걸로 미루어 그렇지도 않은 것 같았다. 막연하게나마 그동안 그가 어딘지 좀 변했다는 느낌이 들었다. 그러나 방금 나누던 대화의 맥락을 놓치지 않아야 했던 나는 그 점에 대해 더 깊이 생각해볼 겨를이 없었다.

"내가 생각하기엔 그 개 말이야…… 수의사한테 맡겨서 안락사를 시키는 편이 나을 것 같아. 네 말마따나 우린 닭 한 마리 잡아본 적이 없는 한심한 사람들이잖아."

그 말을 들은 내 친구는 걸음의 속도를 절반으로 줄이곤 냉소를 지으며 내 얼굴을 넌지시 바라보았다.

"야, 너 개를 죽인다니까 기분 나쁘다 이거지? 네 얼굴이 영 죽을상이라서 그런 줄은 알고 있었다. 걱정 마, 내가 알아서 할 일이니까 넌 손가락 하나 까딱하지 않아도 돼."

"목매달 밧줄이라도 갖고 온 거야?"

"밧줄 같은 거 필요 없어."

"그럼……?" 나는 멀뚱한 눈으로 그를 쳐다보았다. "어떻게 죽일 거야? 돌로 골통이라도 까부술 거야? 개가 자기를 죽이려는 줄 알면 발악을 하며 덤빌 텐데. 게다가 너네 집 개가 어디 보통 개냐? 네가 주인이라고 편하게만 생각하는 모양인데 가만 있으면 죽을 판인 개 눈에 주인이고 자시고 보이겠어? 네가 개를 죽이기 전에 개가 널 물어뜯을 거다."

"너 이제 보니……."

갑자기 그가 히죽히죽 웃었다. 그가 미처 뱉지 못한 말이 '겁쟁이구나'로 추측한 나는 비웃는 듯한 그의 태도가 적이 밉살스러웠다.

"개라니까 내가 잠실에 살 때 키우던 진돗개인 줄 알았던 거구나. 야, 세상에 그 개 하나밖에 없니?"

"……그렇담 그 개가 아닌 거야?"

"아니지, 당연히…… 그 개 없앤 지가 언젠데. 쫄딱 망해 서울에서도 쫓겨나 이층 전세 살 형편이 됐는데 그런 개를 얻다 키우겠어. 이사 가기 전에 동두천에서 가구 공장 한다는 사람한테 그저 주다시피 팔아버렸다. 고등학교 다니던 우리 아들 녀석은, 덩치는 커다란 게 제 방에 숨어 훌쩍훌쩍 울기까지 하더라만…… 나도 기분이 영 그렇더라. 금방 젖 뗀 걸 갖고 와서 오륙 년 동안 정이 들었으니 말이야."

쓸쓸한 어조로 말을 맺은 그는 잠시 사이를 두었다가 등뒤의 배낭을 툭 치며 목소리를 높였다.

"지금 요 안에 든 놈은 크기가 한 줌밖에 안 돼. 늙어서 비칠비칠하는 데다 몸무게도 삼 킬로나 될까 말까구. 모가지를 좀 누르기만 하면 죽을 테니까 닭 잡는 것보다도 더 쉬울 거야. 너, 마르치스라는 개 알지? 요놈이 그 종자야."

"……이사 간 다음에 키우던 개야?"

"아냐. 우리 형 집 개지."

"근데 네가 왜?"

"내가 알아서 처치해주겠다고 했어. 어차피 안락사로 죽일 바엔……."

"부탁 받은 것도 아닌데 자진해서?"

"그래."

"왜? 뭣 땜에?"

"죽이고 싶어서."

그는 주저 없이 대답했다. 그러곤 내 이해를 돕기 위한 어떤 설명도 덧붙이지 않은 채 성큼성큼 발길만 재촉하는 것이었다. 나는 멈춰 서서 손수건을 끄집어내 렌즈에 맺힌 물기를 말끔히 닦아내고 안경을 다시 꼈다. 그사이에 벌써 그는 저만큼 가고 있었다.

"왜?" 나는 가쁜 숨을 토해내며 그를 따라붙었다.

"뭘 말야?"

"왜 개를 죽이고 싶은 거냐구."

"뭘 그리 꼬치꼬치 캐물어? 개새끼 한 마리 죽이는 걸 갖고……."

그가 성가시다는 투로 말했으므로 나는 입을 다물었다. 하긴 그건 어차피 그의 일로 내가 관여할 바가 아니라고 생각하는 편이 속 편할 노릇이었다. 그다음부터 우리는 부지런히 걷기만 했다. 길 위에도, 진눈깨비에도 차츰 흰빛이 성해지고 있었다. 도선사 입구에 이르러 포장도로가 끝나고 매표소를 지나 본격적인 등산로에 접어들자 길이 제법 미끄러웠다. 돌부리들과 검은 잎사귀들로 뒤덮인 길을 따라 걸음을 옮길 때마다 흙이 섞인 물방울들이 바짓부리에 튀었다. 이윽고 길 위에 눈이 나타나기 시작했다. 이미 얼음처럼 반들반들 다져진 눈이었다. 그 즈음부터 걷기가 무척 부담스러워졌다. 목덜미며 어깨가 축축하게 느껴지는 건 진눈깨비가 내려앉아서라기보다 옷의 내부에서 솟아난 땀이 밴 탓일 거였다. 하산 중인 사람들의 신발에 아이젠이 채

위져 있었다. 그도 나도 아이젠을 챙겨오지 않았다는 사실을 확인하고 나자 자못 허탈했다. 둘 중 한 사람이라도 가져왔다면 한 짝씩 나눠 차도 한결 수월할 터였기에 아쉽기 짝이 없었다. 그는, 이럴 줄 알았으면 등산로 초입의 상점가에서 싸구려 아이젠이라도 사 올걸 그랬다고 투덜거렸다. 나아갈수록 길은 점점 어려워졌다. 게다가 산 아래에선 실비에 가까워 무시해도 좋을 만하던 진눈깨비의 양상이 높이 오를수록 달라지고 있었다. 그래도 우리는 어려움을 무릅쓰고 한참을 더 전진했다.

"이거 어렵겠는데……."

이윽고 우리를 막아선, 한겨울의 빙판길이나 진배없는 긴 비탈을 앞에 두고 그가 말했다. 그 난관을 통과 중인 등산객들은 대개가 아이젠을 착용하고서도 엉금엉금 기다시피 오르내리고 있었다. 아직 우리는 인수봉 아래에도 도달하지 못한 채였다. 백운대엔 못 오를지라도 적어도 위문까진 가야 그런대로 흡족한 산행이 될 터인데 절반도 못 온 셈이었다. 하지만 우리는 무언중에 서로 미루는 형국으로 둘 다 발이 묶인 양 한동안 망연히 서 있기만 했다.

"꼭 올라가야만 할까……?" 그가 먼저 속내를 내비쳤다.

"'꼭'은 아니지. 살판날 일도 아닌데 기를 쓰고 올라갈 필요는 없으니까."

"그래……." 그가 고개를 끄덕였다. "근데 너한테 미안하구나. 내가 괜히 산에 오자고 불러내놓구선……."

"괜찮아, 이만큼이라도 올라온 게 어딘데. 난 사실 네 얼굴 보는 게 목적이었지 산에 오고 싶었던 건 아니었어."

"그랬구나······" 그가 좀 풀이 죽어 말했다. "그나저나 좀 쉬자꾸나. 간만에 운동을 좀 했더니 되게 힘드네."

아닌 게 아니라 그는 땀을 비 오듯 흘리고 있었다. 평소 땀이 많은 나하고도 비교가 되지 않아 보였다. 신세가 처량해지다 보니 자주 과음을 해서 그럴까 여겨지기도 했다. 우리는 나뭇가지들이 우산처럼 둘러쳐져 마른 상태를 유지하고 있는 암반 위에 엉덩이를 붙이고 앉아 숨결을 가다듬었다. 우리가 올라온 길과 그 아래의 시가지가 눈비가 내리는 대기 사이로 아스라이 내려다보였다.

"배형기 말이야." 등산모를 벗어들고 손가락들을 빗처럼 세워 머리카락에 묻은 땀을 훑어내던 그가 말했다. "솔직히 난 그 친구가 마음에 들지 않아. 학교 다닐 때부터 그랬어."

"형기가 왜?"

한 번도 그런 눈치를 보이지 않던 그가 하는 말이라서 퍽이나 의외로 들렸다.

"학교 다닐 때, 우린 방과 후에 편짜서 농구 시합을 하곤 했었지. 너 그때 배형기, 그 친구가 어땠는지 기억나?"

"아니. 젠장, 누가 그런 걸 아직까지 기억하니?"

나는 이건 또 무슨 얘기인가 하고 그에게로 고개를 돌렸다. 그는 그러나 정색을 하고 어느 한곳을 노려보듯 눈길을 고정시킨 채 말했다.

"걘 말야, 일단 자기한테 공이 가면 패스를 하는 법이 없었어. 자기 편이 하나도 없는 것처럼 저 혼자서만 공을 움켜쥐고 골대 앞으로 무작정 파고드는 거야. 슛도 제대로 못 쏘는 주제에 말야. 그러다가 번번이 상대편한테 공을 빼앗겼지. 그렇게 하지 말라고 해도 들은 척 만 척이고 자기 때문에 팀이 져도 조금도 미안한 기색을 보이지 않았어."

"차암, 너도…… 기억력도 좋다. 그래, 그깟 소싯적 일 땜에 형기가 마음에 안 들어?"

"……네가 그렇게 나올 줄 알았다만, 난 그래, 그렇다구. 형기뿐 아니라 요즘 행세깨나 하게 된 친구들 하나하나 따져보니까 학교 다닐 때 대개 다 그랬던 치들이더라. 악착같고, 뻔뻔하고, 제 욕심만 차리는……."

"너무 그리 부정적으로만 볼 것까지야 있니? 세상이 다 그런 걸……."

"야, 속 편한 소리 하지 마라. 너나 나나 물러터져서 이 꼴인 거야. 그런 새끼들한테 당하고 있는 거라구. 계속 그랬다간 계속 당할 거구. 하긴 넌 나하곤 다르지. 교사 부인을 둔 덕분에 밥 굶을 걱정은 안 할 테니까."

나는 무역회사를, 그는 건설업체를 다니다 비슷한 시기에 둘 다 명예퇴직을 당했다. 그 이후, 내가 여태 무엇 하나 시도해보지 못한 채 백수로만 일관해온 반면, 주변머리나 의욕에 있어

나를 크게 앞섰던 그는 연립주택을 지어 파는 건축업에 손을 댔다가 갑자기 부동산 시장이 얼어붙어 분양이 안 되는 바람에 거의 모든 재산을 삽시간에 말아먹고 말았다. 설상가상으로 대학에 들어갔던 그의 아들조차 기울어진 가세 탓에 제 딴엔 돈을 벌어보겠다고 피라미드 판매 조직에 발을 들여놨다가 수천만 원의 빚만 떠넘겨 놓곤 집에도 잘 들어오지 않는다는 얘기를 지난번 만났을 때 그에게서 들었다. 그런 그가 문득 안쓰럽게 여겨져 나는 더 이상의 대꾸를 삼간 채 잠자코 있었다. 그도 공연히 열을 올린 게 계면쩍었는지 무렴한 표정인 채 한쪽 발을 뒤집어 등산화 바닥에 들러붙은 젖은 흙을 떼어내는 시늉을 했다.

대화가 멎자, 나뭇가지에서 떨어지는 물방울 소리만 이따금 들려올 뿐, 산속은 부담스러우리만치 고요했다. 그러나 이내 다른 소리가 내 귀를 불끈 잡아당겼다. 전철 안에서처럼 그의 배낭 속에서 흘러나오는 소리였다. 그때는 몰랐지만 이제는 상황을 알고 듣는 소리였으므로 놀라움은 가셨다 해도 저절로 신경이 곤두서는 건 마찬가지였다. 그는 배낭 옆구리에 대고 두어 차례 가벼운 주먹질을 하곤 몸을 일으켰다.

"산엔 못 올라가더라도 요놈은 처리하고 내려가야지. 가만 있자, 어디쯤이 사람들 눈에 안 띌까……."

그는 연신 주위를 두리번거렸다. 날씨가 좋은 날에는 미치지 못한다 해도 적잖은 등산객이 오가고 있었다. 우리는 하산도 할 겸, 천천히 왔던 길을 되짚어 걸었다. 얼마간 내려왔을 때, 나무들이 유난히 밀집해 있는 등성이를 기웃거리며 그가 턱짓을 했다.

"저리로 가자. 저 너머가 제법 으슥할 것 같아."

우리는 길을 벗어나 등성이를 타고 오르기 시작했다. 사람의 발길이 닿지 않아 미끄럽진 않았지만 묵은 낙엽 속으로 발이 푹푹 빠져들어 성가셨다. 누가 우리를 수상쩍게 여겨 바라보고 있을지도 모른다는 생각에 뒤통수가 간질거렸다. 그래서 나는, 한발 앞서 등을 보이는 그와 마찬가지로, 고지 탈환을 위한 각개 전투 훈련 중인 병사처럼 날래게 비탈을 기어 올라갔다. 그런 식으로 한달음에 능선 위에 올라서자 숨이 턱에 찼다. 우리는 나무들 사이에 서서 아래를 굽어보며 가쁜 숨을 몰아쉬었다.

"국립공원에다 개를 묻는 건 위법이겠지? 들키면 벌금을 낼 거구." 한숨을 돌리고 나서 그가 말했다.

"아마 그럴걸. …… 왜 들킬까봐 걱정돼?"

"야, 그랬으면 내가 북한산에 오자고 하지도 않았다. 짜식들이 입장료만 꼬박꼬박 받아 챙길 줄이나 알았지 그런 거 감시라도 하니? 그걸 법이라고 지키는 놈이나 바보지."

"그렇다고 누구나 다 법을 지키지 않으면 산이 엉망이 될 게 아니겠어? 사회도 마찬가지지만……."

"그래……? 그럼 너나 법 잘 지켜라. 아니, 그리도 양심적인 네가 지금 어떤 대접을 받고 있는지 반성이나 좀 해봐라. …… 한심한 친구."

어이없는 지청구로 내 말문을 막아버린 그는, 곧장 등산로가 있는 쪽과는 반대 사면(斜面)으로 걸어 내려갔다. 나지막한 등성이 하나만을 사이에 두었지만 능선 이쪽은 인적이 끊이지 않는 저쪽과는 비할 나위 없이 적요했다. 개가 아니라 사람을 살해한다 한들 완전범죄가 가능할 것 같았다. 잠시 내려가다 멈춰 선 그가 사면 중간에 약간 턱이 져서 평평한 곳에다 지고 있던 배낭을 내려놓았다. 그러곤 쪼그리고 앉아 배낭 입구의 끈을 느슨하게 풀어 젖힌 다음, 속을 들여다보며 양손을 함께 집어넣었다. 나는 두어 걸음 떨어진 곳에 우두커니 서서 말없이 그 모습을 지켜보았다.

"이 꼬락서니 좀 봐라."

그가 한 손으로 네 다리를 모아 쥐고 다른 손으로 목덜미를 움켜잡아 내 눈앞으로 들이민 건 흰 털빛을 가진 한 마리의 작은 애완견이었다. 불안정한 자세 탓인지, 혹은 추위를 느낀 탓인지 쉴 새 없이 바들바들 떨고 있는 그 개는, 그가 말했듯 정말 한 줌밖에 되지 않을 만큼 바싹 여윈 데다 털로 감추어졌어야만 할 등허리의 속살이 벌그스름하게 드러나 보였다. 그 속살 위를 발톱을 세워 긁어댄 자국들과 자잘한 부스럼 딱지들이 까맣게 뒤덮고 있어 오래 쳐다보면 두드러기가 돋을 것처럼 볼썽사나웠다. 과연 죽여서라도 고통을 덜어줘야 옳을 개로 보였다. 단 하나, 익은 포도처럼 까맣고 감정이 풍부해 뵈는 두 눈은 아직 훼손되지 않은 듯했는데 본시 그런지 모르지만 그 안에 눈물이 그득 내비치고 있어서 한편으로는 애처롭기가 이를 데 없었다.

"개가 많이 상했구나." 나는 눈살을 찌푸렸다.

"나이도 열 살이 넘었으니 사람으로 치자면 쭈그렁바가지 노인인 셈이지. 그래도 이렇게 되기 전엔 형 집에서 사람보다 더한 대접을 받았다. 유방암 수술 받고 치료하는 데만 근 백만 원이나 들었다고도 하고……."

"개도 암 치료 받어?"

"넌 아무것도 모르는구나. 안락사시킨다 했을 때도 그러더니. 이런 개는 사람하고 똑같아. 병나면 치료받게 해야지, 사료 사 먹여야지, 돈 들여서 털 깎아줘야지, 옷 사 입혀야지, 예방주사 맞혀야지, 심지어는 비타민 같은 영양제도…… 애 하나 키우는 것만큼 돈이 든단다. 그래서 난 집 안에서 키우는 개는 싫어. 집 안에 개가 있으면 털도 날리고 눈에 보이지 않는 진드기도 생겨 호흡기 환자에게 해롭다고도 하고…… 그 때문에 형수하고 대판 말다툼을 벌인 적도 있었지."

"네 집 개도 아닌데 왜 그랬어?"

"어머니 때문에…… 너도 알다시피 우리 어머닐 형이 모시고 있으니까. 어머니는 천식증이 있는 데다 옛날 사람들이 다 그렇듯 개를 사람처럼 대접하는 짓이 눈꼴시신 거야. 거기에다 홀로 된 노인네이고 보니 요놈에 대해 일종의 질투심마저 느끼시는 눈치였어. 큰집 식구들이 어머니한텐 소홀히 하면서 개만 물고 빨고 온갖 호사를 다 시키니까. 한 번은 대학 다니는 조카애가

방학 때 미국으로 어학연수를 가서 집에다 엽서를 보냈는데 할머니 안부에 대해선 일언반구도 언급하지 않은 채 개에 대해선 별고 없는지 물었다고 어머니가 몹시 섭섭해 하시기도 했지. 어머니는 순전히 개 때문에 심각한 우울증에 빠지셨어. 그래서 보다 못한 내가 형수한테 개를 없애는 게 좋겠다고 말했는데……."

"그러니까 네 형수가 뭐라던?"

"뻔하지 뭐. 애들이 개를 좋아한다는 핑계를 대면서 절대로 그럴 순 없다는 거였지. 개털이 문제가 되면 어머니가 방문을 닫고 계시면 된다는, 말도 안 되는 소리를 하면서…… 사실 나도 이 개새끼가 때려죽이고 싶도록 밉더라. 내가 차비도 없어 쩔쩔매는 형편이 됐는데 이거 암 수술한다고 백만 원씩이나 썼다는 소리를 듣고 있자니……."

"네 기분이야 알겠다만, 돈은 사람이 쓴 거지 개가 쓴 거니?"

"그야 그렇지만……."

말은 그렇게 하면서도 그는, 여전히 사시나무 떨듯 추위를 타는 개가 안쓰러운지 가슴에 보듬었다. 개의 머리 위에서 좁쌀보다도 작은 물방울 몇 개가 이슬처럼 반짝였다.

"어머니만 안 계시면 형 집에 가지도 않을 거다. 형이고 형수고 다 보기 싫다."

그는 분개한 표정을 지었다. 대학교수인 형이 조금만 도움을 주었더라도 부도는 막을 수 있었을 테고 적어도 집은 날리지 않았을 거라던 그의 얘기가 생각났다. 그의 형이 어머니를 모신다는 구실로, 집 한 채에 불과하긴 했지만, 유산을 독차지한 것도 모자라 그가 부도를 당하기 직전까지 푼돈에 가까운 금액일지라도 다달이 어머니의 생활비를 분담시켰다는 사실도 가슴에 맺힌 모양이었다.

"근데 너네 형수는 그리도 애지중지하던 개를 어떻게 없앨 생각을 다 했어?"

"형수가 그랬던 건 나도 이해를 해. 늙어빠진 개가 털이 다 빠지도록 밤낮 긁어대는 꼴을 어찌 눈 뜨고 보고만 있겠어. 오죽했으면 수의사조차 포기했겠니…… 나도 며칠 데리고 있어보니까 정나미가 떨어지더라. 그날 내가 형 집에 안 갔더라면 몰랐을 텐데, 집 앞에서 형수와 딱 마주쳤어. 근데 형수가 개를 안고 있더라구. 어디 가냐고 물었더니 애견센터에 안락사를 시키러 간다는 거야. 그래서 내가 빼앗아 왔지."

"그냥 놔둘걸 공연한 짓을 한 것 같다."

"……하긴 그렇긴 해. 하지만 그때는 왠지 사람이나 개나 한통속으로 미워서 화가 울컥 나더라. ……뭐 어때, 이 기회에 개도 한번 죽여보는 거지 뭐. 야, 넌 이런 짓 못하겠지?"

"김의규, 너 나한테 또 한심하다는 말 하려고 그러지? 그래도 난 못한다."

나는 펄쩍 뛰는 시늉을 했다. 그렇게 대답해야만 그의 마음에 들 것 같은 묘한 기분이었다. 그는 착잡한 표정인 가운데 애써 미소를 지으려 했으나 찡그림에 그쳤다. 그는 가슴께에 놓인 개한테로 눈길을 돌려 한동안 지그시 내려다보았다.

"야, 볼록이!" 이윽고 그는 자못 엄숙한, 어찌 들으면 비통하기까지 한 어조로 개에게 말하는 것이었다. "……넌 이제 죽는다. 사람이건 개건 너처럼 늙고 병들면 버림받는 법이다. 다시 말해 강하지 못하면 도태된다는 것, 그게 이 세상의 법이다. 이 세상은 그처럼 냉정하단 말이다. ……그러니 추호도 날 원망하지 마라."

희화적인, 그러나 동시에 비극적인 광경이 아닐 수 없었다. 웃을 수도, 울 수도 없다는 말은 바로 이런 경우에 합당한 표현일 터였다. 그가 방금 볼록이라고 호명했던 개는, 이름 그대로 볼록하고 슬픈 눈으로 내 쪽을 흘끔거리고 있었는데 미리부터 자신의 운명을 예감하곤 그토록 떨며 눈물을 내비치고 있는 것처럼 느껴졌다. 형의 집행을 선언한 마당이라 이제 곧 그의 손이 개의 목을 조르고 저 까만 눈빛도 가뭇없이 스러질 것이라 예상한 나는 다소 초조한 마음으로 그의 다음 행동을 기다렸다. 너무나 허약해 뵈는 개의 상태로 미루어 그가 장담했던 대로 닭을 잡는 것만큼 간단히 끝날 일이 틀림없었다. 그러나 무슨 절차가 더 필요한지 한동안 미적거리고만 있던 그가 참관인이 되리라는 내 예상을 간단히 허물어뜨렸다.

"야, 네가 빤히 보고 있으니까 좀 뭣하구나. 나 혼자 처리하고 올 테니까 잠시만 기다리고 있어. 금방 올게."

그는 개를 보듬은 채 잰걸음으로 아래로 내려갔다. 나무들 사이로 언뜻언뜻 보이며 멀어지던 그의 뒷모습이 이내 자취를 감추었다. 그 후에도 잠시 계속되던 발소리마저 이윽고 들려오지 않았다. 그제야 나는 그가 꽃삽을 잊고 갔다는 사실을 깨달았다. 그에게 건네준 기억이 없으니 꽃삽은 내 배낭 속에 얌전히 들어 있을 것이었다. 나는 소리를 질러 그에게 그 사실을 알려줄까 하다가 그만두었다. 왠지 그럴 기분이 아니었다. 꽃삽이 없어도 좋을 만큼 땅이 충분히 젖어 있다 여겨지기 때문이기도 했다.

10분쯤 지났을까. 약간 상기된 얼굴을 한 그가 내려갈 때보다 더 빠른 걸음으로 비탈을 올라왔다. 그는 배낭을 다시 짊어지며 빨리 가자, 하고 짧게 말했다. 그러곤 휑하니 저 먼저 자리를 떴다. 범행 현장을 지체없이 벗어나고 싶어 하는 자의 모습이 엿보였다. 생전 안 하던 짓을 했으니 그럴 만도 할 것이었다. 우리는 올라올 때와 마찬가지로 등산로까지 한달음에 사면을 뛰어 내려갔다.

"금방 죽대?"

"……응."

"꽃삽은 왜 안 갖고 갔어? 잊어버렸지?"

"……참, 그랬구나."

그의 기분이 한없이 가라앉아 보였다. 당연히 그럴 것이라 여긴 나는 더 이상 말을 붙이지 않았다. 그 대화를 마지막으로 우리는 줄곧 입을 다문 채 질퍽하고도 긴 하산 길을 어깨를 나란히 걸어 내려왔다. 진눈깨비는 산행을 시작할 때와 조금도 변함이 없이 실비처럼 내리고 있었다.

"배고파 죽겠다. 뭐 좀 먹자. 기분도 그렇지 않을 텐데 술도 한잔 해야지."

등산로 입구에 열을 지어 있는 손수레 간이식당들 앞에 이르러 나는 그의 소매를 끌었다. 아침을 늦게 먹었다 해도 벌써 3시가 지났으니 배에서 쪼르륵 소리가 들려온 지 오래였다. 우리는 파라솔이 꽂힌 둥근 테이블을 사이에 두고 마주 앉았다. 나는 홍합과 골뱅이, 그리고 소주를 주문했다. 자리를 잡고 앉아서도 그는 여전히 굳은 얼굴을 풀지 않은 채 삼삼오오 곁을 스쳐 지나가는 하산객들을 멀거니 바라보고만 있었다.

"야, 인상 좀 그만 써라. 기분이 지랄 같은 줄은 알겠지만 천하의 김의규가 그깟 일 갖고 너무 심한 것 같다."

소주를 잔에다 따라주면서 내가 일부러 웃으면서 말을 건넸다.

"천하의 김의규라……."

소싯적에 노상 입에 달고 다니던 자신의 말을 반추하듯 중얼거리다 그는 단숨에 잔을 비웠다. 그러곤 왠지 나를 말없이 바라보고 있더니 기운이 하나도 없는 사람처럼 떨리는 목소리로 물었다.

"네가 보기엔 어떠냐?"

"뭘 말야?"

"……우리가 재기할 수 있을 것 같으니?"

"별소릴 다 하네. 아직 우린 창창하다. 뭐든 시작할 수 있는데 왜 그래?"

내가 거기까지 얘기했을 때였다. 우리 테이블로 안주 그릇을 날라 오던 주인 아낙이 눈을 부라리며 소리를 지르는 것이었다.

"아이고, 저게 뭐고? 개 맞제? 그란데 저게 와 여기 와서 저러고 있노? 참 이상타."

뭘 갖고 저리 호들갑인가 여기면서 무심코 나는 아낙이 주시하고 있는 인도 쪽으로 고개를 돌렸다. 정말 거기엔 흙탕물이 묻어 지저분하고도 작은 동물 하나가 웅크리고 앉아 이쪽을 기웃거리고 있었다. 처음엔 털이 하나도 없는 것처럼 보여 갓 태어난 노루 새끼 같기도 하고 유전자 조작으로 몸을 커다랗게 불린 쥐가 그럴 성싶기도 했다. 그런데 좀 유심히 살펴보니 아낙이 바로 짚은 대로 개로 보아야 옳았다. 털이 없는 게 아니었다. 금방 물에 빠졌다 나온 것처럼 흠뻑 젖어 온몸의 털들이 죄다 착 달라붙어버린 데에 기인한 오해가 틀림없었다. 거짓말 같지만 나는 그런 판단을 내리면서도 그 개의 정체를 즉각 알아차리지 못했다. 개는 저만치 떨어져 있어도 확연히 눈에 띄도록 온몸을 떨고 있었다. 그 모습을 보면서도 설마 했는데 이윽고 꼬리까지 살랑살랑 흔들면서 비틀걸음으로 다가오는 그 개의 눈을 보았을 땐, 나는 그만 손에 쥐고 있던 술잔을 떨어뜨릴 뻔했다. 늙고 말라빠진 그 개는 눈치를 살피듯 머뭇거리며 한 걸음 한 걸음 우리가 앉아 있는 곳으로, 정확히 말해 그의 발치로 접근해 왔다.

그날 북한산을 다녀온 이후, 한 보름쯤 지나고 나서 그에게서 연락이 왔다. 그동안 나는 그 사건의 뒤처리가 몹시 궁금해 좀이 쑤셨지만 그를 무안하게 만들까봐 애써 참았다. 그와의 30년에 가까운 교우 기간을 통틀어도 그때만큼 그가 당황해 하는 모습을 보인 건 처음이었다. 얼굴이 흙빛이 된 그는 허둥지둥 개를 물건처럼 배낭에 쑤셔 넣곤 도망치듯 내뺐는데 입에 대다 만 술이며 안주 값을 치르느라 약간 지체한 내가 혼자 터덜터덜 길을 따라 내려가 보니 그래도 버스 정류장에 서서 기다리고 있었다. 그렇긴 해도 버스며 전철을 타고 돌아와서 헤어질 때까지 그는 외면을 한 채 거의 말을 하지 않았다. 그런 연유로 해서 나는 전화를 받으면서 그가 무슨 말을 할지 조금 긴장이 되었다. 그런데 그의 첫마디가 뜻밖에도 쾌활하기 이를 데 없었다.

"볼록이 말이야." 대뜸 그가 말했다.

"볼록이…… 그래, 그 개 어떡했어?"

"그놈 이제 살았다." 여유작작한 목소리였다.

"살다니, 무슨 소리야?"

"히히히……" 그는 참으로 오랜만에 소싯적의 웃음소리를 재현했다. "피부병이 다 나았단 말이다. 내가, 이 김의규가 고쳤다. 이젠 말짱해졌어. 하나 긁지도 않고."

"참 용하구나. 그런 얘기를 들으니 내 속이 다 시원하다. 근데 의사도 아닌 네가 무슨 방법으로 고쳤는지 모르겠다."

"그날 집에 와서 생각하니 정말 한심하더라. 이놈의 개를 이제 어쩌나 해서. 궁리 끝에 집구석에 굴러다니는 피부 연고를 다 끌어 모았지. 모르긴 해도 사람한테 효과가 있는 약이면 개에게도 통하지 않을 리 없을 것 같아서. 그래서 이 약, 저 약 되는 대로 발라본 거지. 그런데 한 사흘 약을 발라주다 보니 차도가 보이더라구. 야아, 이러다 정말 낫겠다 싶어 계속했더니 정확히 일주일 만에 완치가 됐어, 적어도 내가 보기엔. 지금은 아직 약이 남아 있어서 조금씩 발라주고 있을 뿐이야."

"차암, 희한한 일이구나. 축하한다."

나는 진심으로 그렇게 말했다. 그가 즐거워하는 모습이 손에 잡힐 듯 뇌리에 그려졌다.

"약도 약이지만 볼록이가 내 말을 알아들어서 효과를 본 것 같아. 너도 그날 봤다시피 여간 영리한 놈이 아니거든."

"또 무슨 말을 했길래?"

그날 산속에서 그가 개에게 말을 하던 장면을 떠올리며 나는 소리 없이 웃었다.

"약을 발라주기 전에 내가 선언했지. '이게 너에게 해줄 수 있는 마지막 치료다. 내가 발라주는 약으로도 네가 낫지 못하면 정말 끝장이다. 죽기 싫으면 제발 좀 나아라' 하고…… 놈이 그 말을 새겨듣고 분발한 게 아닐까? 개에게도 정신력이 없진 않을 테니까."

"그건 말이다, 의규야…… 볼록이를 낮게 만드는 데 만약 정신력이 작용했다면, 그건 볼록이의 정신력이 아니라 너의 정신력일 거야. 네가 그만큼 볼록이한테 정성을 쏟은 결과겠지. ……그러고 보니 넌 아직 정신력이 대단하구나. 그게 그동안 어디 숨어 있었던 거야?"

대답 대신 유쾌한 웃음소리가 내 귀를 가득 메워왔다.

남태평양
―어느 협객에 관한 비망록

1

"어이, 너 황대협 동생 맞지?"

느닷없는 소리와 함께 누군가의 손이 내 어깨를 툭 건드렸다. 외따로 잔을 들고 서서 칵테일을 홀짝거리고 있던 나는 다소 움찔하면서 고개를 돌렸다. 언제부터인지 모르게 검은 테 안경을 낀 동창생 하나가 내 곁에 바짝 다가와 있었다. 전혀 기억나지 않는 얼굴이었다.

"……맞지?" 나를 주의 깊게 뜯어보면서 그가 다시 물었다.

나는 약간 어색한 미소를 지으며 고개를 끄덕였다. 그가 나의 형인 '황대협'을 들먹이는 건 그다지 놀랄 일이 아니었다. 당시, 내 고향 T시의 또래들에게 형은 무척이나 유명한 인물이었다.

나를 모르는 동창생일지라도 형은 알 정도로. 하지만 귀밑머리에 흰빛이 성성해가는 이즈음에 이르도록 낯설게까지 여겨지는 동창생한테서 '황대협 동생' 운운하는 소리를 듣는다는 건 적이 쑥스러운 노릇이었다. 형의 몇몇 절친했던 친구들이 잊어버릴 만하면 내게 전화를 해서, 대협이가 아직도 안 돌아왔느냐고 물어올 때와는 또 다른 느낌인 것이었다.

"너 그동안 동창회 잘 안 나왔지? 반갑다, 야."

오른손에 들고 있는 유리잔을 왼손으로 옮기곤 그가 내 앞으로 손을 내밀었다. 우리는 정장을 한 신사들답게 점잖게 악수를 나누었다. 기실 나도 그의 출현이 반가웠다. 학창 시절, 교우의 범위가 극히 좁았던 나는 줄곧 외톨이로 서성이던 참이었다. 그의 말마따나 나는 그동안 동창회 근처에는 얼씬도 하지 않았다. 그러다 이번 고등학교 동기생들의 신년 인사 모임에 왜 나오게 됐는지 나 자신에게도 뚜렷한 이유를 대기 어려웠다. 굳이 따지자면, 늘상 광화문 근처에서 개최되곤 하던 동창회가 모처럼 강남의 한 호텔로 건너왔기 때문이랄 수 있었다. 모임의 장소가 집과 지척이었으니까.

"하도 오랜만에 만나니 이름조차 가물가물하네. ……너도 그렇지?"

그가 바지 주머니에서 지갑을 꺼내 뒤적거리더니 명함을 건네주며 말했다. 나도 그에게 내 명함을 주었다. 금박을 입힌 회사의 로고, 부장 아무개…… 그의 명함은 내 것과 흡사했다. 그

역시 따분한 월급쟁이라는 얘기였다. 심드렁한 만남이 될 공산이었다. 그런데 내 명함을 자기 지갑 속에다 갈무리하고 난 직후, 그가 이렇게 말하는 것이었다.

"너나 나도 그렇지만 네 형, 황대협도 많이 늙었더구나. 피지에서 우연히 만났는데 말이야."

나는 그와 시선을 마주친 채, 잠시 멀뚱히 바라보고만 있었다. 그러자 그가 어깨를 으쓱하며 웃음을 터뜨렸다.

"왜 그래? 내가 피지에서 네 형님을 봤다는데……."

"피지……?"

"응, 피지. 너 거기가 어딘지 몰라? 남태평양에 있는 섬나라. ……왜? 네 형님이 거기 있으면 안 돼?"

"……아냐. 근데 언제였어? 우리 형을 본 게."

"얼마 지나지도 않았어. 지난 연말 휴가를 가족들하고 그 나라에서 보냈는데, 그때 네 형님을 봤던 거지."

"그랬구나……."

나는 고개를 끄덕였다. 불현듯 그의 눈에 담아온 형의 모습이 몹시 궁금해졌다. 10년……? 아니, 10년도 넘는 세월이 흐른 것이었다. 형을 못 본 지가.

"그 얘길 좀 해줄래?" 나는 가슴을 두근거리며 말했다. "우리 형을 어디서 어떻게 만났는지……."

"그러자. 나도 황대협 같은 인물이 어쩌다 뱃사람이 됐는지 궁금해 죽겠더라. 그렇다고 네 형님이 잘못 풀렸다는 의미는 절대로 아니고."

　형이 배를 탄다는 사실까지 알고 있는 것으로 미루어 그와 형의 조우가 단순한 스침을 뛰어넘는다는 느낌이 들었다. 그럴수록 나는 초조해졌다. 게다가 분명 어떤 재미난 기억을 떠올림으로써 자아내는 듯한, 그의 입가에 번지고 있는 야릇한 미소가 나를 더욱 안달 나게 만드는 것이었다.

　"우리, 나갈까?" 그가 말했다. "어디 가서 좀 앉아서 얘기하자. 계속 서 있기만 했더니 다리가 아프구나."

　그의 제안은 내 마음에 쏙 들었다. 모임의 벽두에 몇 차례의 박수와 몇 마디의 인사말로 새 회장과 임원진의 선출이 간단히 끝맺음된 이후로 별다른 공식 행사가 남아 있지 않았다.

　내 동기생과 나는 인근의 유흥가 속에 위치한 어떤 바에 찾아들어가 두어 시간 자리를 함께했다. 당연히 주로 그가 얘기하고 나는 듣는 편이었다. 내 관심사는 물론 형의 근황에 관한 것이었지만 그가 형을 만나게 되기까지의 줄거리도 꽤나 흥미로웠다. 그건 줄곧 영업 부서에서 직장 생활의 잔뼈가 굵었다는 그의 걸쭉한 입담 때문이기도 했다. 한편으로는 형에 대한 무한한 존경심이 그로 하여금 내게 형을 만나던 당시의 분위기를 최대한 생생히 전해주려는 노력을 기울이게 함을 가슴 뿌듯이 느낄 수 있었다. 약간 술이 된 그가 다소 두서없이 풀어놓은 얘기를 시간의 순서에 맞춰 재구성하면 다음과 같다.

……그날 그는 피지의 수도인 수바의 거리를 홀로 기웃거리며 돌아다니고 있었다. 일국의 수도가 이러할까 싶을 만치 한적하고도 소박한 면모를 지닌 도시였다. 서울에선 그 흔한 고층빌딩 하나 눈에 띄지 않았고 차도는 전혀 붐비지 않았다. 부둣가의 커다란 창고형 건물 안에선 적갈색 피부의 원주민들이 좌판을 벌여놓고 바나나, 파파야, 망고 따위의 열대 과일들과 크고 작은 생선을 팔고 있었다. 부두에 면한 바다는 엷은 녹색이었으며 정박 중인 배들의 흘수선(吃水線) 아래 선체가 훤히 들여다보일 정도로 물이 맑았다. 햇살이 눈부시긴 했으나 칼로 금을 그어놓은 듯한 수평선 쪽으로부터 연신 시원한 바람이 불어와 끈적끈적한 느낌 같은 건 전혀 없었다. 연중 기온이 섭씨 18도와 30도 사이에서만 오르내려 쾌적한 기후를 자랑한다는 관광안내 팸플릿의 문구가 실감났다. 부두에서 상업 지역으로 나오는 해안도로 변에 역시 창고형으로 지은 길쭉한 상가 건물이 한 동(棟) 있었는데 그 속엔 선물가게들이 다닥다닥 밀집해 있었다. 남대문 시장 안의 어느 통로에서처럼 상인들이 각종 목제 조각품들이나 멜라네시아계의 독특한 문양을 새긴 액세서리를 사라고 소매를 잡아채곤 했다. 그는 서너 군데의 가게에서 홍정을 하는 척하며 상품들을 구경만 하고 그냥 나왔다. 아내나 애들이 봤다면 욕심을 낼 만한 물건들이 더러 눈에 띄곤 했지만 그는 섣부른 짓을 삼갔다. 아무리 조그만 물건이라도 들고 다녀야 할 부담이 생길 게 귀찮아서였다. 단 하루의 오후 한때만이

라도 '완전히 놓여나고' 싶었던 그는 카메라조차도 소지하지 않은 채였다. 휴가를 즐기기 위해 적도를 넘어 남반구까지 온 사람이 '놓여나고' 싶다고 한다면 뜬금없는 소리로 들릴지 모르지만 그로선 더 이상 적절한 표현을 찾을 수 없었다. 가족을 먹여 살리느라 일에만 전력투구해온 이 땅의 중년 남자가 으레 그러하듯, 그 또한 놀고 즐기는 일에 익숙하지 않았다. 아니, 좀더 노골적으로 말해서 그런 일이 딱 질색이었던 것이다. 그러다 보니 기껏 하루를 묵고 나서부터 해외여행이고 뭐고 지겹기 짝이 없어져 빨리 일주일이 지나가서 짐을 챙겨 돌아갔으면 하는 마음밖에 없었다. 게다가 무거운 짐을 들고 다니는 임무 같은 건 늘 아비이자 남편인 그의 차지였고 종일 세 모녀의 죽 끓듯 하는 변덕에 꾹 참고 기분을 맞춰주자니— 난생처음인 가족동반 해외여행이니 가장이라고 어찌 함부로 성질을 부리겠는가!— 성가시고 짜증이 나서 죽을 맛이었다. 그래서 궁리 끝에, 그들 가족이 묵고 있던 콘도가 위치한 휴양지인 퍼시픽 하버에서 택시로 한 시간 거리에 있다는 수바를 둘러보고 오겠다고 했는데 아니나 다를까 그의 가족들은 가장의 외출에 아무도 관심을 표명하지 않았다. 수도이긴 하지만 수바에 가봤자 별 볼일이 없다는 정보를 이미 주워들었던 그의 아내와 두 딸아이는 도착한 당일부터 여행의 즐거움을 만끽하기에 바빴던 것이다. 단순한 거리 구경이, 그들이 탐닉해 있는 그림 같은 열대 해변에서의 해수욕과 성게 사냥, 스쿠버 다이빙, 수상 스키 따위와 견주어 경쟁력을 가질 리 없었다.

　가족이야 어쨌건 그로서는 혼자 목적지도 없이 이국의 낯선 거리를 배회하는 맛도 제법 쏠쏠한 편이었다. 횡단보도를 건너기도 하고 목백일홍 비슷한 붉은 꽃들을 지펴 든 나무들이 서 있는 작은 공원을 만나 벤치에 앉아 잠시 쉬어가기도 하면서 그는 차츰 시내로 접어들었다. 곳곳에 사람 사는 곳이면 으레 있을 생필품 가게들이 거리에 면해 있었다. 건물의 이층에 간혹 나이트클럽 같은 접객업소가 눈에 띄었으나 창문들마다 아직 굳게 커튼이 드리워진 채였다. 행인이 뜸한 거리는 과연 전반적으로 별 볼일이 없었다. 그러므로 그는 더한층 느긋해졌다. 그런가 하면, 그 만보(漫步)가 어느 때보다도 중요한 일을 수행하고 있는 듯한 기이한 기분이 드는 것이었다.

　문득 귀에 익은 유행가의 멜로디가 들려온 건 담배를 파는 진열장을 겸비한 어떤 구멍가게 앞에서였다. 아아 웃고 있어도 눈물이 난다. 그대 나의 사랑아…… 구성지기 짝이 없는 조용필의 노래였다. 그는 좀 어이가 없었다. 이 먼 나라의 한갓진 길거리에서 한국 가요를 다 듣게 되다니…… 보도 위에 멈춰 선 채 잠시 귀를 기울여보니 가라오케, 혹은 오디오에서 흘러나오는 소리가 분명했다. 그는 무심코 가게 바깥에 쌓아놓은 식료품과 과자 상자들 옆으로 난 조붓한 통로 안을 들여다보았다. 뜻밖에도 통로는 열 발짝쯤 떨어진 어떤 홀과 연결돼 있었다. 이웃 건물과의 담벼락을 끼고 뚫린 통로에 슬레이트 지붕까지 씌워져 있어 자못 어두컴컴한 탓인지 대낮인데도 그 홀의 유리문 위로 불빛이 내비쳤다. 그는 노랫소리가 바로 그 홀을 발원지로 하여 외부로 스며 나오고 있음을 알아차렸다. 다음 순간, 그 홀의 내부에 대한 영문 모를 호기심이 슬며시 고개를 치켜들었다. 그는 눈을 가느다랗게 뜬 채 유리문 안을 향해 시선을 집중시켰다.

먼저 불빛에 반짝이는 맥주병들이 보였고, 이어 자욱한 담배 연기와 몇몇 사람들의 실루엣을 알아볼 수 있었다. 주점이라기보다는 가게에 딸린 서비스 공간 같은 분위기였다. 이를테면 우리나라의 구멍가게들이 가게 앞 보도 위에다 비치파라솔이 꽂힌 둥근 테이블을 마련해놓고 술과 안주를 파는 경우가 종종 있는데 그 장소를 가게 뒤편의 실내로 옮겨놓은 것 같은. 그런데 흐릿한 불빛 아래의 풍경 속에서 갑자기 무엇인가가 까닥까닥 움직이기 시작하는 것이었다. 놀랍게도 그게 이쪽을 향해 보내고 있는 수신호라는 사실을 그는 가까스로 알아보았다. 누군가가 바깥의 동정을 눈치 채곤 안으로 들어오라는 손짓을 하고 있는 게 틀림없었다. 바쁠 것 하나 없었던 그는 별 망설임 없이 그 부름에 응했다.

"한국 분이시죠?" 주름살이 깊게 파이고 검게 탄 얼굴에 청색조의 낡아빠진 남방셔츠를 걸친 사내가 탁한 목소리로 말했다.

그가 얼떨떨한 기분인 채 그렇다고 대답하자 사내는 앉은 채로 방금 그를 불러들이는 데 사용했던 손을 활짝 펴서 맥주병들 너머로 내밀었다. 그는 테이블을 사이에 두고 사내와 손을 마주

잡았다. 그리 크진 않았지만 꽤 두툼했고 상당한 악력이 느껴지는 손이었다. 그는 사내가 손가락으로 가리키는 등받이 의자 위에 앉았고, 사내의 지시에 따라, 합석하고 있는 세 여자 중 사내와 가장 가까이 있는 여자가 건네주는 유리컵을 받았고, 그 여자가 양손으로 병을 기울여 조심스레 따라주는 맥주를 컵 속에 얌전히 담아 들었다. 이 일련의 행위가 침묵 속에서 오로지 사내가 해보이는 간략한 제스처에 따라 행해졌다. 이는 당면한 술자리가 정체 모를 사내가 지닌 강력한 권위의 빈틈없는 장악하에 놓여 있음을 시사하는 것 같았다.

그를 불러 앉히긴 했지만 사내는 그다지 입을 떼지 않은 채 술잔을 기울였다. 홀의 전체 면적은 10평쯤 돼 보였는데 안쪽으로 두 세트의 테이블과 의자들이 빈 상태인 채로 놓여 있었다. 안쪽 벽에 붙어 바닥 위에 놓인, 일본 회사의 상표가 부착된 오디오 세트에서 한국 가요가 흘러나오고 있었다. 한데 너무나 미미한 출력이라서 어떻게 외부에까지 소리가 들렸는지 이상할 지경이었다.

얼결에 참석하게 된 술자리인지라 약간 거북한 가운데 내심 분위기 파악에 골몰하던 그는 우선 두 가지 사실에 놀랐다. 그 하나는 사내와 합석한 세 여자가 하나같이 갈색, 혹은 흑색의 늘씬한 미인이라는 점이었다. 다른 하나는, 잔을 내려놓을 자리를 찾기가 여의치 않을 정도로 테이블의 상판을 가득 메우고 있는 빈 맥주병들의 숫자였다. 어림잡아 족히 서른 병은 돼 보였다. 담배를 피우긴 했지만 전혀 술을 입에 대지 않는 여자들의 행태로 미루어 누가 그 엄청난 양의 술을 해치웠는지 쉽게 짐작할 수 있었다. 사내의 체격이 꽤나 완강하고 완력이 있어 보인다 해도 절로 혀가 내둘러지는 광경이었다. 그건 그렇다 치고 왜 빈 병들을 바닥에 내려놓지 않는지 알 수 없었다. 그는 그 이유를 물어볼까 하다가 그게 사내의 술 마시는 방식일지 모른다는 생각에 객꾼으로서의 겸양심을 지키기로 했다.

이따금 술잔을 맞부딪치는 사이사이에 사내와 그는 몇 마디 대화를 나누었다. 사내는 너무 취한 탓인지 대략 다섯 단어 이상을 한 번에 연결시키지 못했다. 그렇더라도 그가, 고장 난 엔진을 수리하기 위해 입항한 참치잡이 어선을 타고 그저께 왔으며 내일이면 떠난다는 것, 자신이 그 배의 갑판장이라는 것, 몇 달에 한 번 어쩌다 수바에 올 기회가 있을 적마다 이 가게를 찾는다는 것 따위를 간신히 알아들을 수 있었다. 한데 얘기를 나누는 동안, 그는 차츰 이 사내를 어디선가 본 적이 있다는 느낌이 들었다. 아주 오래전에. 그는 주의를 기울여 사내를 찬찬히 뜯어보았다. 소금기 많은 바닷바람과 거침없이 내려 쬐는 폭양에 장기간 노출돼 마모된 듯한 얼굴이긴 했지만 그의 기억에 남아 있는 어떤 본질이 잔존해 있는 것이었다. 오랜 풍상에 닳고 문드러진 마애불이 그러하듯이…… 그는 사내의 정체를 염탐하기 위해 이런저런 질문을 던져보았다. 그러다 사내의 고향이 T시라는 대답을 듣는 순간, 그는 하마터면 잔을 떨어뜨릴 뻔했다. 그렇다. 사내는 다름 아닌 황대협이었다!

"나하고 함께 있었던 시간이 한 시간쯤 됐을까? 황대협이 너무 취한 것 같으니까 여자들이 택시를 잡아서 어디론가 데리고 가버렸어. 아무리 천하의 황대협이라도 그만큼이나 마셨으니 안 취하곤 못 배기겠지. 나하고 마신 양만 해도 일고여덟 병은 됐으니까. 이제나저제나 알은체를 할까 하다가 난 그러지 못했어. 황대협이란 걸 알아차린 순간부터 어찌나 긴장이 되던지 술이 잘 안 넘어가더군."

내 동기생이 불콰해진 얼굴로 말했다. 그는 황대협과 만나 대작했다는 사실에서 기인한 흥분이 아직도 채 가시지 않은 듯한 표정을 지었다.

"직업여성들이었어?" 내가 물었다.

"몰라 그건. 가끔 자기네들끼리만 내가 알아듣지 못하는 말로 소곤거리며 앉아 있었으니까. 역시 황대협은 대단한 사람이야. 대낮부터 말도 제대로 안 통하는 여자들을 셋씩이나 혼자 꿰차고 술을 마시다니…… 그것도 하나같이 미인들로만."

"그 여자들이 누군지 물어보지도 않았어?"

"안 한 게 아니라 못했지. 얻어먹는 입장에 그런 걸 묻기가 좀 곤란해서 말이야. 분위기가 묘해서 그랬기도 하구…… 하렘 같았어."

"하렘?"

"응, 하렘…… 황대협을 떠나보낸 다음에 난 해질 녘까지 바닷가 공원에 앉아 있었어. 혼자 멍하니. 방금 황대협을 대면한 사실이 꿈만 같아서 말이야. 바다가 온통 벌겋게 타오르니까 더욱 그렇더구먼. 열대 바다 위에서의 황혼은 그야말로 환상적이거든. …… 근데 말이야. 이제 네 얘기를 좀 들어보자꾸나. 네 형님이 어쩌다 배를 타게 된 거니?"

2

일찍이 나의 형 황명수(黃命洙)는 황대협(黃大俠)으로 통했다. 불행히도 '대협(大俠)'이란 낱말은 어느 국어사전을 찾아봐도 누락돼 있다. 하지만 무협 소설을 한 권이라도 읽어본 사람이라면 누구나 알 것이다. 맞다. 그건 '대협객(大俠客)'의 줄임말이다. 무협 소설엔 그런 호칭으로 불리는 인물이 반드시 한둘은 등장한다. 애당초 '무협'의 '협'이 '대협'의 '협'이기도 하니까.

무협 소설에 있어서 대협은 줄거리를 기기묘묘하게 엮어가는 주인공들 가운데에서도 매우 중요한 위치를 차지한다. 독자들로 하여금 피를 끓게 하는 역할을 담당하는 이 이름의 인물이 함축하는 바가 대개, 사문(師門)의 절학(絶學)을 체득한 가공할 무공의 소유자로서 강호, 혹은 무림에 발호하는 악의 세력을 무찌르는 정의한(正義漢)이기 때문이다. 그러므로 '대협'은 더

할 나위 없이 명예로운 칭호임이 틀림없다. 그런데 나의 형, 황명수는 약관에도 못 미치는 나이에 그 거룩한 칭호를 획득하는 행운을 누렸던 것이다.

형에게 대협의 칭호가 부여된 계기는 내가 중학교 2학년 때에 발생했던 한 사건에서 비롯되었다. 나와 꽤 터울이 지는 형은 그때 상업고등학교 졸업반이었다. 어울리지 않게도 형이 주판알이나 굴리는 상고에 진학한 건 단지 그 학교의 입학 커트라인이 형편없이 낮았기 때문이다. 깡패 학교로 소문이 나 있었지만 형은 깡패는 아니었다. 그렇다고 형이 그 학교에서만큼은 모범생에 속했다는 얘기는 결코 아니다. 형이 싸움의 흔적을 묻히고 귀가한 이튿날, 학교의 호출을 당한 아버지가 상대방 학생의 이빨 값을 물어주고 온 적이 적어도 두 번인가 있었다. 나중에 내가 듣기론 입학 초기부터 형의 주먹이 교내에선 좀 알려지긴 했던 모양이었다. 서클 아이들이 형만은 터치를 안 할 정도로. 하지만 그건 형의 주먹을 두려워해서 그랬다기보다는 형이 워낙 과묵하고 남 앞에서 깝죽대는 일이 없어서였을 것이다. 서클 아이들도 교내에선 특별히 미운 털이 박힌 아이들이 아니면 손을 대지 않는 나름대로의 아량은 있었으므로. 간혹 형에게 시비를 거는 녀석들은 싸움꾼도 그 무엇도 아닌 얼치기들이었다. 잠자는 사자를 꿔다 놓은 보릿자루쯤으로 알고 까불며 덤벼들었다가 된통 얻어터졌던 것이다. 그들은 무엇보다도 강약의 식별에 있어 자신들의 수준 낮은 안목을 탓했어야 할 것이다. 어쨌건 그 사건으로 일종의 벼락출세를 하기 전까진 형의 주먹은 한 번도 학교의 담장을 넘은 적이 없었던 게 틀림없다.

 그날은 60년대 말의 어느 해, 6월 6일, 즉 현충일이었다. 구름 한 점 없는 화창한 날씨이긴 해도 우리 학교에선 교정에서 행해지던 기념식 도중에 학생 둘인가가 일사병으로 쓰러질 정도였으므로 아침부터 볕이 무척 따가웠다고 기억된다. 식이 끝나고 축구나 야구를 한다고 운동장에 남은 아이들도 적지 않았지만 그날따라 늦잠을 잔 탓에 아침밥을 거른 채 학교로 뛰어갔던 나는 곧장 집으로 돌아왔다.
 나와 마찬가지로 식에 참석하기 위해 학교에 간 형은 아직 귀가 전이었다. 선걸음으로 부엌에 들어가 밥을 양푼에 넣고 비벼 아침 겸 점심으로 배 터지게 먹고 나자 이내 식곤증이 몰려왔다. 나는 내 방이자 형의 방이기도 한 문간방에 벌러덩 드러누웠다. 공무원인 아버지는 모처럼 휴일을 맞아 안방에서 코 고는 소리를 내고 있었다. 그 소리의 배경 음악처럼 라디오의 음향이 나른히 건너오는 것으로 미루어 어머니도 아버지 곁에서 풋잠이 든 모양이었다. 마당엔 밝고 투명한 햇살이 가득했다. 그야말로 조용하고 한가롭기 그지없는 초여름 날의 점심 녘이었다.
 대문 밖에서 형의 다급한 외침이 들려온 건 내가 마악 단잠의 늪에 빠져들려던 순간이었다.
 "명환아! 빨리 문 열어!"

대문이 부서져라 마구 두들기는 소리까지 잇달았다. 그 서슬에 잠이 화들짝 달아나면서 나는 깜짝 놀라 일어났다. 내가 신발을 꿰차는 둥 마는 둥 허겁지겁 대문을 열어줄 때까지 계속 난리법석을 피우던 형은 숨이 턱에 차서 집 안으로 뛰어 들어왔다. 무슨 영문인지 형은 부리나케 대문을 다시 잠갔다.

보아하니 형의 몰골이 말이 아니었다. 얼굴 여기저기에 긁힌 자국이 볼썽사납게 나 있는 데다 한쪽 눈퉁이마저 불그죽죽하게 부풀어 있었다. 까까머리를 가리고 있어야 할 교모는 또 얻다 버리고 왔는지 눈에 띄지 않았다. 교복 윗도리의 단추들 가운데 목과 가슴팍의 것 두 개는 너덜거리는 흰 실밥만을 남긴 채 행방이 묘연했다. 게다가 몸 전체가 흙이 묻어 엉망인 것이었다.

"형, 왜 그래?"

대답 대신 형은 인상을 쓰며 집게손가락을 세워 자기 입술 가운데를 꾹 눌렀다. 그러곤 초조한 기색으로 문틈에 바짝 눈을 붙였다. 그러다 멀리서 바삐 다가오는 발소리가 들려오는 것 같으니까 후닥닥 뒤란으로 숨어버리는 것이었다. 순식간에 벌어진 일이라서 나는 어안이 벙벙할 뿐이었다.

"명환아, 무슨 일이니?" 바깥의 동정이 의아하다는 어조로 어머니가 방에서 물었다.

설명하기가 난감한 상황이었지만 나는 대답을 하기 위해 고민할 필요는 없었다. 그 즉시 누군가가 또 대문을 쾅쾅 두드렸던 것이다. 모르긴 해도 문을 열어주면 형에게 불리하리라는 계산이 내 머릿속을 빠르게 스쳐갔다. 나는 거기에 존재하지 않는 것처럼 숨을 죽인 채 서 있었다. 대문에선 연신 급박한 소리가 났다. 잔뜩 화가 나서 내지르는 욕지거리 같은 말소리도 들렸다.

"뭐가 이리 시끄러워?"

아버지가 손등으로 눈을 쓱쓱 문지르며 마루로 걸어 나왔다. 나를 내려다보는 눈이 곱지 않았다. 단잠을 깨버려 신경질이 난다는 눈치였다.

"인마, 넌 뭐 하는 거야? 누가 왔으면 문을 열어줘야지."

마침내 나는 대문의 빗장을 땄다. 한데 어럽쇼, 우리 집 마당으로 뛰어든 두 사람의 방문객은 전혀 뜻밖의 인물들이었다. 양쪽 다 키가 전봇대만 하고 머리 위에 흰 헬멧을 눌러쓴 미군 헌병이었던 것이다. 뿐만 아니라 평소엔 허리에 차고 다니는 몽둥이를 각자의 손아귀에 거머쥐고 있었다. 그들은 파란 눈알을 뒤룩거리며 이리저리 둘러보더니 아버지를 향해 무슨 말인가를 지껄였다. 결코 우호적인 어조가 아닌 데다 자다 일어나 감도 잡지 못하는 언어의 세례를 당한 아버지는 졸지에 꿀 먹은 벙어리가 돼버렸다.

"명환아, 이 사람들 대관절 뭐라는 거냐?"

낯빛이 벌겋게 상기된 아버지는 고작 중학교 2학년인 자식에게 구조를 요청했다. 나도 그들이 무슨 말을 하고 있는지 모르긴 마찬가지였으나 상황은 충분히 짐작할 수 있었다. 그들은 지금 눈에 불을 켠 채 뒤란 어딘가에 숨어 있을 형을 찾고 있는 게 뻔했다. 하지만 나는 애써 아버지의 눈길을 외면했다.

급기야 그들은 대화를 포기하곤 행동으로 돌입했다. 군화를 신은 채 안방에 들어가 장롱 문들을 벌컥벌컥 열어보는가 하면 몸을 수그리고 다락 속으로 올라갔다가 무릎과 손바닥에 하얀 먼지를 묻히고 내려와선 욕이 분명한 말을 씨부렁거리기도 했다. 우리들에겐 엄하기만 한 아버지도 그들의 기세에 놀라 마루 한구석에 물러선 채 무기력하게 지켜보고만 있었다.

건물 내부의 수색이 무위에 그치자 다시 마당으로 내려온 그들이 발길을 뒤란으로 옮겨 갔을 땐, 나는 가슴이 덜컥 내려앉았다. 옆집과의 담장에 이르는 비탈 위에 감나무 몇 그루가 서 있고 그 아래에 장독대가 놓인 뒤란엔 숨을 데가 별로 없었다. 보나마나 형은 이제 꼼짝없이 붙잡힐 게 틀림없었다. 그런데 잠시 후 내 눈에 비친 광경은 예상과는 딴판이었다. 어찌 된 셈인지 추적자들이 소득 없이 되돌아 나왔던 것이다. 내 어린 소견으론 도무지 이해할 수 없었다. 형이 진작 담을 타넘고 옆집 마당을 가로질러 멀리 내뺐다는 사실을 나중에 형한테서 들어 알았지만.

실패를 분명히 인식한 듯한 그들은 다시 아버지와의 대화를 시도했다. 아까보다는 한결 분명한 발음으로, 한 단어씩 구분 지어 말했다. 만년 주사(主事) 노릇에 그치긴 했지만 일제 때 고보(高普)까지 나왔다는 아버지였으므로 영어에 완전히 까막눈이거나 귀머거리는 아닐 터였다. 아버지는 이마에 진땀이 내비치도록 열심히 그들의 말에 귀를 기울이다가 나를 돌아보면서, 혹시 명수가 집에 왔었냐고 물었다. 나는 속으론 떨렸지만 형이 오지 않았다고 잡아뗐다. 영어 문장을 짜내느라 잠시 미간을 찌푸리고 있던 아버지가 이윽고 그들에게 대꾸했다. '디스 보이 세이 마이 선 이즈 노 캄'이라고. 그게 그날 아버지가 구사했던 거의 유일하고도 가장 긴 문장이었던 셈이다. 두고두고 나로 하여금 실소를 터트리게 만드는 그 문장은, 문자로 옮기자면 'This boy say my son is no come'이 될 텐데, 그럼에도 불구하고 목적했던 바 의미 전달을 거뜬히 해냈다. 그 즉시 그들이 손가락으로 자기들의 눈을 가리키며 화를 벌컥 냈는데, 형이 집으로 들어가는 모습을 자기들 눈으로 똑똑히 봤다는 의미가 분명했기 때문이다. 그런 그들에게 아버지는 '노 캄!'만을 연발했다. 한참을 아버지와 옥신각신하던 그들은, 말이 제대로 통하지 않는 상대에게 어떻게 해볼 도리가 없었는지 제풀에 지쳐 돌아갔다.

"명수란 놈이 또 사고를 친 거야. 공부도 못하는 녀석이 걸핏하면 싸움질이나 하고 다니니 내 이 녀석을 그냥……, 집에 기어 들어오기만 해봐라. 다리몽둥이를 분질러버릴 거야."

미군들이 돌아가고 나자 아버지는 다시 근엄한 가장의 체통을 되찾았다. 어머니는 군화 자국들이 찍힌 마루며 방들을 걸레질하느라 바빴다. 형이 대체 어디서 무슨 짓을 저질렀다고 하더냐는 어머니의 질문에 아버지는, 글쎄, 어디서 미군하고 싸움을 했다는 것 같았는데……, 하고 얼버무렸다.

저녁 무렵에 나는 형이 이따금 놀다 오는 걸로 알고 있는 개천 둑까지 가보았다. 하지만 어둠 속에서 불량배들만 모기떼처럼 들끓고 있었으므로 겁이 나서 제대로 찾아보지도 못한 채 발길을 돌려야만 했다. 형은 그날 밤 돌아오지 않았다.

이튿날 아침, 나는 몹시 우울한 채 학교에 갔다. 밤늦도록 안방으로부터 어른들의 한숨소리가 끊이지 않고 건너오는 데다 나 또한 형에 관한 불길한 상념에 시달리느라 잠을 설쳤던 것이다. 그런데 교실 안의 풍경이 여느 날과는 확연히 다른 모습이었다. 잡담을 하더라도 자기 자리는 지키는 게 예사였건만 그날은 대다수의 아이들이 교실 뒤편의 여유 공간에 무리를 짓고 둘러서서 하나같이 흥분에 들뜬 얼굴을 하곤 어떤 사건에 대해 갑론을박을 벌이다가 갑자기 활극을 흉내 내는 양 주먹을 휘둘러대는가 하면, 그게 아니라 이렇게 했다는 둥, 아수라장을 연출하고 있었던 것이다.

아쉽게도 그 사건은 전날 내가 집에 돌아온 직후에 벌어진 모양인데 우리 반 아이들만 해도 목격자가 적잖았다. 그들의 증언을 종합해보면 사건의 전말이 이러했다.

우리 학교와 형의 학교는 1킬로미터쯤 떨어져 있었고 그 사이에 웬만한 학교 부지보다도 더 넓은 미군 캠프가 자리 잡고 있었다. 그리고 그 미군 부대의 후문 쪽에 T시에서 가장 번화하달 수 있는 네거리 하나가 놓여 있었다. T시의 중고등학교들 가운데 절반가량인 대여섯 학교가 인근에 모여 있었으므로 그 네거리는 등하교 시에 수많은 학생들로 붐비는 곳이기도 했다.

그 네거리 한 모퉁이에서 미군 병사 셋이 길 가던 우리 여대생 하나를 무단히 에워싸고 희롱을 했던 게 사건의 발단이었다. 대낮부터 술에 취했던 그들이 여염집 처녀를 캠프 근처에 우글거리는 양색시들 중 하나로 오인한 것인지도 몰랐다. 행인들과 학교에서 식을 마치고 삼삼오오 귀가 중이던 학생들이 발길을 멈추었다. 초장엔 미군 병사들이 여자와의 신체 접촉은 삼간 채 길을 막아서는 행동만 취하다가 그들 가운데 하나가 그녀의 손목을 움켜쥐기에 이르렀다. 여자가 비명을 질렀다. 그러자 상인들이 가게에서 튀어나왔고 길 건너라든지 먼 곳에 무리를 지어 지나가던 학생들까지 우르르 몰려들었다. 하지만 미군 병사들은 점점 불어나는 관중들의 시선은 아랑곳하지 않은 채, 아니 그들에게 좀더 재미난 구경거리를 제공하겠다는 듯이, 희롱의 수위를 한층 높였다. 번갈아가며 여자에게 억지로 입을 맞추고 함부로 유방을 주무르는 추태를 서슴지 않았던 것이다. 사태가 그 지경에 이르자 사람들은 저마다 분노하고 한탄했다. 그렇긴 해도 입으로만 저주의 말을 씨부렁거리거나 눈을 부릅뜨기만 했을 뿐, 어느 누구도 당장 치한들의 만행을 말리거나 응징하겠노라고 나서는 사람이 없었다. 미군 부대에 연락해서 엠피를 불러오는 방법만이 유일하고도 가장 강도 높은 제지 수단인 양 떠들어대는 게 고작이었다.

그런데, 이렇듯 구원의 손길을 애타게 요청하는 여자의 비명만 구슬프게 이어지던 즈음에 누군가가 군중의 벽을 헤치며 성큼 앞으로 나섰다. 사람들의 눈길이 일제히 그에게로 쏠렸다. 하지만 그가 애송이 고등학생에 불과하다는 사실에 놀라곤 안쓰럽다는 듯이 쑤군댔다.

"학생, 나서지 마. 다쳐!"

"어쩌려고 그래? 그만둬, 학생!"

그러나 학생은 두 주먹을 불끈 쥔 채 미군 병사들 앞에 우뚝 서서 송곳 같은 눈길로 그들을 쏘아보는 것이었다. 미군 병사들은 난데없는 애송이의 등장에 어, 요것 봐라, 하는 양 어처구니없다는 표정을 지었다. 삼십대로 보이는 양복쟁이 사내 하나가 학생의 소매를 뒤에서 잡아당겼다.

"학생, 마음이야 알지만 이건 만용이야. 참아."

그러자 학생은 그 충고를 따르는 대신 교모를 벗어 말없이 사내에게 맡기는 것이었다. 모자를 벗는다는 것의 의미는 동서양에 두루 통하는 모양인지 미군 병사들의 눈빛이 대번에 달라졌다. 다음 순간, 학생은 저돌적으로 그들에게 덤벼들었다.

싸움의 결과는 너무나도 뻔했다. 싸움은 혈기와 의협심만으로 이길 수 있는 게 아니었다. 사람들은 절망적인 기분에 휩싸인 채 그 싸움을 지켜보았다. 몸집이 상대가 되지 않는 미군 병사와 일대일로 붙어도 모를 텐데 한꺼번에 셋을 상대한다는 건 계란으로 바위 치기로밖에 볼 수 없었던 것이다. 한마디로 무모

하고도 무망한 싸움이었다. 하지만 학생은 모든 사람의 예상을 뒤엎었다. 치고 차고 박으며 전광석화와도 같은 몸놀림으로 수적으로 우세한 적을 차츰 무찔러갔던 것이다. 그렇다고 미군 병사들이 그리 만만하게 당하고만 있었던 건 아니었다. 처음엔 얕보는 듯 여유작작한 자세로 임하던 그들은 금세 경적해선 안 될 상대라는 걸 알아차리곤 전력을 다해 싸웠다. 싸움은 격렬했으며 20분 이상이나 지속됐다. 그사이에 구경꾼들이 구름처럼 불어났다. 네거리의 교통이 마비될 지경이었다. 학생에게 몇 차례의 섬뜩한 위기가 닥쳤지만, 모든 영웅담이 그러하듯, 간발의 차로 벗어나곤 했다. 학생에게 박치기를 당하거나 명치를 가격당한 미군 병사들이 몇 분의 간격을 두고 차례차례 길바닥에 나뒹굴었다. 그리고 한 번 쓰러지면 일어나지 못했다. 미군 병사가 나가떨어질 때마다 박수갈채가 폭죽처럼 일었다. 현충일임에도 불구하고 때 아닌 축제 분위기였다. 사람들은 그들을 대신한 한 학생의 외롭고도 의로운 싸움에 감격했으며 그 눈부신 격투 실력에 넋을 잃었다.

마침내 마지막으로 남았던 가장 덩치가 큰 미군 병사가 걷어차인 옆구리를 싸안은 채 고목처럼 기우뚱거리다 고꾸라졌을 때, 자욱한 혈무(血霧)와 난무하는 흙먼지 속에 한 어린 영웅이 홀로 우뚝 서 있었다. 동시에 사이렌 소리를 울리며 미군 헌병들이 탄 지프가 들이닥쳤다.

내가 주위들은 사건의 전말을 따져봤을 때, 주인공이던 그 학생의 정체가 거의 형이 틀림없었다. 전날 집에서 벌어졌던 상황과 맞아떨어지는 것이었다. 그렇더라도 나는 반신반의했다. 형이 언제 그토록 싸움을 잘했더란 말인가? 별다른 격투기를 배운 적도 없는 형이 말이다.
 혹시 형이 집에 와 있지나 않나 해서 나는 수업이 파하기가 바쁘게 집으로 돌아왔다. 형을 만나기만 하면 모든 의문이 속 시원히 풀릴 것이란 기대를 품고서. 하지만 아직도 형의 소식이 깜깜하다는 어머니의 넋두리만 들었다. 어머니는 형이 온 게 아니라 아침부터 웬 신문 기자라는 사람이 형의 교모를 들고 찾아와 형에 관해 이것저것 캐묻다 돌아갔다는 말을 보탰다. 우리 고장에서 발간되는 석간신문인 T일보 기자라고 자신을 소개한 그 사람이 교모 안쪽에 적힌 형의 이름을 보고 주소를 알아냈다고 하더라는 것이었다. 그제야 나는 형이 바로 그 사건의 주인공이었다는 사실만큼은 확신할 수 있었다. 형이 모자를 건네주었다는 삼십대의 양복쟁이가 공교롭게도 기자였던 모양이었다.
 어머니는 형이 신문에 날 정도로 큰 사고를 친 게 틀림없다며 걱정이 태산이었다. 듣고 보니 나로서도 적이 께름칙했다. 만약 그 기자가 기사를 쓴다면, 속마음이야 어쨌건, 좋게는 써줄 것 같지 않은 것이었다. 형에게 박수갈채를 보낸 건 어디까지나 힘없는 시민이나 어린 학생들이었을 뿐이고, 신문 같은 공적인 입장에선 형을 우리나라를 지켜주는 미군 병사들을 셋씩이나 두들겨 팬 폭력배로 취급하기 십상일 것 같은 때문이었다.

내 심약한 우려는 T일보에 게재된 기사를 내 눈으로 직접 읽어봤을 때까지 부단히 이어졌다. 저녁 무렵에 귀가한 아버지가 나를 안방으로 불러들이더니 전에 없이 신문을 내 앞에다 툭 던져주었던 것이다.

"봐라, 명수 녀석이 신문에 났다."

"아이고, 큰일 났네. 신문에까지 났으니 이제 우리 명수는 어떡할꼬!" 어머니는 덮어놓고 우는 소리부터 냈다.

"뭐, 그런 건 아니고……" 왠지 아버지에겐 여유가 있었다.

"명환아, 그 신문 기자가 뭐라고 썼는지 어서 읽어봐라." 어머니가 채근했다.

"신문 기자라니? 집에도 연락이 왔었나?" 아버지가 말했다.

"웬걸요, 아침부터 찾아와 갖고 우리 명수가 무슨 운동을 배웠는지, 성격은 어떤지, 그런 쓸데없는 것만 잔뜩 물어보다 갑디다."

"나한테도 사무실로 전화가 왔었는데."

"당신한테는 또 왜요?"

"명수하고 인터뷰를 하고 싶다고 하기에 집 나가서 아직 행방을 모른다고만 해줬지. 강릉 처남한테서 전화 연락이 왔었지만. 명수 녀석이 거기 왔다고."

"예? 개가 외삼촌 집에 갔답디까?" 어머니는 한편으로는 놀라고, 한편으로는 안심이 되는 눈치였다. "근데 차비도 없었을 텐데 어떻게 갔을까?"

"모르지. 어디서 도둑질을 해서 갔는지……."

"설마……."

나는 곁에서 오가는 대화를 흘려들으면서 신문에 코를 박고 있었다. 형이 관련된 기사는 사회면에, 한 면의 절반을 할애할 만큼 크게 다루어져 있었다. 한데 그 기사의 제목부터가 내 예상과는 영 달랐다.

'행패 부리던 미군들 고교생 혼자 물리쳐'가 그것이었다.

나는 두근거리는 가슴을 한 채 한 자 한 자 빠뜨리지 않고 본문을 읽었다. 놀랍게도 형에 대한 찬사 일색이었다. 줄거리는 내가 들었던 것과 별반 차이가 없었지만 전반적인 기사의 흐름엔 사실의 정확한 보도에 그치기보다는 독자들의 흥미와 공감을 불러일으키는 데 중점을 둔 기자의 의도가 은연중에 내비쳤다. 생략해도 무방한 수식어들— '과감하게' '용감한' '처절한' '감탄을 자아내는' '너무나도 놀라운' 따위가 기사를 이루는 문장들 사이사이에 무수히 박혀 있었던 것이다. 요컨대 그것은 신문 기사라기보다는 일종의 영웅담에 가까웠다. 그 기사를 읽어본 사람이라면 누구나 형에 대한 외경심이 절로 우러날 판이었다. 솔직히, 평소, 형에 대해 그런 마음을 눈곱만큼도 가져본 적이 없는 내가 다 눈물이 핑 돌 지경이었으니까. 더욱이나 그 기사의 마지막 문장은 가히 압권이었다.

'그러므로 황군이야말로 이 시대의 진정한 협객이라 아니할

수 없다.'

 신문기사가 그러했음에도 불구하고 정작 형은 한 보름이 지나서 겨우 집으로 돌아올 수 있었다. 그사이에 아버지가 연줄을 동원해 미군 부대를 들락거리며 사태를 수습하는 데 진력한 결과였다. 사건의 경위를 따져볼 때, 미군 측에서도 그다지 큰소리칠 형편이 아니었으므로 관용을 베푸는 외관을 취해 사건을 흐지부지 종결지었을 게 뻔했다.
 꾀죄죄한 몰골로 나타난 형은 차표를 끊지 않은 채 기차를 훔쳐 타고 강릉까지 간 사실을 자랑하기에만 바빴을 뿐, 대관절 어떻게 혼자 세 명의 미군 병사를 쓰러뜨릴 수 있었느냐는 내 요긴한 질문엔 죽기 살기로 싸웠다는 것밖엔 기억나는 게 별로 없다는 대답으로 대충 넘어갔다. 형은 이튿날 학교에 복귀할 때까지 자신이 지금 어떤 위치에 놓여 있는지 전혀 알아차리지 못했다.
 형에 관한 소문은 이미 T시 전역, 특히 중고생 사회에 널리 퍼져 커다란 반향을 불러일으키고 있었다. 내가 그의 동생이란 사실을 어떻게 알았는지 쉬는 시간에 구태여 우리 반에 찾아와서 나를 구경하고 가는 녀석들도 더러 있을 지경이었다. 이렇듯, '자고 일어났더니 유명해졌다'는 말은 형에게 딱 들어맞았다. 사건을 직접 목격했던 사람들의 입 소문도 무시할 수 없을 테지만, 신문의 위력이 참으로 대단한 것임을 형의 경우를 통해 절감할 수 있었다. '신문에 나왔다'는 게 곧 가문의 영광으로 통하던 당시의 사회상에 비추어 휘황찬란한 조명을 받으며 사회면을 장식한 형이 졸지에 유명인사로 떠오르지 않았다면 오히려 이상한 일이었을지도 모른다.

그런데, 신문이 형에게 선사한 가장 중요하고도 의미심장한 광영은 바로 '협객'이라는 한 낱말이었다고 여겨진다. 사건 직후의 한동안, 실제로 형은 학생 사회에서 협객이라는 별명으로 불리었다. 그러다가 점차 '대협,' 여기에 성을 합쳐 '황대협'으로 바뀌어간 것이다. 누구의 아이디어에서 비롯된 변화인지는 모르되, 요즘 말로 한 단계 '업그레이드'된 셈이었다. 아마도 당시의 영화 시장을 주름잡던 홍콩산 무협 영화들 속에 어김없이 '대협'이라는 이름의 주인공들이 등장한 데에 영향을 받은 결과였을 것이다. 그런가 하면, '협객'은 성을 붙여 부르는 법이 없이 항상 보통명사로 쓰였으므로 황명수를 영화나 소설 속에서 명멸하는 무수한 협객들과 구분짓기 위해선 고유명사화가 불가피함에 따라 부득이 '대협'으로 승격시켜 '황대협'으로 칭하게 됐음 직도 하다. 아무튼 '황대협'은 빠른 속도로 '협객'을 밀어내었고, 이내 황명수의 별칭으로서의 독점적 지위를 확립하였다.

3

형이 과연 '대협'이라는 칭호를 받을 자격이 있을 만큼 실제로 강한 것일까? 혹시 그 미군 병사들이 너무나 술에 취한 나머지 힘 한 번 제대로 써보지 못한 채 어이없이 당한 건 아니었을까? 형을 무척 자랑스럽게 여기면서도 한때나마 나는 그런 의심을 떨칠 수 없었다. 물론 형은 나이를 감안해도 약골인 나와는 비교가 되지 않게 팔뚝도 굵었으며 체구 또한 당당한 축이었다. 이미 말했듯, 어디 내놔도 공연히 얻어맞고 다니진 않을 정도의 완력은 소지하고 있다는 점도 인정할 수 있었다. 하지만 그것만으론 설명이 되지 않았다. 싸움으로나 힘으로나 형에 비할 바 없이 막강할 것도 같고 덩치도 훨씬 큰 형의 동급생들이 얼마든지 있는 까닭이었다.

한솥밥을 먹으며 한방에 뒹구는 처지로서, 형을 가장 잘 안다고 자부해도 좋을 친동생인 나마저도 그런 의혹을 품었으니만치, 신문 기사 하나만으로 T시 학생 사회 전체가 호락호락 형을 대협으로 인정해준 건 아니었다. 그건 어쩌면 당연한 일이었다. 무릇 한 인물이 협객, 더구나 대협으로 타인들에게 인식되기 위해선 빛나는 무용담의 리스트, 혹은 연대기가 요구됨으로써 단 한 번의 장거(壯擧)만으로는 미흡하다고 여길 수도 있는 것이니까. 그 때문에 형은, 대학을 포함한 학창 시절을 통하여, 일단 자신에게 씌워진 대협의 칭호를 굳히기까지 무수한 난관을 겪어야만 했다. 그 사건이 발발하고부터 고교 졸업 때까지의 한 해에도 미치지 못하는 기간만 해도, 각 학교 서클의 우두머리들이 단순히 형을 꺾어보겠다는 욕망을 갖고 정식으로 결투를 신청해 왔으며, 대학에 진학해서도 형편이 그리 나아지지 않았다. 내가 보기에 형은 싸움을 굳이 피하려는 것 같지 않았다. 마치 즐기기라도 하는 것처럼 하루가 멀다 하고 싸움을 벌였다. 일대일, 혹은 패거리들과 단독으로 맞선 싸움, 드물게는 불의의 습격에 의한 싸움을. 형은 그 싸움에서 한 번도 지지 않았다. 그 혹독한 과정을 무사히 통과해낸 형은 어느덧 '전설'이 되었다. 그리하여 형은 명실상부하게 무협 소설의 주인공과 동격의 지위에 올랐던 것이다.

지금부터, 형이 벌였던 수많은 싸움 가운데 네 가지 실례를 소개하고자 한다. 이 네 가지는 형이 가장 절친했던 네 친구들을 만나게 된 내력이기도 하다. 요즘도 이따금 내게 전화를 걸어와 형의 안부를 묻곤 하는 그들이 소싯적에 형과 겨루던 정황을 돌이켜볼 것 같으면, 각자의 그것이 꽤나 서로 이질적인 동시에 각각 나름대로의 재미난 구석이 있다. 강인이형, 백곰형, 망치형 그리고 뺑코형이 그들이다.

내가 형과 그들 사이에 이루어진 사연들을 속속들이 아는 까닭은, 형이 갑자기 유명해진 이후로 형의 바깥 동태에 대해 내가 무척 궁금해 했기 때문이다. 싸움 얘기만큼 흥미진진한 것도 없었으므로 나는 그날그날 무슨 일이 있었는지 형에게 꼬치꼬치 캐묻곤 했다. 처음엔 귀찮아하던 형도 으레 내가 물어볼 것이라고 여겼는지 자기가 먼저 얘기를 끄집어내기도 했다. 형은 내 이해를 돕기 위해 일어서서 동작을 함께 보여주기 일쑤였다. 그릴 때면, 나도 일어나야만 했다. 형의 상대방 역할이었다.
 "거기 서봐. 내가 이렇게 주먹으로 질렀을 때, 개가 팔로 막았는데…… 아니, 그게 아니라 이쪽으로 팔을 구부리고 좀더 높이 올려봐. 그래, 그렇게 막는 걸 내가 이쪽으로 돌면서 옆구리를 콱……."
 이런 식이어서 나 자신도 형과 더불어 그 현장에 있었던 것 같은 착각에 빠지곤 했다. 내가 지금까지도 그 싸움 얘기들을 생생히 기억하는 건, 기억력이 왕성하던 시절에 이처럼 세세한 부분까지 동작을 곁들여 형에게서 전해 들었기 때문일 것이다.

 강인이형은 우리 형과 같은 학교를 다녔다. 다른 세 형들과는 달리 그에겐 별명이 따라다니지 않았다. 성이 강(康), 이름이 외자로 인(寅)이다. 키는 형과 비슷하게 175센티쯤 되고 날카로운 눈매와 콧대가 죽 선 사내다운 얼굴, 운동으로 다져진 근육질의 몸매에서 남다른 카리스마가 느껴졌다. 일견 그의 이름과도 같이 '강인한' 인상을 던져주었다.
 그는 형의 학교 검도부 주장이자 유단자였다. 게다가 교내를 장악한 서클의 보스이기도 했다. 그런 그였기에 어느 날 갑자기 한 무명의 동기생이 T시 전체가 다 시끌벅적하도록 떠오르자 자못 심기가 불편해진 모양이었다. 졸업반이 되도록 한 번도 형과 같은 반을 해보지 못해 형의 이름 석 자조차 생소했을 그로선 웬 뚱딴지인가 여겼을 게 틀림없다. 그리하여 어느 토요일

방과 후에 교사(校舍) 뒤편 후미진 장소에 위치한 검도부 도장으로 형을 불러들이게 된 것이었다.

"누군가 했더니 네가 바로 황명수로구나. ……넌 내가 누군지 알지?"

그는 도장 안쪽에 등받이가 없는 둥근 의자를 놓고 앉아 팔짱을 낀 채 말했다. 열 명쯤 되는 서클 아이들이 그를 중심으로 좌우로 나눠 서서 형을 지그시 노려보고 있었다.

"응, 그런데 왜 날 보자고 했는데?"

"네가 대단한 일을 했더구나, 소문을 듣자 하니까." 점잔을 빼는 어조로 강인이 말했다.

"뭐, 별로……" 형이 뒤통수를 긁적였다.

"흠, 겸손한 건 마음에 드네."

그가 고개를 끄덕였다. 그러곤 한참 동안 말없이 형의 얼굴을 응시하다가 양쪽 입 꼬리를 치켜 올리며 말했다.

"너 말이야, 우리한테 들어와라."

뜻밖의 제안에 형은 당혹스러웠다. 그래서 잠시 우물거리다가 대꾸했다.

"싫은데……."

"싫다……?" 그는 약간 여유를 두고 덧붙였다. "그렇다면 나하고 한 번 겨뤄야 하는데…… 그래도 싫으냐?"

"……싸우자는 얘기야?"

"싸운다기보다 누가 센지 가려보자는 얘기다."

"그게 결국 싸우자는 얘기잖아?"

"그렇게 되나? 흠, 그렇군." 그는 히죽 웃었다. "그래도 어떡하겠어? 딴 방법이 없으니. 턱걸이를 누가 많이 하나 시합을 해서 될 일도 아니고 말이야."

"싫어. 싸울 일도 없는데 왜 싸워?"

"하여튼 넌 둘 중 하나를 선택해야 돼. 내 밑에 들어오든지, 아님 나하고 싸우든지."

"내가 왜 그래야만 하는데?"

"내 뜻이 그러니까. 그게 이유다. 알아들었어?"

형은 난처했다. 이 자리를 빠져나가는 게 상책이라는 생각이 뇌리를 스쳤다. 다음 순간, 형은 그에게 등을 보이며 빠른 걸음으로 도장 밖으로 되돌아 나오려 했다. 하지만 문까지 가기도 전에 우르르 쫓아온 패거리들에게 덜미를 잡히고 말았다.

"이 새끼가 어딜 토껴!"

형은 양쪽 팔을 꼼짝 못하게 붙들린 채 그들의 보스 앞으로 끌려갔다. 그가 낯을 붉혔다.

"야, 팔 놔줘. 그런데 이 친구야, 얘기도 끝나지 않았는데 네 맘대로 그냥 가면 돼? 신사적으로 대해주면 그런 줄이나 알아야지. ……빨리 대답해, 어떡할 건지. 내 밑에 들어올 거야, 나하고 붙을 거야?"

"네가 이겼다고 쳐. 그러면 되잖아."

"그럴 순 없지." 강인은 그렇게 대꾸해놓곤, 조금 있다가 고쳐서 말했다. "좋아, 네 뜻이 정 그렇다면 이렇게 하자. 내 앞에서 무릎 꿇고 분명히 말해. 졌다고. 그렇게 하면 보내주지."

"내가 왜 괜히 네 앞에 무릎을 꿇어? 그렇게는 못하겠다." 형도 이제 화가 치밀어 단호한 어조로 말했다.

"그럴 테지. 그랬다가 소문이라도 나면 황대협이라는 이름에 똥칠을 할 테니까. 그건 그렇고, 나도 네가 말로만 졌다고 해선 못 받아들인다. 그러니까 딴소리 말고 내가 말한 두 가지만 갖고 하나를 선택해. 그러기 전엔 넌 여기서 못 나간다."

"좋아," 마침내 형이 대답을 내놓았다. "그렇게 원한다면 싸우겠다."

"이제야 됐군. 처음부터 그렇게 나왔어야지. 황명수, 아니 황대협!"

강인이 결기를 띤 얼굴로 자리에서 벌떡 몸을 일으켰다. 패거리들도 슬금슬금 좌우 벽 쪽으로 위치를 옮겨 갔다. 그런데 도장 한가운데로 천천히 걸어 나온 그가 형에게 또 한 가지의 선택을 요구하는 것이었다.

"내가 맨주먹으로 싸워본 적이 그다지 많지 않아서 그러는데 말이야, 목검을 들어도 되겠어? 네가 싫다면 할 수 없고. 아님 너도 목검을 들어도 좋고."

"……난 그냥 맨손으로 싸우겠다."

"그 말은 나는 목검을 들어도 괜찮다는 뜻인가?"

"너 좋을 대로 해."

"호오, 역시……" 강인은 꼭히 비아냥거린다고만 볼 수 없는 감탄을 내뱉었다. "대협이라는 이름이 부끄럽지 않구나. 하지만 정말 그런지 어디 두고 보자."

형은 순전히 자신의 선택에 의해 강인의 손에 그만 그의 장기를 유감없이 발휘할 수 있는 무기를 쥐어주고 말았다. 검도 유단자가 양손을 모아 단단히 움켜쥔 목검이란 보통 사람이 휘두르는 몽둥이와는 비할 바 없이 위험한 물건이라는 사실을 간과했던 것이다. 그 선택은 돌이킬 수 없는 결과를 낳을 수도 있던 실수였다. 형도 나중에 그 점을 솔직히 시인했다. 그런 불리한 조건을 무릅쓰고도 이길 수 있다는 자신감이 충만해서가 아니라 자신을 깔보는 듯 싸움만을 강요하는 강인의 태도에 불끈 화가 치민 나머지 무턱대고 그렇게 하도록 허락해버렸다는 것이다. 오냐, 목검이든 뭐든 상관 않겠다, 너 좋을 대로 들고 덤벼봐라, 하는 생각에. 이 대목은 형의 생애를 통해, 이롭기보다는 불행의 씨앗으로 작용했다고 평가되는 무모한 행동과 단순한 성격에 관한 하나의 예시라 여겨진다.

형의 실수는 그 즉시 상응하는 대가를 지불해야만 했다. 도장 한가운데에 미처 자리 잡고 서기도 전에 형의 머리꼭지를 정통으로 겨냥한 강인의 칼끝이 날카로운 기합 소리와 함께 번개처럼 강습해왔던 것이다. 강인은 대결의 자세를 얼추 갖추기 직전의 허를 찔러 기습을 감행하기로 미리 작전을 짜두었음에 틀림없었다. 한순간에 싸움을 끝내버렸을지도 몰랐던 그 일격을 뒤로 벌러덩 나자빠질 듯 물러나면서 가까스로 피할 수 있었던 건 천만다행이었다. 하지만 강인은 혼비백산한 적에게 숨 돌릴 틈을 주지 않은 채 잽싸게 다가오며 재차, 삼차, 같은 방식으로 무섭게 몰아쳤다. 수세에 몰린 형은 속수무책으로 허겁지겁 뒷걸음질을 쳐댔다. 이렇듯 일방이 거듭 내리치며 따라가고 일방이 거듭 물러나며 피하는 싸움의 양상은 출입문이 있는 방향으로 거의 일직선으로 진행됐다. 마침내 형의 퇴로가 닫힌 문에 의해 막혀버릴 듯한 찰나에까지 이르렀다. 그런데 형의 등에 세차게 부딪힌 문이 밖으로 벌컥 열리면서 형은 도장 바깥 시멘트 바닥 위에 엉덩방아를 찧고 말았다. 다시 일어날 시간적 여유가 있을 턱이 없었다. 다급해진 형은 양팔을 들어올려 머리 위로 팔뚝을 교차시켰다. 팔이 부러지더라도 최소한 머리는 보호하기 위해 취해진 본능적인 방어 자세였다. 그러나 예상과는 달리, 맹공을 퍼붓던 강인이 왠지 그 호기를 낚아채지 않았다.

"일어나 이 친구야. 재수 없이 장외로 넘어진 상대를 공격할 수야 있겠나. 어디까지나 정정당당한 대결이 돼야 하니까."

한 손으로 목검을 짚고 우뚝 선 그가 엄숙한 얼굴로 말하는 것이었다.

그런데 엉덩이를 툭툭 털며 다시 도장 안으로 들어오던 형의 뇌리에 문득 이런 생각이 스쳐갔다는 것이다. 사면이 벽으로 막힌, 좁은 장소에서의 싸움이라면 되레 그 벽을 이용해야 하리라는. 그리하여 형은 거치적거릴 물건이나 패거리들이 앞을 막아서지 않은 벽의 한 부분을 가늠하곤, 그쪽을 등지는 위치에 섰다는 것이다. 공부 머리는 하나 없는 형이 그런 생각을 다 했다는 것으로 미루어 아마도 싸움꾼에겐 싸움꾼으로서의 머리가 따로 있는 모양이었다.

싸움은 곧 재개됐다. 강인은 역시 선공을 가해왔다. 또다시 형은 종이 한 장 차이로 코끝을 스쳐가는 목검을 피하느라 뒷걸음질치기에 바빴다. 그러다 보니 이내 등허리가 벽에 닿았다. 형이 기다린 건 그 순간이었다. 재빨리 오금을 꺾어 주저앉듯 자세를 낮추었다. 거의 동시에, 형의 정수리 바로 위로 목검의 끄트머리가 벽이 파이도록 부딪치면서 탕! 폭약을 터뜨리는 듯한 소리를 냈다. 그 반동으로 목검이 약간 위로 튕겼다. 그 순간만큼은 목검이 그것을 손에 쥔 자의 의지에 반하는 것이었다. 형이 노린 건 그 짧은 순간이 허용하는 상대의 허(虛)였다.

형은 목검이 벽을 강타하는 순간과 거의 동시에 밖으로 비스듬히 오른발을 크게 내디뎠다. 그러곤 왼손의 수도(手刀)로, 강인의 체중을 실은 채 공격의 선봉에 서 있는 다리의 발목을 힘껏 가격했다. 그 일격을 당한 다리가 앞으로 주르르 미끄러지자 강인은 몸의 균형을 잃었다. 마치 양다리를 쫙 벌린 체조 선수처럼 바닥 위에 앉는 형국이 돼버렸다. 그 바람에 절로 손 하나가 목검의 손잡이를 이탈해 바닥을 짚었다. 형에게 기회가 온 것이었다. 그런 자세의 상대라면 발로 면상을 걷어차거나 짓밟아주기에 딱 좋았다. 하지만 형은 그걸 자제했다.

"뭐야? 지금 네가 날 봐주는 거야?"

몸을 일으켜서 다시 바닥 위에 두 발을 딛고 선 강인이 불쾌하다는 듯이 말했다.

"아까 진 빚을 갚은 거야." 형이 대답했다.

"이번하곤 경우가 좀 다른 것 같은데?" 그는 여전히 떨떠름해 했다.

"그리 복잡하게 따질 건 없잖아."

"좌우지간," 강인이 목검을 다시 챙겨 들었다. "누가 이기나 승부는 내야지. 기왕 시작한 싸움이니까."

"여기서 그치면 안 돼?" 형이 말했다.

"그럼 승부를 낼 수 없는데? 왜? 질까봐 겁나나?" 강인은 잠시 형과 눈길을 마주치고 있다가 스스로 했던 말을 거두어들였다. "아냐, 그 말은 취소한다. 네가 그럴 것 같진 않구나."

"그만 하자. 무승부란 것도 있잖아. 권투 시합도 그렇듯이."

"흠, 무승부라…… 좋아, 이런 경우는 처음이지만 그렇게 하도록 하자. 내가 먼저 싸움을 걸긴 했지만 지금은 왠지 그 마음이 없어져서 솔직히 나도 이 싸움을 계속하고 싶지 않다."

이렇게 해서 우리 형과 강인이형의 대결은 승부를 가리지 않은 채 끝났다. 하지만 이 소문을 들은 아이들은 결코 무승부라고 생각하지 않았다. 무기를 든 자와 맨손인 자의 대결이 무승부였다면 실제의 승자가 누구인지는 뻔한 사실이라 여겼던 것이다. 강인이형 자신도 내심 패배를 인정한 건지 모르지만, 이후 우리 집에 이따금 놀러왔을 때 보면 형을 대하는 태도가 여간 각별하지 않았다. 패거리를 동원하지 않은 점은 그의 사내다움을 말해주는 것이기도 했다.

생각건대, 교내에서 상당히 애매모호하던 형의 위치가 이 싸움의 결과로 확고히 자리매김 됐을 것이다.

지금도 백곰 박용배형이 생각날 때면 실소를 금치 못한다. 얼굴을 포함한 신체 외부 기관의 두루뭉술한 생김새나 의뭉스럽기 짝이 없는 성격이 별명과 너무나 딱 들어맞기에 그러하기도 하지만, 그가 형에게 보내왔던 그 괴발개발 갈겨 쓴 편지의 내용이야말로 가히 일품이었기 때문이다.

형이 강인이형과 대결을 벌이고 나서 대략 한 달쯤 지난 때라고 기억된다. 내가 학교에서 돌아와서 우리 집 대문을 두드리고 있는데 왠지 골목을 서성이던 웬 고등학생 하나가 슬며시 다가오더니 말을 붙이는 것이었다.

"꼬마야, 여기가 황대협네 집 맞냐?"

꼬마라는 말에 자존심이 좀 상하긴 했지만 그가 어딘지 불량해 보였으므로 나는 고분고분 그렇다고 대답했다.

"그럼 네가 그 친구 동생이냐?"

"그런데요?"

"그렇다면 잘 됐다." 그는 바지 주머니에 손을 집어넣어 부스럭거리더니 아라비아숫자 4자 모양으로 접은 종이쪽지 하나를 내게 건네주었다. "야, 이걸 네 형한테 전해줘. 꼭?"

"이게 뭔데요?"

"그건 너 같은 꼬맹이가 알 필요 없고. 꼭 형에게 바로 전해줘. 네가 미리 펴보거나 다른 식구한테 보이지 말고 말이야. 중요한 거니까."

"알았어요."

"그럼 난 간다." 그는 걸어가다 말고 힐긋 뒤돌아보며 내게 겁을 주듯 인상 쓴 얼굴로 외마디 소리를 질렀다. "꼬옥!"

나중에 형과 함께 그 쪽지를 펴보았더니 그건 단순한 편지가 아니었다. 놀랍게도 '도전장'이라는 제목이 붙어 있었던 것이다. 그 심각한 제목의 편지가 우리가 공부 시간에 좀 떨어져 있는 친구에게 농담이나 유행가 가사를 적어 던져주는 것과 같은 외양을 취했다는 게 우스웠다. 게다가 본문의 내용은 더욱 가관이었다.

첫 줄이 '황대협 귀하'였다. 학생들 사이의 편지에 무슨 얼어 죽을 귀하란 말인가. 한데 가당치도 않게 점잔 뺀 첫 줄에 반해, 정작 그 본문의 내용은 무례의 극치라 해도 과언이 아니었다. 더욱이 맞춤법과 글씨체가 엉망인 탓에 읽기조차 쉽지 않았는데 그 내용이란 대충 이런 것이었다.

야, 황대협! 네가 그리도 잘났냐? 그래봤자 너는 내 한주먹 거리도 안 된다. 너는 나에 비하면 새 발의 피고 병아리 오줌이다. 네가 정녕 남자라면 모월 모시 모처로 나와서 나하고 한판 붙어보자. 일대일이다. 거짓말 안 한다. 만약 네가 겁이 나서 못 나오겠다면 황대협이고 지랄병이고 다 그만두고 네 좆을 빼서 개한테나 줘버려라.

좀더 점잖은 말로 대치해서 이렇다는 것이고, 실은 '너'라는 이인칭 대명사는 거의 '씨발 놈아' '씹새끼야' 혹은 '좆대가리 같은 놈아' 따위의 욕설로 표기돼 있었다. 상대는 형을 격분케 해 도전을 받아들이지 않을 수 없게 만들려고 의도적으로 자극적인 언사를 쓴 게 틀림없었다. 편지의 말미엔 '백곰 박용배'라고 작성자의 이름을 밝혀놓았다. '백곰'이 무슨 아호(雅號)라도 되는 줄 아는 모양이었다. 이는 첫 줄의 '귀하'와 더불어 작성자의 감탄할 만한 무식을 노정하고 있는 셈인데 워낙 황당하고 불쾌한 본문의 내용 탓에 웃음도 나오지 않았다.
"박용배가 누군지 참 더러운 새끼구나!"
아니나 다를까 형은 급격히 상기된 낯빛으로 변한 채 어금니를 사리물었다. 하긴 나도 기분이 엿 같았다.
"어떻게 생겨먹은 놈이었어?" 형이 물었다.
"그냥 그렇게 생겼던데. 교복을 입었구. 근데 백곰이란 걸 보면 살이 허옇고 덩치가 커야 하지 않을까? 아까 왔던 치는 그렇지 않았어. 심부름꾼인지도 몰라."
"그럴 수도 있겠군. ……어느 학교 교복이데?"

"글쎄……" 나는 기억을 더듬으며 말했다. "잘 못 보던 교복 같았는데…… 형 학교가 아닌 건 확실하고."

"그야 당연하지. 우리 학교 애가 나한테 이런 걸 보낼 리 없어. 보나마나 어디, 변두리에 있는 따라지 학교겠지."

형의 학교가 바로 그 따라지인데, 형이 그렇게 말하는 걸 보니, 아마도 더 못한 학교가 있긴 있는 모양이었다. T시에선 첫 손가락에 꼽히는 중학교에 다니는 나로선 그런 학교에 무관심해서 교복에 대해 잘 모르는 게 어쩌면 당연했다.

"형, 나갈 거야?" 걱정스레 내가 물었다.

"글쎄다," 굳은 표정을 풀지 않은 채 형이 대꾸했다. "마음 같아선 백곰이라는 새끼가 다시는 까불지 못하게 확 조져 놔버리고 싶은데……."

"나가지 마, 형! 질이 아주 나쁜 놈 같아. 형이 그런 애들까지 다 상대해줄 필요 없잖아?"

"네 말이 맞긴 맞다." 형이 내키진 않지만 내 말을 수긍하지 않을 수 없다는 듯이 고개를 끄덕였다. "걱정 마라. 안 나갈 거다."

나를 안심시키기 위해서 그렇게 말했는지, 혹은 그 당장엔 그게 진심이었다가 나중에 마음이 변했는지 모르지만, 형은 결국 그 말을 지키지 않았다. 나 몰래 그 장소에 나갔던 것이다. 우리의 예측이 맞긴 했다. 내게 도전장을 전해주고 갔던 자는 백곰 본인이 아니었으며 백곰이 다니던 학교는 T시의 최외곽에 위치한, 입시 때마다 정원 미달이기 일쑤인 농고였던 것이다.

도전장에 적힌 날짜와 시간에 맞춰, 형이 생사(生絲) 공장의 긴 담벼락을 따라 난 골목을 거쳐 널찍한 공지에 다다랐을 땐, 백곰 일행이 먼저 와서 대기하고 있었다. 그 공지는 시내에 있었지만 왜인지 오래 방치된 상태였다. 주변엔 인가도 드물어 낮에도 황량한 느낌을 주는 곳이었다. 이를테면 남의 눈에 띄지 않고 패싸움을 벌이기에 안성맞춤인 장소인 셈이었다.

"오긴 오는구나."

공지 안쪽에서 두런두런 얘기를 나누고 있던 대여섯 명의 패거리 가운데 누군가가 나직이 속삭이는 소리가 형의 귀에도 들렸다. 형은 그들이 모여 있는 곳으로 주저 없이 다가갔다.

"네가 바로 그 이름도 찬란한 황대협이냐?"

형보다 키는 좀 작았지만 흉곽의 크기나 두께가 보통 사람의 배는 돼 보이는 데다 두상 또한 그러한 녀석이 무리에서 성큼 앞으로 발을 내디디며 대뜸 그렇게 말했다. 형은 한눈에 그가 백곰임을 알아보았다.

"편지 잘 봤다. 재미있게 썼더구나." 형이 대꾸했다.

"뭐, 그럴 것까지야." 유들유들 웃으며 백곰이 말했다. "하여튼 나와줘서 고맙다. 초면이니까 우리 인사나 하고 게임 시작하자. 바쁠 것도 없으니 말이다. 나, 박용배다."

그는 형에게 다가와서 악수를 청했다. 참 웃기는 녀석이라고 생각하며 형은 무심코 손을 내밀었다. 한데 녀석이 내민 손은 왼손이었다. 녀석의 손바닥이 손등에 닿는 순간, 형은 녀석이 왼손잡이인가 싶었다. 그러다 아차, 했다. 갑자기 무서운 악력을 지닌 녀석의 손이 형의 손목을 와락 움켜잡았던 것이다. 뿐만 아니라 아래로 늘어뜨려져 있던 형의 왼손마저 눈 깜짝할 새도 없이 녀석의 오른손에 의해 팔목이 낚아채졌다.

싸움꾼이 아니더라도 백곰의 동작이 무엇을 의미하는지 쉽게 알아차릴 수 있을 것이다. 그랬다. 그건 다름 아닌 박치기의 예비 동작이었던 것이다. 상대의 양팔을 자기 쪽으로 잡아당기며 벼락치듯 면상을 마빡으로 치받음으로써, 상대에게 치명적인 타격을 주는 동시에 순식간에 승부를 결정지어버리기 십상인 그 무시무시한 일격— 백곰이 시도했던 게 바로 그것이었다.

그런데 참으로 희한한 일이 벌어졌다. 팍, 하는 소리가 주변에 울려 퍼지도록 통렬한 머리들끼리의 충돌이 발생한 직후, 뒤로 벌렁 나둥그러진 사람은 형이 아니고 백곰이었던 것이다. 지척에서 빤히 지켜보고 있던 백곰의 패거리들조차 어떻게 된 영문인지 이해하기 힘든 결과였다. 나중에 백곰형 자신이 스스로 고백했지만, 힘이 장사인 데다 박치기가 주특기인 그에게 어느 누구라도 손목만 내줬다 하면 그 즉시 죽 뻗어버리는 광경만 보아왔던 그들에겐 한마디로 괴변이었던 게 틀림없었다. 더구나 꼭 이기기 위해 덫을 놓은 격임에도 불구하고 거꾸로 당해버렸으니 더 말할 나위도 없었다.

형과 친구 사이가 된 이후, 백곰형은 그 싸움 얘기가 나올 때마다 낯이 벌개지면서 쥐구멍을 찾는 시늉을 했다. 알고 보니 그의 친구 하나가 자꾸만 싸움을 부추겼다는 것이었다.

네가 교내에선 천하무적을 자처한다 해도 우물 안 개구리야. 요즘 소문이 파다한 황대협이란 놈과 붙었다간 뼈도 못 추릴걸? 그렇지 않다는 걸 증명해봐. 붙어보라구. 겁나지? 겁나서 못 붙겠지?

게다가 그 망할 자식이 황대협을 이기면 거금 만 원을 주겠노라고 지키지도 못할 게 뻔한 장담까지 했다. 약이 바짝 오른 백곰형은, 양조장 집 아들로서 돈이 탐나는 건 아니었지만 친구 녀석에게서 그런 말이 쏙 들어가게 만들고 말겠다는 결심을 하기에 이르렀다는 것이다.

그 도전장에 관해서는, 자기가 쓰지도 않았으며 보지도 못했다고 백곰형은 주장했다. 그 너절하기 짝이 없는 편지는, 백곰형을 살살 꾀어 공연한 싸움을 벌이게 만든 친구의 작품인 모양인데, 그가 바로 우리 집 앞에서 서성이던 그 작자로 밝혀졌다.

나는 어떻게 위기를 극복하고 백곰형을 쓰러뜨릴 수 있었는지 형에게 캐물었다. 형이 설명하기를, 상대에게 양쪽 팔목을 다 빼앗겼을 경우, 상대보다 먼저 이쪽에서 상대를 잡아당겨야 한다는 것이었다. 그러기 위해선 오른쪽 다리를 뒤로 빼면서 체중을 함께 옮겨가야만 하는데 여간 신속한 동작을 요하는 게 아니라서 만약 0.1초라도 늦었더라면 백곰형에게 당하고 말았을 거라고 덧붙였다. 이해는 갔지만 그 짧고 긴박한 상황에서 형처럼 대처하기란 말처럼 쉬울 것 같진 않았다. 아니, 나로선 전혀 가능하지 않을 것처럼 여겨졌다.

다시 나는 형에게, 왜 백곰형이 형에게 끌려와서 박치기를 당할 때까지 어리석게도 형의 손목을 잡고 있던 자신의 손을 놔버리지 않았을까? 하고 질문했는데, 형은, 그런 걸 귀찮게 자꾸 물어보지 말고 정 알고 싶으면, 바보같이 그때 왜 그랬는지 백곰형 본인에게 직접 물어보라는 대답으로 일축했다.

본명이 조희덕인 망치형의 경우는 다른 세 형들과는 달랐다. 앞서 얘기한 강인이형이나 백곰형, 그리고 다음에 언급할 뺑코형은 결투를 전제로 제 발로 형에게 다가왔지만, 망치형은 형과 우연히 맞닥뜨렸다. 그리고 그 만남에서 물리적인 충돌도 일어나지 않았다. 서로의 기(氣)로만 겨루었던 셈인데, 그럼에도 불구하고 그 정황의 살벌함은 여느 싸움에 못지않았다고 생각된다.

형의 학교 졸업반 학생들이 교외의 야산으로 가을 소풍을 간 날 벌어진 일이었다. 경사가 완만한 기슭을 따라 군데군데 솔숲이 우거진 그 산은 학교마다 자주 찾는 소풍 장소였다. 하늘이 높고 맑았던 그날은 형의 학교뿐만 아니라 T공고 졸업반 학생들도 그 일대로 소풍을 나와 있었다.

두 학교는 멀찍이 떨어져서 장소를 잡았다. 하지만 점심시간 무렵, 자유 시간이 주어진 이후부터 두 학교 학생들이 마구 뒤섞여버렸다. 대다수의 학생들이 교사들의 눈을 피해, 음주와 흡

연을 즐기려고 각기 자기 학교의 영역을 벗어났기 때문이었다. 형이 가담한 몇몇 급우들로 이루어진 그룹도 소나무들이 서 있는 야트막한 둔덕 아래에 은신한 채, 제각각 담배를 피워 물곤 한 모금 마시면 곧장 다음 사람에게 넘기는 방식으로 소주병을 돌리고 있었다.

문득, 난데없는 고함과 비명이 들려온 건 소주 한 병을 채 비우지 못했을 때였다. 그리 멀지 않은 장소에서 싸움이 일어난 것 같았다. 누가 싸우나 궁금해진 형의 패거리들은 소리가 발생하고 있는 장소를 찾아 나섰다. 벌써 꽤 많은 두 학교 학생들이 한 방향으로 우르르 몰려가고 있었다.

"이 피라미 새끼들, 골통을 확 깨버릴라!"

험악한 외침이 발걸음을 재촉함에 따라 형의 일행은 금세 현장에 다다랐다. 그런데 싸움의 양상이 무척 이채로웠다. 아니, 정확히 말하자면 싸움이라고 할 수도 없었다. 이를테면, 여러 마리의 초식동물들이 한 마리의 맹수에게 코너로 몰린 나머지 겁에 질려 버둥거리고 있는 모습인 것이었다. 보기에도 끔찍스런 쇠망치를 어깨 위로 치켜들고 고래고래 고함을 쳐대는 녀석은 공고생이었다. 반면, 하필이면 둔덕이 옴팍하니 안으로 휘어진 데로 몰려 들어가 도망치지도 못한 채 어찌할 바를 모르고 있는 녀석들은 형의 학교 애들이었다. 대여섯 명이나 되는 녀석들은 단 한 명인 상대의 쇠망치가 정수리나 어깨 위로 내리꽂힐 듯 다가올 때마다 속수무책으로 구슬픈 비명을 질러대는 것이었다. 망치를 든 녀석이 아직은 때리는 시늉에만 그치는 게 그나마 다행이었다. 더러는 망치가 어깻죽지나 팔 같은 신체 부위를 치기도 했지만 닿기 직전에 망치의 하강 속도가 급격히 완화됨으로써 골절이 될 만한 타격은 가해지지 않았다.

"어이쿠, 저 새끼들 이제 죽었구나. 망치에게 잘못 걸렸으니."

누군가의 속삭임이 귀에 들어와 형이 둘러보았더니 그쪽에 공고생들이 어깨를 맞대고 늘어서 있었다. 대략 서른 명쯤의 학생이 반원 형태로 현장을 에워싸고 있었는데 양쪽 학교 학생의 숫자가 거의 맞먹는 것 같았다. 이러다 패싸움이라도 일어나지 않을까 형은 걱정스러웠다. 더욱이나 개중에는 술기운에 붉게 달아오른 얼굴들도 적잖은 판국이었다.

"어이, 이제 그만 좀 하지 그래!" 형은 약간 목청을 돋워 소리쳤다.

그 소리에 망치를 휘두르던 동작을 재깍 멈춘 녀석이 땡감을 씹은 얼굴로 뒤돌아섰다. 그 서슬에 다소 소란스럽던 일대가 일순 물을 끼얹은 듯 조용해졌다.

"지금 누가 그랬어? 어느 새끼야?"

"……내가 그랬다." 형이 대꾸했다.

"너 이 새끼, 죽고 싶어? 이리 좀 나와!"

형은 하는 수 없이 학생들의 울타리를 벗어나서 몇 걸음 앞으로 걸어 나갔다. 녀석도 땅을 구르는 걸음걸이로 형에게로 다가

왔다. 키는 형보다 한 뼘쯤이나 작았지만 냉혹해 뵈는 얼굴 생김새며 딱 바라진 어깨며 전형적인 싸움꾼의 인상을 주는 녀석이었다. 한데, 당장 요절이라도 낼 듯이 형을 꼬나보며 내지르는 녀석의 소리는 꽤나 엉뚱한 것이었다.

"근데 이 새끼야, 너 왜 나한테 반말이야?"

"같은 학년끼리 반말하면 안 돼? 너도 나한테 반말하고 있잖아?"

"너하고 나하고 같은 줄 알아? 나 두 해 꿇었다. 우리 학교에선 감히 나한테 반말하는 새낀 없어. 그랬다간 뒈지니까."

"그건 너네 학교 사정이고, 내가 그런 걸 어떻게 알아?"

"그래? 그럼 지금부터 당장 말 올려. 그렇게 하고 아까 했던 말 다시 해봐."

"너 참 웃기는구나." 형이 픽 웃었다.

"어, 네가 날 비웃었어?" 녀석의 얼굴에서 핏기가 싹 가셨다.

"오냐, 이 새끼야, 맛 좀 봐라!"

말을 채 끝내기도 전에 녀석이 망치를 어깨 위로 홱 치켜올리는가 싶더니 곧바로 형의 얼굴을 향해 찍어 내렸다. 악! 소리가 숨을 죽이고 있던 모든 학생들의 입에서 동시에 터져 나왔다. 피가 튀고 뼈가 바스러지는 찰나가 영락없었던 것이다. 하지만 다음 순간 눈앞에 펼쳐진 광경이 예상과 사뭇 달랐으므로 그들은 두근거리는 가슴을 쓸어내리며 안도의 한숨을 내쉬었다. 모서리들이 둥글게 깎이긴 했지만 거의 직육면체에 가까운 망치대가리가 형의 이마 한복판에 닿을락 말락 멈춰 있었던 것이다. 게다가 정작 누구보다도 놀랐어야 마땅할 형 자신은 자세를 조금도 흐트러뜨리지 않은 상태였다. 정지 화면에서와 같이 뻗친 팔을 잠시 그대로 유지하고 있던 녀석이 흉기를 도로 거두어들였다.

"야, 너 왜 폼 안 잡아?" 녀석이 으르렁거렸다.

"무슨 폼?"

"싸울 폼 말야. 네가 무슨 통뼈라고 가만 서 있어?"

"내가 왜 너하고 싸워? 난 괜히 싸우진 않는다."

"이것 때문에 그러냐?" 녀석이 망치를 앞으로 내밀며 말했다. "그렇담 내가 이걸 놓을 테니 한판 붙자."

"그게 무서우면 내가 진즉 피했지. 다시 말하지만 난 싸우기 싫다."

"흥, 이게 무섭지 않다구? 내가 널 이걸로 못 때릴 것 같으냐? 한 번은 봐줬지만 두 번은 안 봐준다. 새끼야, 안 죽고 싶으면 빨리 폼부터 잡아!"

녀석이 이를 악물면서 다시 망치를 치켜들었다. 약간 수그러들었던 긴장이 다시 고조되었다. 녀석은 그러나 일차 구경시켜 주었던 화급한 가격 행위를 자제한 채 잠시 상대를 노려보고만 있다가 고개를 갸웃하며 입을 열었다.

"너 혹시 강인이 밑에 있냐?"

"강인이? 걔하고 나하곤 친구 사이다." 형이 대꾸했다.

"정말이냐? 강인이하고 나하곤 안면 트고 지내는데······."

이로써 그날, 자칫하면 큰 불상사로 이어질 뻔했던 형과 망치형 사이의 대결은 끝났다. 그 자리에 있지도 않았던 강인이형이 싸움을 뜯어말린 격이었다.

나중에, 왜 형의 학교 학생들과 시비가 붙었는가에 대해 망치형의 입을 통해 들어보니 그럴 만한 이유가 있긴 했다. 망치형은 동급생들에 비해 나이가 두 살 이상 위인 데다 홀어머니 아래 외아들로 소풍을 간다 해도 도시락만을 겨우 마련할 정도로 가난했으며, 성격조차 뚱한 관계로 그날 한적한 장소를 찾아 혼자 풀밭에 누워 있었다는 것이다. 그런데 주위에서 자꾸만 시끄럽게 떠드는 소리가 들려오기에 좀 조용히 하라고 말했는데 누가 그런 소리를 지껄이나 하고 찾아온 형의 학교 애들이 망치형이 혼자라는 사실을 발견하곤, 야, 네가 여기를 전세 냈냐? 소풍 와서 마음대로 놀지도 못하냐? 건방진 새끼 아냐, 하고 먼저 성질을 건드리는 바람에 싸움이 벌어진 거라 했다.

망치라는 별명이 붙은 건 그가 늘 망치 한 자루를 소지하고 다니는 탓이었다. 형과 비슷한 독불장군인 그가 중학생 시절에 패거리들과 단독으로 맞섰다가 크게 한 번 당하고부터 생긴 버릇이라 했다. 하지만 결코 져본 적이 없는 일대일 맞대결에선 망치를 사용하진 않는다고도 했다.

형은 망치형이 못 때릴 줄 이미 알고 있었다고 말했다. 내가 그걸 어떻게 알 수 있느냐고 반박하자, 싸움의 경험이 쌓이면 상대의 의중을 꿰뚫어볼 수 있는 안목이 생긴다고 했는데 나로선 그저 아리송할 뿐이었다.

뺑코형이 형에게 접근해온 사연이 돌이켜질 때면 서글픈 감회가 가슴을 적시곤 한다. 그는 다른 형들과는 달리 사무치는 원한을 품은 채 형을 찾아왔다. 그것도 꼭 형을 죽여버리겠다는 각오로.

형이 대학에 진학한 해의 어느 초겨울 날이었다. 그러니까 형이 미군 병사들과 사건을 일으켰던 때로부터 어언 일 년 반쯤이나 지난 무렵이던 셈이다. 밤 열 시도 지난 늦은 시각이었는데 대문에서 자꾸만 수상쩍은 소리가 나는 것이었다. 밖에서 누군가가 돌멩이 같은 것을 대문을 향해 가볍게 던지는 듯했다. 소리는 약 1분 간격을 두고 이어졌다. 동네 조무래기들이 장난을 친다고 여기기엔 너무 늦은 시각이었다. 마치 집 안에 있는 어느 특정한 사람에게 은밀한 신호를 보내는 것 같았다. 문간방에 함께 있던 형도 나도 고개를 갸우뚱했다.

"형 친구가 와서 장난치는 게 아닐까?" 내가 말했다.

"야, 지금이 몇 신데 그래."

하긴 그랬다. 형의 친구가 그리 늦은 시각에 찾아온 적도 없었고 그런 식으로 형을 불러낼 리도 없었다. 나는 누군지 알아봐야겠다고 형에게 말하곤 마당으로 나가 대문을 열었다. 대문 근처에는 아무도 없었다. 하지만 저쪽 골목 어귀의 어둠 속에 누군가가 서 있는 것이었다. 다른 건 몰라도 어렴풋이 보이는 체구로 미루어 어른인 것만큼은 분명했다. 심증은 있다 해도 눈으로 확인한 건 아니었으므로 그 사람에게, 왜 그런 짓을 하느냐고 소리쳐 물어볼 순 없었다. 나는 하릴없이 대문을 다시 닫아걸고 들어왔다. 그런데 내가 방에 발을 들여놓기가 무섭게 또 대문에서 소리가 나는 것이었다.

"대관절 누구야?"

이번엔 형이 급하게 신발을 꿰어 신었다. 선걸음에 나도 형을 따라 다시 바깥으로 나갔다. 실루엣으로만 보이는 그 사람은 여전히 그 자리에 서 있었다.

"누구요?"

대문 앞에 멈춰 선 형이 그쪽을 향해 조금 큰 소리로 말했다. 형의 물음에 대한 상대의 반응은 뜻밖이었다. 대답 대신 갑자기 돌멩이 하나가 낮게 날아왔던 것이다. 당황한 형은 엉겁결에 한쪽 발을 들어올림으로써 간신히 돌멩이를 피했다. 뒤에 서 있던 내 다리를 스칠 듯이 지나친 돌멩이는 대문에 부딪혀 야무진 소리를 냈다.

"아니, 이게? 너 누구야?"

마침내 형의 입에서 부아가 돋친 소리가 튀어나왔다. 형은 성큼성큼 그에게로 다가갔다. 그러자 그 사내가 형과의 거리를 유지하며 슬슬 뒷걸음질을 치기 시작하는 것이었다.

"넌 들어가 있어. 내 저 자식 붙잡아서 어떤 놈인지 얼굴이라도 봐야겠다."

뒤따르는 내게 어깨 너머로 말한 형은 걸음을 빨리했다. 그제야 등을 보인 그가 형의 동작을 그대로 흉내 내는 양 보속을 높였다. 형이 뛰자 자기도 후다닥 뜀으로써 쉽사리 근접을 허용하지 않았다. 잡을 테면 잡아보라는 수작 같았다.

이내 두 사람의 모습이 어둠 속으로 사라졌다. 한동안 이어지던 쫓고 쫓기는 뜀박질 소리도 차츰 멀어지더니 이윽고 들려오지 않았다. 그 후론 야, 거기 서! 라고 외치는 형의 목소리가 꽤 멀리서 단 한 차례 밤하늘을 건너오는 바람결에 실려왔을 뿐이었다.

형은 좀체 돌아오지 않았다. 나는 적이 걱정스러웠다. 생각할수록 그 정체불명의 사내가 보인 도주의 방식이 여간 괴이쩍지 않았던 것이다. 돌멩이를 던져서 상대를 집 밖으로 끌어낸 점도 그랬다. 복병을 숨겨놓은 채 행하는 교묘한 유인책이 아니었나 싶은 의심이 드는 것이었다. 나는 반 시간 이상이나 대문간에 우두커니 서 있다가 추위에 떠밀려 방에 들어와선 속을 끓이며 형을 기다렸다.

형이 돌아온 건 한 시간도 더 지나서였다. 무사한 건 다행이었지만 표정이 왠지 침통하기 그지없었다. 게다가 말도 하고 싶지 않은지, 내가 그 작자를 붙잡았냐고 물어봐도, 어떻게 족쳤는지 물어봐도 묵묵부답이었다. 전에 없던 일이라서 궁금증을 이기지 못한 나는 계속 형을 다그친 끝에 기어이 입을 열게 만들었다.

"야, 거기 서!" 하고 형이 소리친 건 멀리서 나도 들었다. 형의 외침에 힐끔 뒤돌아본 그가 이렇게 대꾸하더라는 거였다.

"야, 시끄럽게 굴지 말고 잠자코 따라와."

사나운 개가 주둥이를 벌리지 않은 채 이빨만 드러내며 으르릉, 하는 것처럼 낮고 위협적인 목소리였다. 그 말을 듣고 비로소 형은 그가 단순히 도망을 치는 것이 아니라 유인을 겸하고 있다는 사실을 알아차렸다. 그래서 달리던 동작을 멈췄다.

"야, 알았으니까 좀 천천히 가자. 숨차 죽겠다."

형이 걷기 시작하자 스무 발짝쯤 앞서 달리던 그도 곧 그렇게 했다. 그는 힐끔힐끔 뒤돌아보면서 배후의 동태에 대한 경계를 늦추지 않았다. 어두운 길 위에서의 기묘한 동행이었다.

"야, 어디까지 갈 거야?" 짜증난다는 투로 형이 말했다.

"걱정 마. 다 왔으니까."

그가 형을 인도해 간 장소는 우리 동네에선 유일하던 어린이 놀이터였다. 놀이터래야 당시엔 미끄럼틀 하나와 그네 서넛, 그리고 시소 둘 정도가 설치돼 있을 뿐으로 공터나 다름없었다. 낮에는 제법 아이들로 붐비긴 해도, 해가 지고 나면 전봇대에 부착된 외등 하나가 달랑 입구 쪽 모퉁이에서 불을 밝히고 있는 그곳은 인적이 거의 끊겼다. 추운 계절의 밤엔 더욱 그러했다.

"네가 황대협인지 뭔지 하는 놈이냐?"

흐릿한 외등의 불빛 아래에 멈춰 선 채 형이 다가오길 기다리던 사내가 말했다. 보아하니 형과 비슷한 또래였다. 날카로운 눈매에 하관이 빠른 얼굴, 후리후리한 체격이었다. 걸치고 있는 검은색 나일론 잠바와 물이 빠진 청바지 차림만으론 학생인지 아닌지는 알 수 없었다.

"나한테 볼일이 뭐야? 귀찮게 왜 사람을 한밤중에 멀리까지 불러내?" 그와 마주 서서 형이 되물었다.

"야, 다른 말 필요 없으니 한 가지만 정확히 대답해. 네가 분명히 황대협이지?"

"그래, 맞다. 그럼 넌 누구냐?"

"네가 황대협이면 됐다. 내가 누군지는 알 것 없고."

뭐가 됐다는 얘기인지 형은 알 수 없었다. 형은 그러나 그 의문점을 캐물을 겨를이 없었다. 그 말을 내뱉은 직후, 왠지 그가 갑자기 형 쪽으로 깊숙이 등허리를 구부렸기 때문이다. 순간적으로 판단하기엔 땅바닥에 떨어뜨린 무엇인가를 줍는다고 여겨 마땅한 행동이었다. 그런데 그게 착각임을 알아차리기까지는 1초도 걸리지 않았다. 형의 양쪽 발목께로 그의 갈퀴 같은 두 손이 바짓가랑이를 후리려고 번개처럼 빠르게 다가왔던 것이다. 실전 경험이 풍부한 형으로서도 난생처음 겪는 변칙적인 싸움 기술이었다. 어? 하다 자칫하면 걸려들 뻔했지만 형은 후딱 뒤로 물러나면서 가까스로 그의 기습을 피했다. 그러곤 발치에 놓여 있는 그의 면상에 대고 축구공을 걷어차듯 발로 질러버렸다. 그는 수그렸던 자세 그대로 땅바닥에 얼굴을 처박으며 고꾸라졌다. 그는 낮은 신음소리를 내며 부들부들 몸을 떨었다. 마치 죽기 직전의 징후를 나타내는 것 같았다.

"야, 어떻게 된 거야? 좀 일어나봐."

걱정이 된 형이 그를 내려다보며 말했다. 까딱 하면 녀석을 들쳐 업고 병원에 달려가야만 하는 골치 아픈 일이 벌어진 것인지도 모를 일이었다. 다행히 그가 일어나려고 꿈지럭거리기 시작했다. 먼저 팔굽혀펴기를 하듯 두 손바닥으로 땅을 짚었고, 한 손씩 겨우겨우 땅에서 떼어내 상체를 세운 다음, 잠시 무릎을 꿇은 자세로 숨을 고르더니 비틀거리며 일어섰다. 인중을 중심으로 차였는지 코피가 흘러내려 입 주위가 피투성이였다. 간신히 서서 버티는 모습이 역력했지만 형을 쏘아보는 눈빛만은 살아서 독기를 뿜어내고 있었다.

"왜 그래? 대관절 무엇 때문이야?" 좀 질리는 기분인 채 형이 말했다.

그는 그러나 대답 대신 잠바 겉주머니에 손을 집어넣더니 무엇인가를 꺼냈다. 다음 순간, 거기에서 찰칵, 하는 소리와 함께 짧고 날카로운 칼날이 튀어나와 불빛에 반짝였다. 형은 움찔했다.

"야, 그걸로 날 찌를 거야?" 뒤로 한 발짝 물러나면서 형이 말했다. "이유나 좀 알자. 부탁이다."

"그건 알아서 뭐 해. 곧 뒈질 놈이."

"이거 원…… 너 혹시 미친놈 아냐?"

"그래, 새끼야. 난 미쳤다. 각오해라. 죽이고 말겠다. 도망칠 생각 마라."

 그는 정말 미친 사람처럼 칼을 휘두르며 형에게 덤벼들었다. 필살의 의지가 등골을 섬뜩하게 찌르는 칼부림이었다. 하지만 일차 큰 타격을 당해 무뎌진 그는 형의 상대가 되지 못했다. 이내 형의 주먹에 호되게 옆구리를 쥐어박히곤 흡사 고주망태가 된 취객이 발을 헛딛는 듯한 모습으로 기우뚱거리다가 모로 픽 쓰러졌다. 피로 떡이 된 데다 처절하게 일그러진 얼굴을 한 그의 입에서 아까보다 한층 고통스러운 신음이 흘러나왔다. 그러면서도 또다시 일어서려고 안간힘을 써대는 것이었다. 형은 몹시도 의문스러웠다. 왜 저 녀석이 저리도 나를 해치지 못해 안달일까? 한데, 꿈에도 상상하지 못할 소리가 녀석의 입에서 터져 나오는 바람에 형은 놀랍다기보다는 어이가 없었다.

 "우리 누나 살려내! 우리 누나 살려내란 말이야! 이 나쁜 새끼야."

 몸이 결국 정신력을 따라주지 못해 땅바닥에 널브러진 그가 피를 토하듯 그런 소리를 질러댔던 것이다.

 "야, 너 자다가 봉창 두드리냐? 내가 네 누나를 죽이기라도 했단 말이야?"

 "그래, 이 새끼야. 네가 우리 누날 죽였어. 불쌍한 우리 누날……."

 그는 이제 목 메어 울기까지 했다.

 "너 아마 다른 사람을 나로 오해한 모양인데, 무슨 얘긴지 들어나보자."

"아냐, 이 새끼야. 너야! 당장 우리 누날 다시 살려내."

"나 참, 오래 살다 보니 별 이상한 놈 다 보겠네."

사람 잡을 소리를 해대는 녀석을 상대해주기가 귀찮아진 형은 그를 그냥 놔두고 집에 가버릴까 망설였다. 하지만 비참한 몰골을 한 채 섧게 우는 그에게 대관절 무슨 곡절이 있는지 궁금해서 쉽게 발이 떨어지지 않았다. 그는 좀체 울음을 그치지 않았다. 그럴수록 형은 시쳇말로 미치고 환장할 지경이었다. 혹시 내가 나도 모르는 사이에 사람 하나를 죽인 것이나 아닐까, 의심마저 드는 것이었다. 죽은 게 남자라면 그럴 수도 있을 것 같았다. 형에게 얻어맞은 녀석들 가운데 누군가 골병이 들어 나중에 세상을 하직했다고 한다면 아니라고 발뺌을 할 수만은 없지 않겠는가? 그렇지만 여자는 절대로 아니었다. 형으로선 죽었다 깨어나도 그것만은 자신할 수 있었다.

"어이, 그만 그치고 일어나 앉아봐. 그리고 내가 알아듣게 차근차근 얘기 좀 해봐. 네가 뭘 착각한 게 분명하지만, 만약 정말로 내가 네 누나를 죽인 게 사실이라면 이 자리에서 그 칼로 날 찔러도 좋아. 약속한다. 그러니까 일어나. 어서! ……안 일어날 거야? 좋게 말할 때 빨리 일어나. 너 계속 이러면 또 맞는다."

한참이나 달래기도 하고 겁도 준 끝에 마침내 형은 그를 일어나 앉게 만들었다. 형은 쪼그리고 앉아 그와 얼굴을 마주했다.

그는 눈자위에 그렁그렁 맺힌 눈물을 손등으로 훔쳤다. 형은 손수건을 끄집어내 볼썽사나운 그의 입술 주위를 대충이나마 닦아주었다.

"네가 우리 누나를 직접 죽인 건 아니지만 결국 너 때문에 우리 누나가 죽은 거야."

그의 누나는 미군 부대 주변에 기생하는 양색시들 가운데 하나였던 모양이다. 예쁘고 착했으며, 돈이 없어 대학엔 못 갔지만 여고 시절엔 공부도 잘했던 누나였다. 가난해도 화기애애하던 집안이었건만, 누나가 여고를 졸업할 무렵, 미장이 노릇을 하던 아버지가 덜컥 중풍으로 반신불수가 돼 누워버리자 갑자기 형편이 말이 아니게 나빠졌다. 어머니는 돈을 버는 재주가 하나도 없었으며 누나와 그의 남매 아래로도 동생이 줄줄이 셋이나 되었다. 끼니조차 거르는 날이 금세 찾아왔다. 그러자 맏이인 그녀가 견디다 못해 미군들에게 몸을 팔아 식구들을 먹여 살리기에 이르렀다.

그녀가 그 길을 택하게 된 또 다른 이유는, 선대로부터 살아온 집이 불행하게도 부근에 미군 부대가 생긴 이후 형성된 양색시촌 안에 위치하게 된 탓이었다. 그러니까 절박한 처지였던 그의 누나로선 어려운 취직자리를 찾아 헤매기보다는 당장에 돈을 벌 수 있는 방법에 몸을 던질 수밖에 없었다는 것이다.

남자들이 좋아할 만한 요소들을 갖춘 그녀는 미군들에게 인기가 좋았다. 처음엔 뜨내기로 시작했지만 곧 월 정액을 받고 계약 기간 동안 한 사람의 미군만을 상대하게 됐다. 그러다가 어떤 미군 병사와 육체적 거래 관계만이 아닌, 진짜 사랑에 빠졌다.

미군과의 결혼에 성공해 미국으로 건너가는 건 모든 양색시들에게는 단 하나의 꿈이자 희망이었다. 모진 가난과 평생 따라다닐 손가락질로부터 벗어날 수 있는 유일한 탈출구가 그것이기 때문이었다. 그러나 그 꿈을 이루는 양색시는 극히 적은 수에 불과했는데 그의 누나가 행운을 붙잡은 것이었다.

더욱이 그 미군 병사는 그녀의 식구들도 나중에 미국으로 데려가겠다고 약속했다. 결혼식은, 미국에 가서도 한 차례 더 치르겠지만, 한 달 남짓 남은 남자의 복무 기간이 끝나기 전에 한국에서도 거행하기로 하고 예식장을 알아보기로 했다. 그녀와 가족들은 모든 일이 순조롭게 진행되리라 믿어 의심치 않았다.

그런데 바로 그 즈음, 남자가 큰 사고를 당하고 말았다. 평소 그다지 술을 많이 마시지 않던 그가 왜 그랬는지 모르지만 대낮부터 술에 취해 동료들과 외출을 나갔다가 길거리에서 우연히 한 고등학생과 싸움을 벌이는 바람에 머리뼈에 금이 가는 중상을 입게 된 사고였다. 생명엔 지장이 없었지만 한국에서의 복무 기간이 거의 다 된 터라 그 미군 병사는 아예 본국으로 후송되는 조치를 받았다.

그녀의 상심은 너무나 컸다. 하지만 남자가 곧 연락을 취해올 거라고 굳게 믿었다. 그녀에 대한 남자의 사랑은 의심할 여지가 없이 진실했으며, 그녀 또한 신분 상승의 목적만을 염두에 둔 것이 아닌, 한 사람의 자연인인 여자로서 순수하게 그를 사랑했기 때문이었다.

그녀는 극도의 초조감 속에서 그에게서 소식이 오기만을 기다렸다. 그러는 사이에 어느덧 해가 바뀌었다. 그녀는 하루도 빠지지 않고 교회에 나가 눈물을 쏟으며 기도를 올렸다. 마침내 그녀에게 한 장의 항공 우편이 날아든 건 거의 1년이 지나서였다. 뛸 듯이 기뻐하던 그녀는 그러나 편지를 읽다가 그만 혼절해 쓰러졌다. 이미 부상에서 완쾌됐지만 상처와 함께 그녀와 결혼할 마음도 사라져버렸다고 약혼자가 전해왔던 것이다. 게다가 다른 여자를 만나 곧 결혼할 예정이므로 자기를 잊어달라는 말까지 덧붙여 있었다.

그녀는 식음을 전폐한 채 약혼자와 사랑을 나누던 방에 혼자 처박혀 독한 양주만을 끊임없이 마셔댔다. 식구들이 아무리 말려도 소용이 없었다. 그러길 열흘, 그녀는 만취 상태에서 다량의 수면제를 입에 털어 넣고 말았다.

"형이 책임질 일도 아니네, 뭘."

기분이 무척 가라앉아 보이는 형을 위로한답시고 내가 말했다.

"그래도 그렇게 말할 수야 있니?" 나지막한 목소리로 형이 대꾸했다. "미안하다고, 정말 미안하다고 그 친구에게 사과했지. 때려준 것도 그렇고⋯⋯ 며칠 안으로 내가 한번 찾아가겠다고 했어."

"집이 어딘지나 알어?"

"양색시촌에 와서 애들 붙잡고 뺑코네 집 찾으면 다 안다고 하대."

형은 이틀이 지난 날, 뺑코형을 만나러 양색시촌을 다녀왔다. 군고구마와 사과 봉지를 들고 갔었다고 했다. 치료비에 보태 쓰라고 돈도 조금 손에 쥐어주려고도 했다는데 그가 굳이 받지 않더라고 내게 전했다.

뺑코형의 그 바짓가랑이 끝에 손을 집어넣어 낚아채는 기술은 어느 누구도 흉내 내지 못하는 그만의 희한한 특기라는 것을 나중에 들었다. 거기에 걸려들었다간 제아무리 천하장사라 한들 여지없이 뒤로 벌렁 나자빠지는 창피를 당함은 물론이고 그 즉시 얼굴이 짓뭉개지거나 갈비뼈가 부러지는 횡액까지 뒤따르기 일쑤라는 것이었다. 뺑코형은 체격으로나 얼굴 생김새로나 그다지 싸움꾼 같아 보이지 않았으므로 방심한 상대에게 그 기술이 쉽게 먹혀들었으리라 짐작된다.

4

형은 행정학과를 다녔다. 웬만한 대학엔 정원 미달인 학과가 수두룩하던 시대인 데다 T시에 있던 세 개의 대학 가운데 가장 처지는 대학이었으므로 형은 그리 힘들이지 않고도 진학할 수 있었다. 학과의 선택은 아버지가 했는데 왜 하필 그 학과였는지 나는 지금도 알지 못한다. 어차피 공부와는 담쌓은 장남에게서 공무원으로서의 입신이나 학문적 성취를 기대하진 않았을 아버지는 별다른 고민의 과정을 거치지 않은 채 간판이나마 그럴듯한 학과 하나를 대충 골라잡았을 게 뻔하다.

하긴 형에게 걸맞은 전공은 과연 무엇이었을까에 대해선 의문이다. 싸움엔 도가 트인 형이었지만 왠지 운동엔 소질이 없어 체육 계통에도 어울리지 않았고 '무(武)'라는 관점에선 형의 기질과 조금은 통할 것 같은 사관학교 같은 덴 학과 성적이 딸려 아예 명함조차 내밀지 못하였으니까.

강인이형은, 우리 형보다 성적이 나았는지 혹은 좀더 뻔뻔해서인지는 알 수 없었지만, 특차로 육군사관학교에 지원했는데, 본인의 주장에 의하면, 친구나 교사들의 일치된 예상을 뒤엎기가 미안해서 낙방했다는 것이다. 그는 형과 같은 대학, 역시 원서 내는 게 곧 합격이던 정치학과에 입학했다. 당시 나는 강인이형 같은 사람이 육사에 들어가서 군인이 될 수만 있다면 훌륭한 장군감이라는 생각에 그의 사관학교 진학 실패가 좀 아쉬웠다.

백곰형은 다른 대학 농과대에 들어갔고 망치형은 가정 형편 관계로 진학은 꿈도 꾸지 못한 채 조그마한 철공소에 취직했다. 앞서 언급했듯, 형이 대학생이 된 후에 만난 뺑코형은 중학교 졸업에 그치고 있었다. 그는 미군 부대에서 흘러나오는 미제 물건 암거래에 껴들어 그럭저럭 가족들의 생계를 유지하는 모양이었다.

형이 대학생이 된 이후로 우리 방은 형과 이들 친구들의 사랑방 노릇을 톡톡히 했다. 우리 집이 비교적 시내 중심부에 위치해 있었으므로 오다가다 들르기가 쉽다는 이점도 있었겠지만 우리 형이 친구들 사이에서 좌장 격이었던 관계로 죄다 우리 집으로 발걸음을 했다고 봐야 옳을 것이다.

돌이켜 보건대, 전공이야 어찌 되었건 대학 시절이야말로 형의 전성기였다. 고등학교 때 이미 경험했던 것처럼 입학 초기부터 한다 하는 대학 주먹들과 맞붙은 당구장이나 다방, 유원지나 주점에서의 수많은 싸움에서 승리한 형은, 반년도 되지 않아 그 바닥을 평정했다. 더구나 고교 시절, 저마다 둘째 가라면 서러워 할 주먹패들이 형의 친구들이었으니 그 위세가 대단했을 터이다.

형이 대학 2학년이 되던 해에 내가 고교에 진학했으니까 내 고교 시절 3년은 형의 대학 시절과 겹쳐 있다. 그 시절 내가 들은 얘기는 온통 싸움 얘기뿐이었다. 형과 친구들이 방 안에 둘러앉기만 하면 노상 어디에서 누군가를 혼내주었다는 얘기로 왁자지껄했던 것이다. 책상물림이던 나는 그런 환경 탓에 학생 사회에도 내가 모르는 또 하나의 세계가 존재함을 알 수 있었다. 학업이 지능과 정신적 노력의 경쟁 세계라 한다면 그것은 주먹과 물리력의 강도로 판가름 나는 세계였다. 그리고 그 세계도, 일반 학생들이 성적의 향상을 위해 면학에 힘씀에 못지않게 우위를 인정받기에 치열한 것처럼 보였다. 그것은 또한 나 같은 약골로선 감히 범접하기 어려운 거친 사내들의 세계이자, 문명

이전의 원시적, 혹은 원초적인 세계로 여겨졌다. 그래서 나는 내내 흥미를 잃지 않고 귀를 기울이면서도 은근히 어떤 열등감을 동반한 고통을 느끼며 그 얘기들을 들어야만 했다.

형의 친구들이 형을 좋아하고 주위에 모여들었던 건 형의 주먹이 세다는 단순한 이유에서만은 아니었다. 형이 건방을 떨거나 으스대지 않았기 때문이다. 형은 어느 친구에게나 대등한 관계로 대했다. 누구도 낮춰보지 않았다. 되레 형의 친구들에겐 저마다 똘마니들이 있었으나 형에겐 그럴 생각이 애당초 없는 것 같았다. 형은 한마디로 고독한 영웅으로 자족했다. 형이 견지한 이런 삶의 태도들은 형의 친구들로 하여금 기꺼이 형을 '대협'으로 칭하며 존중하게 하기에 기여했을 건 분명하다. 하지만 그것이 곧, 모든 협객들의 운명이 그러하듯이, 몰락으로 향하는 정해진 행로이기도 했다.

만약 형의 기질이 조금은 달라서 대학 시절을 통해 끈질기게 이어지던 폭력 조직의 유혹을 뿌리치지 않았더라면 전혀 다른 생애를 살았을 것이다. 내가 알기로 T시에서 암약하던 모든 직업 주먹패들이 형을 탐냈다. 형은 그러나 그 세계에서 제안했던 돈과 쾌락과 지위에 끝내 굴복하지 않았다. 이와 관련된 일화들 가운데 '저승사자'와의 만남은 가히 압권이라 할 만하다.

T시의 일각에 위치한 역(驛)을 중심으로 그 주변에 형성된 사창가와 야시장, 상가와 유흥가를 장악한 일단의 폭력 조직을 거느리는 우두머리로 저승사자라는 인물이 있었던 모양이다. 그

조직은 T시에선 가장 세가 강해 여타의 조직들을 누르고 있었는데 그 이유가 바로 저승사자라는 걸출한 주먹 때문이라는 것이었다. 일개 고등학생의 신분이던 나로선 그쪽 세계의 사정을 알 리 없었지만 나중에 형의 친구들이 주고받는 얘기를 듣자니 그랬다. 특히 망치형이 어디서 주워들었는지, 믿기 어려울 만큼 기이한 저승사자의 내력에 관해 얘기해주었다.

휴전이 이루어지고 피해가 극심하였던 T시가 차츰 정상을 찾아가던 즈음이었다. 전쟁 통에 가족을 잃고 야시장에 빌붙어 사는 뜨내기들이 적지 않았는데 그중의 한 사내가 공포의 대상으로 떠올랐다. 아직 소년 티가 채 가시지 않은 열여덟 살에 불과했으며 어디서 흘러들어왔는지도 모르게 어느 날 갑자기 야시장에 나타난 사내였다. 그는 까만 물감을 들인 베옷을 걸친 데다 그 시절에도 보기 드문 나막신을 신고 다녀 일견 음산한 분위기마저 풍겼다. 그가 야시장 일대에서 공포의 대상이 된 건 그러한 외양 때문이 아니라 무시무시한 괴벽 때문이었다. 그는 밤이면 밤마다 열여덟, 그러니까 정확히 자기 나이만큼의 상대를 때려눕히며 일대를 돌아다녔던 것이다. 어쩌다 그 숫자를 다 채우지 못한 밤이면 자다가도 일어나 밤거리를 헤집고 다니면서 숫자를 채울 때까지 맞닥뜨리는 남자가 누구이든 무조건 시비를 걸어 거꾸러뜨렸다니 괴벽 치고도 참으로 괴상한 괴벽이 아닐 수 없었다. 그것도 해가 바뀌자 열아홉, 그다음 해엔 스물로 나이만큼 제물의 숫자가 늘어만 갔으니 인근의 건달이나, 양아치,

똘마니 들은 몸이 성한 자가 거의 없을 지경이었다. 그들은 달그락달그락 하는 나막신 끄는 소리가 들려오거나 검은 베옷이 눈에 띄기만 하면 숨고 도망치기에 바빴다. 그것이 그들에겐 저승사자가 다가오는 소리였으며 저승사자의 검은 옷이었던 셈이다. 그들이 누구라고 그동안 나이도 어린 한 사내에게 호락호락 당하고만 있었겠는가. 혼자서 안 되면 무리를 지어 수도 없이 그에게 대항했다. 하지만 번번이 그 하나를 당해낼 수 없었던 것이다. 그는 일단 공중으로 뛰어올랐다 하면 세 차례의 발차기로 연달아 세 명을 쓰러뜨리는 장기가 있는가 하면, 다급할 땐, 검지와 중지를 세워 상대의 눈을 찌르는 데에도 명수였다. 견디다 못한 그들은 그에게 투항할 수밖에 없었다. 하나둘, 혹은 집단으로 그를 찾아가 머리를 조아렸다. 그리하여 그는 불과 스물이라는 약관의 나이에 이십대와 삼십대, 심지어는 사십대의 사내들을 수하로 거느리는 큰형님의 자리에 올랐다는 것이다. 이제는 마흔에 가까운 나이에 이르러 20년에 가까운 우두머리 생활에서 기인한 위엄이 얹혀짐에 따라 그에게서 소싯적의 괴벽 같은 건 사라진 지 오래지만, 복장만은 여전히 검은색 일색으로, 검은 중절모에 검은 셔츠와 넥타이, 그 위에 검은 양복을 걸침으로써 저승사자의 풍모를 간직하고 있다고 했다.

형이 저승사자와 인연이 닿은 건 그의 똘마니들과의 사이에서 벌어진 우발적인 사건 때문이었다. 형과 나는 해마다 여름이면 연중행사처럼 강릉의 외삼촌 댁을 찾아가곤 했다. 친지 방문과 피서를 겸한 여행이었다. 외삼촌이 그 지역의 국립대학 교수였던 관계로 살림이 궁색하지 않아 숙박을 제공받기에 그다지 눈치 볼 필요가 없었고, 여름뿐 아니라 겨울방학 기간에도 그쪽에서 먼저 왜 오지 않느냐고 연락을 취해 오기도 했으므로 우리에겐 매해 한 번 이상은 기차를 탈 기회가 주어졌던 것이다. 하지만 내가 입시 공부에 전념해야만 할 고등학교 졸업반이던 해의 여름만큼은 형 혼자 여행을 떠났다. 역에 가서 기차표를 끊은 형이 시간이 남아 대합실의 의자에 앉아 있는데 형 또래의 사내 하나가 접근하더니 불을 좀 빌려달라고 했다는 것이다. 여행을 떠나느라 서둘러 옷을 갈아입고 집을 나섰던 형은 깜빡해서 성냥이나 라이터를 소지하고 있지 않았다. 그래서 없다고 대답하자 그 사내가 인상을 쓰며 돌아서더니, 좆만 한 새끼가 불도 안 갖고 다녀, 하고 제법 큰 소리로 투덜거렸다. 웬만하면 참으려 했지만 주위에 그 소리를 들은 사람도 많아 가만있기도 창피한 노릇이라 형은 일어서서 그를 붙잡고, 당신 지금 뭐라고 했어? 하고 따졌다. 그러자 그 사내가, 어, 이 새끼 봐라? 겁대가리 없이 누구한테 엉겨? 하면서 되레 눈을 부라리더니 따라나오라며 형의 팔목을 잡아끌었다. 하는 수 없이 형은 그를 따라 대합실 바깥, 역 광장으로 나갔는데 거기에서 어슬렁거리던 서너 명의 패거리까지 합세해서 형을 근처의 골목으로 데려갔다. 그다음에 벌어진 일은 얘기 하나마나일 것이다. 형이 기차를 놓치지 않고 여유 있게 올라탔다는 걸 보면 얼마나 신속하게 그들을 해치웠는지 능히 짐작할 수 있었다. 하지만 일은 그것으로 끝나지 않았다. 개학 직후, 어떻게 알았는지 대여섯 명의 패거리가 학교 근처의 당구장에서 강인이형과 노닥거리고 있던 형을 찾아왔다. 그들 가운데 역에서 형에게 시비를 걸던 녀석이 끼어 있어 형을 손가락으로 가리켰다. 그 녀석 하나를 제외하곤 역에서 상대했던 똘마니들과는 나이가 차이 나고 어딘지 분위기가 다른 패거리였다. 그들과 바깥으로 나간 형은, 처음엔 뺨에 칼자국이 있는 사내의 제안에 의해 그와 일대일로 맞붙었다. 어찌나 날랜지 형으로서도 버거운 상대였다. 그래도 형이 눈에 띄게 우세했다는 건 거리를 두고 지켜보고만 있던 패거리들이 어느 순간, 갑자기 다 함께 공격을 해왔다는 사실로도 알 수 있었다. 자연 강인이형도 형을 도와 나섬으로써 패싸움의 양상으로 바뀌었다. 형과 강인이형은 난투 끝에 간신히 그들을 패퇴시킬 수 있었다. 그런데 뒷걸음질을 치며 도망가던 그들 가운데 하나가 이런 말을 남겼던 것이다. 저승사자 형님이 너희들을 가만 놔두지 않을 거라는.

"뭐? 걔들이 저승사자를 들먹였다고?"

일요일 점심 녘에 우리 집에 들렀다가 그 얘기를 들은 망치형이 깜짝 놀랐다.

"왜 그래? 저승사자가 누구길래?" 형이 되물었다.

"이거 보통 일이 아니구나. 잘못 건드린 것 같다." 망치형은 심각했다. "애들한테 연락해서 모이라고 해. 같이 의논 좀 해봐야겠다."

"괜히 왜? 뭘 의논하겠다는 거야?"

"대협이 넌 아직 저승사자가 누군지 몰라서 그래."

"관둬라. 내 개인적인 문젠데 왜 애먼 애들까지 끌어들여?"

소극적인 반응으로 일관하는 형을 대신해 망치형이 전화를 하거나 직접 통화가 안 되면 사람을 사이에 넣어 친구들을 소집했다. 강인이형, 백곰형, 망치형, 그리고 빽코형까지 한자리에 모인 건 아마도 그날 밤이 처음이자 마지막이었던 것으로 기억된다. 그 모임의 자리에서 망치형이, 아직 저승사자를 잘 모르는 친구들의 이해를 돕기 위해, 그의 내력에 관한 얘기도 했던 것이다.

"저승사자라는 깡패 두목이 있다는 소문은 들어봤어도 그토록 대단할 줄은 몰랐어."

패싸움이 남긴 후유증으로 오른손에 붕대를 동여매고 있던 강인이형의 말마따나 일동은 저승사자라는 인물의 비범함에 대해서만큼은 아무도 부인하지 못했다. 내가 듣기에도 그가 누구도 넘보기 어려운 절대 강자처럼 여겨졌다. 그럴수록 미구에 형에게 닥칠 위험에 대한 대비책이 절실히 요구되는 셈이었다. 하지만 둘러앉아 저마다 머리를 짜내는 눈치이긴 해도 뾰족한 방안이 나오지 않았다. 졸업을 앞둔 재학생의 신분으로서 형이 멀리 달아나 장기간 숨어 지낼 형편도 아닌 데다, 저승사자와 같은 전설적인 주먹을 정점으로 한 프로 폭력 집단을 향해 다시는 서

툰 짓 하지 말라고 엄포를 놓거나 아예 결판을 내자고 이쪽에서 먼저 도전 의사를 밝힐 수도 없는 노릇인 것이었다. 자신이 주장해서 막상 모임을 가져봐도 별다른 묘책이 떠오르지 않자 답답해진 망치형이, 형이 자진해서 저승사자를 찾아가 사과를 하면 어떻겠냐고 슬며시 형의 의중을 떠보다가 일언지하에 퇴짜를 맞았다. 잘못한 게 없는데 사과는 무슨 사과냐는 게 형의 대답이었다. 형의 성격을 익히 아는 망치형은, 그냥 한번 해본 소리라며 겸연쩍어 했다. 이렇듯 달리 할 수 있는 일이 없었으므로 결론은 막연하고 간단했다. 형이 조심해야 한다는 것이었다. 먼젓번의 경우와는 다르게 악랄한 공격이 예견되니까 잠시라도 긴장을 늦춰서는 안 된다는 게 친구들의 중론이었다. 그 판국에 나 같으면 당연히 잠이 잘 오지 않을 텐데, 형은 그날 밤에도 시끄럽게 코를 골았다.

친구들의 예상은 빗나갔다. 저승사자의 패거리는 형에게 위해를 가하려고 하지 않았다. 반면 하나의 전갈을 가져왔다. 형과 싸웠던 칼자국의 사내가 학교로 찾아와서, 큰형님이 자네를 한번 보자고 하니 같이 가자고 했던 것이다. 형이 선뜻 따라나서려 하지 않자, 만나는 장소도 번화가 다방이고 절대로 다른 의도가 있는 게 아니니까 걱정하지 말라고 그가 말했다. 말투가 정중한 데다 그가 거짓말을 하는 것처럼 보이지 않았기 때문에 형은 학교 문 앞에 대기하고 있던 그들의 승용차에 올라탔다. 그들은 역 근처의 어느 다방으로 형을 데려갔다.

"자네가 황대협이라는 친군가? 거기 앉게나."

구석자리에서 등받이 의자에 비스듬히 앉아 혼자 담배를 피우고 있던 사내가 말했다. 깡마르고 혈색이 나빴지만 가느다랗게 찢어진 눈매가 인상적이었으며 듣던 바대로 양복을 비롯한 의상 전체가 검은색인 사내였다. 형은 가볍게 목례를 하곤 그의 맞은편 의자에 앉았다. 선입견 탓인지 탁자 너머에서 건너오는 어떤 기(氣) 같은 것이 느껴졌다.

"아직 학생이라지? 그래 무슨 과 다니나?"

이런 얘기부터 시작해서 한동안 그가 시종 미소를 띤 채, 이것저것 형에 관해 물었다. 그는 대협이라는 형의 칭호가 어떻게 생겨난 것인지도 알고 있었으며 형의 용기를 칭찬해주기도 했다. 단순히 듣기 좋으라고 하는 말은 아니라는 느낌이 들었지만, 한편으로는 어린애를 어르는 듯한 태도가 엿보이는 것도 사실이었다. 잡담이나 다름없는 대화가 길게 이어져 그가 왜 보자고 한 건지 궁금해졌을 때쯤에 이르러서야 그가 본론을 끄집어냈다.

"이봐, 대협이." 그가 정색을 하며 말했던 것이다. "자네, 큰물에서 놀아볼 생각 없나? 우리 조직에 자네처럼 쓸 만한 인재가 없어서 하는 얘긴데 말이야."

뜻밖의 질문에 형은 좀 당황했다. 하지만 단호하게 대답했다.

"그럴 생각은 없습니다."

"그래에……? 그럼 졸업하면 취직할 생각인가?"

"아직 잘 모르겠습니다."

"모르긴 해도 취직을 해봤댔자 자네 체질에 답답해서 견디기도 어려울걸? 대우도 시원찮을 테고…… 암튼 좋아. 자네 생각이 정 그렇다면 할 수 없지. 하지만 나중에라도 생각이 바뀌면 언제든 날 찾아오게. ……그럼 가봐."

저승사자가 아쉽다는 표정을 한 채 탁자 너머로 손을 내밀었다. 형은 자리에서 일어나면서 그와 악수를 나누었다. 그런데 그 자리를 벗어나 출입문을 향해 발을 떼어놓으려다 말고 형은 등 뒤에서 들려오는 소리에 멈춰 서야만 했다.

"잠깐" 하고 그가 형을 불러 세웠던 것이다.

"그런데 말이야." 그가 종전과는 다르게 씁쓸하게 웃으며 넌지시 말했다. "나한테 미안하다는 말 한마디쯤은 해주고 가는 게 예의가 아닐까? 이유야 어찌 되었건 자네가 우리 애들을 건드린 건 사실이니까."

"……그쪽에서 먼저 시비를 걸어와서 대항했을 뿐, 제가 사과드릴 일은 하지 않았다고 생각합니다."

"뭐야?" 저승사자의 표정이 일순에 바뀌었다. "그렇다면, 그 말 한마디도 못하겠다는 건가?"

"……"

"고지식한 친구네. 나를 아주 물로 보는 모양이로군."

기분을 잡쳤다는 투로 그가 말했다. 그 순간, 가까운 자리에서 패거리들과 더불어 사태의 추이를 관망하고 있던 칼자국의 사내가 벌떡 일어나더니 형에게로 다가왔다.

"이 친구가 어느 안전이라고 감히! 큰형님이 좋게 대해주면 그런 줄이나 알아야지. 빨리 무릎 꿇고 잘못했다고 빌어."

"야, 왜 함부로 나서? 이 친구가 오늘 내 손님으로 여기 온 줄 몰라?"

저승사자가 엄하게 부하를 나무랐다. 칼자국은 낯을 붉히며 자기 자리로 돌아가 앉았다. 하지만 형에게로 퍼부어지는 패거리들의 눈길은 더욱 싸늘해졌다. 미간에 주름을 잡은 채 잠시 형을 노려보던 저승사자가 말했다.

"자꾸만 자네 솜씨가 보고 싶어지는군. 나한테 이리 뻣뻣이 굴어도 될 정도인가 궁금해서 말이지. 어때? 나하고 한번 상대해볼 텐가?"

"저는 얘기만 할 거라 해서 따라왔습니다."

"싸움이라고 여기지 말게. 나잇살이나 먹은 이 저승사자가 자네 같은 학생에게 싸움을 건다면 창피한 노릇이지. 운동이라고 생각해. 하도 오래 그럴듯한 상대를 만나지 못해서 몸이 근질근질했는데 잘 됐네. 우리, 운동 삼아 한바탕 신나게 뛰어보자구."

갑자기 그의 얼굴에 생기가 돌았다. 뜬금없이 운동이라니, 형을 싸움에 끌어들이기 위한 핑계로 하는 말이 아니라 정말 그는 그렇게 생각하는 것 같았다. 열여덟 살 때, 열여덟 명을 때려눕혀야만 잠을 잤다는 그에겐 싸움이란 게 한낱 가벼운 몸 풀기에 지나지 않는지도 몰랐다. 형은 기가 막혀서 무어라 대꾸하기도 어려웠다.

다방 뒷문이 손바닥만 한 공터로 바로 통했다. 공터는 사방이 2층을 올린 판잣집으로 꽉 막혀 있어 조금 확장된 링 같은 느낌이었다. 형이 저승사자와 그 좁은 공간에 드리워진 그늘 속에 마주 섰을 때, 매춘부로 보이는 여자들이 창문마다 매달려 재재거리며 내려다보았다. 형은 남방 차림 그대로였고 상대는 윗도리를 벗긴 했지만 넥타이도 풀지 않은 채였다. 상대가 상대인지라 형은 몹시 긴장했다. 예상과는 달리, 저승사자는 곧바로 공격을 가해오지 않았다. 한동안 자세도 취하지 않은 채 지그시 쳐다보기만 하다가 돌연 엉뚱한 질문을 던졌다.

"자네, 정말 날 이길 자신이 있어 그러는 건가?" 그는 가소롭다는 듯이 히죽 웃었다.

"……모르겠습니다."

"지금이라도 미안하다고 한마디만 해. 그럼 내 봐주지."

"그렇게는 못합니다."

"그 배짱 하나는 알아줘야겠구나. 자네, 지금까지 누구하고 싸워서 져본 적 없나?"

"아직 없었던 것 같습니다."

"그럼 앞으로도 절대로 지지 말게." 그가 명령조로 말했다. "알았나?"

"……예."

형은 그의 말뜻을 정확히 알아듣지 못하면서도 얼결에 그렇게 대답했다. 다음 순간, 가까이 다가와 손바닥으로 형의 어깨를 한 번 툭 치고 난 그는 수하에게 맡겨두었던 윗도리를 돌려받아 꿰어 입곤 휑하니 다방 안으로 모습을 감추었다. 형은 어리둥절했다. 형에게서 그 얘기를 전해들은 나도 마찬가지였다. 워낙 긴장한 탓에 저승사자의 말을 잘못 듣거나 빠뜨리고 듣지 못한 말이 있지 않을까? 하고 형에게 물었더니 그랬을지도 모른다고 무덤덤하게 대꾸했다.

이후, 형은 저승사자와 다시 대면하지 못했다. 정작 나중에 그의 수하로 들어가 그 세계에서 상당한 위치에 오른 사람은 망치형이었다. 지금은 나이를 먹어 은퇴한 저승사자가 현역에 있을 땐, 망치형에게 이따금 형의 안부를 물었다고 했다.

5

협객의 시대는 허무맹랑한 소설이나 영화 속에서만 존재하는 것일까? 스포츠라는 이름으로 대표되는 육체를 사용하는 온갖 기예(技藝)들이 부와 명예의 원천인 시대에 왜 유독 대의(大義)에 근거한 싸움 기술만은 대접을 받지 못하는 것일까? 맨주먹의 싸움이야말로 인류 역사상 가장 뿌리 깊으며, 한 인간이 가진 다방면의 육체적 기량을 가장 총체적으로, 또한 가장 단순

명확하게 보여주는 행위가 아닐까?

　대학과 군대를 마친 후에 갑자기 전락해버린 형을 바라볼 때마다 나는 답답한 나머지 자못 억지스럽다 할 상념에 잠기곤 했다. 형은 취직자리를 구하지 못했다. 형의 특기를 사주는 직장이 없었던 것이다.

　내가 서울에 있는 대학으로 유학을 떠나 있을 동안, 군에 간 형은 3년에 가까운 현역 복무를 마쳤다. 그동안은 형과 거의 만나지 못했다. 전방에서 철책선 근무를 하던 형을 면회하러 두어 차례 찾아갔을 때와, 어쩌다 내 방학과 형의 휴가가 겹치는 기간만 서로 얼굴을 봤을 뿐이었다.

　내가 집에 돌아와 다시 형과 함께 생활할 수 있게 된 건, 입대를 위한 신체검사에서 방위병 판정을 받았기 때문이다. 마이너스까지 내려가는 시력과 편평족(扁平足)으로 인한 결과였다. 내 근무지는 인근 동네의 동사무소 건물 이층에 위치한 예비군 중대 본부였다. 나는 도시락이 든 가방을 옆구리에 끼고 월급쟁이처럼 출퇴근했다. 집과 근무지만을 오가는 단조로운 생활의 연속이었다. 반면, 형의 생활은 몹시 불규칙했다. 외박이 잦았고, 술에 취해 밤늦게 들어오지 않는 날이 드물었다. 버는 돈이 없으니 쓸 돈이 없을 게 뻔했지만 친구들이 있으니 술배는 곯지 않는 모양이었다. 강인이형은 우리 지역 국회의원 사무실에 나간다고 했고 백곰형은 가친의 술도가 경영에 참여하고 있다고 들었다. 망치형이나 뺑코형도 비록 떳떳하진 못할망정 각각 생계

수단이 있음에 비추어 형 혼자만 제 앞가림을 못하는 셈이었다.
　형이 형수가 될 여자를 집으로 데려온 건 형의 콧숨에서 밤낮 술 냄새가 진동하던 그 무렵의 어느 날 밤이었다. 그 계기를 만들어준 사람이 다른 누구도 아닌 영주누나의 어머니였다는 사실은 웃어넘기지도 못할 삶의 아이러니가 아닐 수 없었다.
　형이 그 소동을 벌이기 며칠 전, 일요일이었다. 해질 녘에 새하얀 모시 한복을 맵시 있게 차려 입은 초로의 여인이 예고도 없이 우리 집을 방문했다.
　"저는 전영주라는 여식의 어미 되는 사람이올시다" 하고 그녀가 자신을 소개했다.
　"……누구시라구요?" 어머니는 눈을 끔벅였다.
　"안녕하세요?" 내가 나서서 그녀에게 꾸뻑 인사를 하곤 어머니에게 말했다. "영주누나 기억 안 나요? 예전에 우리 집에도 왔던 적이 있잖아요? 나하고 같은 교회 다녔던 누나, 제중병원……."
　"아, 그 제중병원 댁 따님!" 어머니는 그제야 알은체를 했다. "근데 웬일로? 아무튼 반갑습니다. 들어오세요."
　"걔가 요즘 제 속을 무척 썩인답니다." 방으로 들어가길 사양하고 마루턱에 걸터앉은 그녀가 한숨을 내쉬며 말했다.
　"왜요? 그 곱고 싹싹한 따님도 부모 속을 썩이나요?"
　"걔 나이가 벌써 스물여덟입니다. 그런데도 판검사니 의사니 좋은 혼처를 다 싫다고 하니 복장이 터져 죽을 노릇이지요. 아,

글쎄, 이 댁 아드님이 아니면 시집을 안 가겠다지 뭡니까."

"······우리 명수 말입니까?" 어머니가 되레 펄쩍 뛰었다. "아이고 저런!"

"하도 고집을 부려서, 정 그렇다면 아드님을 집에 데려와보라고 했더니 그건 또 못한다는군요. 아드님이 아직 자기 마음을 몰라준다나요? 그래서 제가 화가 나서 실례를 무릅쓰고 이렇게 발걸음을 한 겁니다. 대관절 우리 영주가 어디가 어때서 퇴짜를 놓는지 아드님에게 내가 직접 한번 물어보려구요. 얼마나 잘나서 그러는지 얼굴이나 보려구요."

"에그, 잘나긴요. 어디 내놓기도 부끄러운 녀석입니다. 제 놈 주제에 원, 영주같이 고운 아가씨를······ 이거 송구스럽습니다." 어머니는 머리를 조아렸다.

"딸자식을 두고 제 입으로 이런 말씀을 드리기가 뭣합니다만, 쥐면 꺼질세라 불면 날아갈세라 고이 기른 아이입니다. 심성도 착하구요. 혹시 보신 적이 있다면 아시겠지만."

"그럼요, 따님 같으면 누구라도 탐을 내겠지요. 이 일을 어쩌나? 왜 하필 우리 아들 같은 녀석을 마음에 둬갖고선······."

딱하게도 어머니는 죄지은 사람처럼 절절매기만 했다. 영주 누나의 어머니가 집 안을 휘둘러보며 말했다.

"일요일이라서 아드님이 집에 있을 줄 알고 찾아왔는데 외출했나요?"

"있을 턱이 있나요. 그 녀석은 밤낮 친구들하고 몰려다니느라 한시도 집에 붙어 있질 않습니다."

지나치게 솔직한 어머니의 대답에 그녀는 쓴웃음을 지었다. 그녀는 어머니가 내놓은 미숫가루 탄 물을 절반도 비우지 않은 채 자리를 털고 일어났다.

"그럼 이만 실례하겠습니다. 어머님이 아드님께 잘 말씀드려주세요. 조금이라도 우리 영주에게 마음이 있으면 늦기 전에 우리 집에 한번 오라구요. 나중에 후회하지 말라고 말입니다."

전영주. 학창시절에 형과 같은 학년이었던 그녀는 내가 중학생 때 다니던 교회에서 사귄 누나였다. 보기 드문 미인인 데다 이름난 제중병원의 딸이라는 후광까지 더해 있어 그녀 또래 남학생들에겐 관심과 흠모의 대상이었다. 그녀의 안중에도 없을 나 같은 애송이까지도, 중고등부 예배 시간에 그녀를 먼발치에서 보기만 해도 공연히 가슴이 설레곤 했다. 내 친구들 가운데 몇몇 아이들은 속내가 뻔히 보이게 일부러 그녀에게 엉너리 치는 빈말을 붙이기도 했다. 하지만 나는 그럴 변죽도 없어 그녀와는 변변한 대화 한번 나누지 못한 처지였다. 그래서 그녀가 내게 다가와 상냥한 어조로 말을 걸리라곤 전혀 기대하지 못했다. 그녀는 어떤 아이의 이름을 대며 자기 사촌 동생인데 아느냐고 물었다. 나는 그 아이와 1학년 때 같은 반을 해서 잘 안다고 대답했다. 그러자 개한테서, 네가 황대협이라는 학생의 동생이라는 얘기를 들었다며 방긋 웃었다. 그 이후로 그녀는 나를 친동생처럼 살갑게 대해주었다. 교회 앞 빵집으로 나를 데려간 것도 여러 번이었다. 그럴 때면, 지나가는 말처럼 형의 안부를 묻는 것도 잊지 않았다. 교회에 다니라고 형에게 권유해보라고도 했는데 그건 형을 잘 몰라서 하는 말이라 여겨 흘려들었다. 한번은 그녀가 몸소 우리 집에 찾아온 적도 있었다. 내가 시험공부를 하느라 바빠 교회를 몇 번 빠졌더니 혹시 아픈가 해서 와본 것이라 했다. 그때 어머니가 영주누나를 보았던 것이다. 자연스레 형과의 첫 대면도 이루어졌다. 형은 영주누나의 그윽한 시선을 쑥스러워 하는 눈치를 보이다가 정말인지 모르지만 볼일이 있다며 밖으로 나가버렸다. 그날 밤, 그녀가 떠난 다음에 귀가한 형에게 영주누나를 본 소감을 물었더니, 예쁘긴 하데, 라고만 대답했다. 그녀가 서울에 있는 유명 여자대학교의 미술대학으로 진학한 이후로 나는 그녀를 통 보지 못했다. 그런데 형이 이따금 그녀와 형의 대학 앞에서 우연히 마주친다는 얘기를 들었다. 그녀의 얘기에 의하면, 그 대학에 그녀의 친한 친구들 몇이 다닌다고 하더라는 것이었다. 그 바람에 그녀와 두어 차례 차를 마시기도 했다고 형이 전했다. 하지만 민감하게 받아들일 수도 있었던 형과 그녀의 이런 조우도 내가 고등학교 재학 당시의 일로 벌써 사오 년이나 지난 얘기였다. 차만 마시고 헤어졌는지 그 이후의 수년 동안 둘 사이에 무슨 사건이 있었는지에 대해선 나는 알지 못했다.

　영주누나의 어머니가 다녀간 날부터 우리 집은 시끄러워졌다. 형이 영주누나에게 관심이 없다고 했던 것이다. 아버지는 눈이 뒤집혀서 그런 혼처가 어디 있냐고 형을 닦달했고, 어머니는 쥐뿔도 없는 녀석이 굴러 들어온 복을 차버린다고 울었다.

"그럼 넌 평생 결혼도 안 하고 혼자 살 거냐?" 아버지는 씨근거렸다.

"왜요? 해야지요." 형이 태연히 대꾸했다.

"여자라도 있어서 하는 소리야? 네깟 놈 좋아할 여자가 또 있을 턱이 없지."

"걱정 마세요, 아버지. 당장 한 트럭이라도 데려올 수 있으니까."

"이놈 말하는 꼬락서니 좀 봐. 그래, 어디 한번 데려와봐라. 제중병원 집보다 나은 애 있으면."

"좋습니다. 데리고 오죠, 그럼."

설마, 했는데 불과 며칠이 지나서 형이 정말로 웬 여자 하나를 집에 데려왔다. 만취 상태인 형은 우격다짐으로 양친을 안방에 나란히 앉히곤 그 여자에게 큰절부터 올리라고 시켰다. 그러고 나서, 잔뜩 혀가 꼬부라진 소리로, 이 여자가 지금 이 순간부터 자신의 처이자 이 집의 맏며느리라고 선언해버렸던 것이다. 아닌 밤중에 홍두깨도 유분수지, 어이없는 사태를 당한 양친은 할 말을 잊은 채 입만 헤 벌리고 있었다. 그사이에 형은 기세도 등등하게 그 여자를 끌고 안방을 물러나와 마당을 가로질러 문간방으로 들어가더니 불까지 끄곤 방문을 걸어 잠갔다. 뿐만 아니라, 금세 숨넘어가는 여자의 색음(色音)과 거친 숨소리, 심지어 철버덕철버덕 뱃살이 서로 맞부딪치는 소리마저도 바깥으로 흘러나오는 것이었다. 워낙 집이 협소한 탓에 그 소리는 안방에까지 생생하게 건너왔다.

"내, 저 자식을 그냥!"

뒤늦게 정신을 차린 아버지가 불끈해서 일어났다. 팔을 걷어붙이며 뛰어나가려는 아버지의 허리를 껴안고 매달리며 어머니가 극구 말렸다.

"안 돼요! 짐승도 그렇게는 못합니다. 나중에 타이르세요."

"어휴, 속 터져. 저런 놈을 자식이라고……."

댓바람에 달려가 문간방의 방문을 박살낼 것만 같던 아버지는 차마 그렇게 하진 못한 채 가슴팍을 쥐어뜯었다. 졸지에 방을 빼앗겨버린 나는 자정이 넘어서야 안방에 양친과 함께 자리를 펴고 누웠다. 밤새 비탄과 통분에 겨운 양친의 한숨 소리가 지겹도록 이어졌다.

양친과는 달리 나는 그날 밤 그다지 큰 걱정은 하지 않았다. 형이 일단 명정(酩酊) 상태를 벗어나기만 하면 한순간의 객기를 후회할 테고, 빠르면 날이 새기도 전에 여자를 우리 집 밖으로 내보낼 것으로 생각했다. 혹은 여자 스스로 면목이 없어 감쪽같이 사라져주리라 여겼다. 예상이 조금 빗나가, 이튿날 아침, 내가 방위 근무를 위해 출근할 때까지 그 여자의 굽 높은 구두 한 쌍이 형의 신발과 함께 문간방의 섬돌 위에 놓여 있는 걸 볼 수 있었다. 퇴근길에선, 아마 지금쯤은 간 지 오래됐거니

했다. 하지만 그건 내 상식에 묶인 속단에 그치고 말았다. 놀랍게도 대문을 열어준 사람이 바로 그 여자였는데 나를 향해 스스럼없이 배시시 웃기까지 했던 것이다. 형수는 그렇게 우리 집에 들어왔다.

양친은 형수의 근본이라도 알고 싶어 했으나, 그것조차 여의치 않았다. 뻔질나게 바깥으로만 나돌던 형이었건만 형수와 잠시도 떨어지지 않은 채 양친 중 누가 형수에게 내력이라도 캐물어볼라치면 전에 없는 신경질을 부렸기 때문이다. 그런 게 뭐가 대수롭냐고 되레 큰소리를 쳤다. 며느리에 대해 양친에게 허락된 정보는, 기껏 '차은옥'이라는 이름과 갓 스물이라는 비교적 어린 나이에 불과했다. 양친은 몹시 개탄했다. 더욱이나 제중병원이라는 명문과 사돈을 맺을 가능성이 다분한 언질을 받은 직후였으니 그 심정이야말로 천국에서 급전직하 나락으로 떨어진 것과 진배없을 터였다. 특히나 영주누나의 미태와 상냥함을 접해본 적이 있는 어머니의 가슴앓이는 곁에서 지켜보기에도 애처로워서 저러다 몸져눕지나 않을까 심히 우려될 지경이었다.

양친의 말마따나 남들이 알까 부끄러운 형의 취처(娶妻) 과정으로만 따진다면 형은 이만저만한 실수를 저지른 게 아닌 건 말할 나위도 없었다. 그렇다면 과연 형의 결혼은 실수였을까? 이 의문을 뒤집으면, '형수라는 여자가 형이 취할 만한 매력이랄까, 품성 같은 걸 갖추었는가?'가 될 것이다. 처음 한동안은 나도 양친과 마찬가지로 형수를 지극히 못마땅하게 여겼다. 말도 하지 않았고 외면으로 일관했다. 아무리 남자의 뜻을 따르기로서니 일면식도 없는 남의 집안에 무단 침입하듯 불쑥 나타나서 어른들의 눈치엔 아랑곳하지 않은 채 그대로 눌러앉은 여자를 도저히 곱게 봐줄 순 없었던 것이다. 게다가 내력에 대해선 왜 함구한단 말인가? 양친은 이 모든 결례에 대해 그녀가 화류계 출신이기 때문에 그럴 것이라는 해답을 찾았다. 그러곤 오물을 뒤집어쓴 양 찜찜해 했다. 그 문제에 관한 한 나는 양친과 견해를 달리했다. 화류계 출신이라고 해서 결혼하지 못할 바도 아니며, 그 상대가 형일 수도 있다는 것이었다. 내 관점은 형수의 전력(前歷)과는 무관했다. 형식이야 어찌 되었건 형이 형수를 아내로 맞이했다는 사실은, 형수에게 형을 매혹시킬 만한 그 무엇이 있을 게 분명한데 그것이 무엇이며 또한 그것이 보편타당한 가치를 가진 것인가에 초점이 맞춰져 있었다. 예컨대 형이, 갑자기 분에 넘치는 조건의 혼처가 나타났다 해서 이게 웬 떡이냐는 듯 배알도 없이 다그치는 격인 양친에 대한 반발로 무작정 여자 하나를 데려왔다거나, 아내라는 존재를 성적(性的) 방출의 대상으로만 여겨 염치도 수치도 모르는 여자를 들어앉혔다면 돌이킬 수 없는 실수가 되는 셈이었다.

   나는 선입견을 배제하려는 노력을 기울이면서 형수를 면밀히 관찰했다. 그 결과는 다소 예상 밖이었다. 하루, 또 하루, 형수를 겪다 보니 그녀를 택한 형을 어느 정도 이해하게 됐던 것이다. 나보다 세 살 아래라 했지만, 이목구비며 몸매며 신체의 모든 부위가 동글동글 귀엽게 생겼고 키와 몸피도 자그마한 그녀는 더욱 어려 보였다. 그녀는 남달리 잘 웃었다. 우리 집에 들어온 경위를 따져선, 상당 기간 죽어지내야 마땅함에도 불구하고 전혀 그렇지 않았다. 그건 낯이 두꺼워서가 아니라 천성이 원래 그런 것 같았다. 시도 때도 없이 깔깔 웃는 모습이 그렇게 천진스러울 수가 없었다. 그럴 때면 백치와 함께 동녀(童女)의 인상이 짙었다. 형수는 또한 자기주장이라곤 없는 여자였다. 고집 부릴 줄도 몰랐으며 매사에 남을 먼저 배려하는 습관이 몸에 배어 있었다. 게다가 한마디로 그녀는 애교덩어리라 할 만했다. 누가 보건 말건, 형에겐 늘상 자기야, 자기야 하며 애완용 강아지처럼 아양을 떨었다. 양친에 대해서도 다르지 않았다. 무람하게도 막내딸이라도 되는 양 어리광을 부렸다. 양친이 눈살을 찌푸리기에 망정이지 오냐, 오냐 했다간 시어머니의 등에 업히겠다고 덤벼들거나 시아버지의 무릎에라도 덥석 앉기라도 할 판이었다. 그럴수록 양친은 죽을 맛이겠지만 나에겐 코미디의 한 장면처럼 여겨져 터져 나오는 웃음을 참느라 돌아서서 손으로 입을 막아야 할 때가 종종 있었다. 그러니까 나쁘게 말해서 그녀는 주책바가지였다. 달리 표현하자면, 걱정도 망설임도 없는 그녀는 현재만을 사는 여자였다. 그녀에게서 교양이나 '깊이' 같은 걸 찾긴 어려웠다. 하지만 가령 한 남자가 평생을 무인도에서 살아야만 하는데 어떤 여자이건 한 여자만을 골라잡아 함께 지낼 권한이 주어진다면, 형수 같은 여자를 선택함이 최선일 것 같다는 생각도 드는 것이었다.

  형 내외가 우리 집에 기거했던 기간은 불과 두 달 남짓이었다. 그동안 아버지는 틈틈이 형에게 형수를 데리고 나가 살 것을 종용했다. 다 자란 나를 부모 곁에 재우기가 불편하다는 건 명목상의 이유였고 꼴도 보기 싫은 형 내외를 하루라도 빨리 집에서 내쫓고 싶어 하는 빛이 역력했다. 양친의 심사가 어떠하리라는 건 당연히 치러야 할 형의 결혼식에 대해서 언급조차 하지 않는 것만 봐도 알 수 있었다. 형은 그렇게 하겠다고 하면서도 돈이 걸린 문제이기 때문인지 어영부영 눌러앉아 있었는데, 그 실행이 불가피해진 일이 갑자기 발생했다. 난데없이 형수의 어머니, 즉 형의 장모라는 중늙은이가 우리 집에 불쑥 땡감을 씹은 듯한 얼굴을 들이밀었던 것이다.

  "내가 은옥이 어미요. 댁이 안사돈 맞지요?"

  그녀는 형수는 본체만체, 어머니에게 대뜸 시비조로 말했다. 흔히 '드럼통'이라고 일컫는 체구에 양쪽 볼의 살이 심술주머니처럼 축 늘어진 여자였다. 게다가 부스스한 머리카락을 뒤통수 위에 둘둘 말아 엉성하게 쪽을 찐 머리하며 후줄근히 걸친 물색 치마저고리에서 궁기가 물씬 풍겨났다. 귀부인 태가 자르르하던 영주누나의 모친과는 너무나 대조적인 방문객의 모습이었다. 어머니는 그때와는 또 다른 주눅이 드는 기색이었다.

  "그럼 댁이 저······?"

마당 구석에 난감한 얼굴을 한 채 웅크리고 서 있는 형수를 손으로 가리키며 어머니가 말했다.

"그렇소. 내가 저 애 어미 되는 사람이오. 그런데 세상천지에 이런 법이 어디 있소? 남의 집 귀한 딸을 소리개 병아리 채가듯 데려가 놓고선 꿩 구워 먹은 소식이라 내가 이렇게 찾아왔소. 쟤가 날 먹여 살리던 딸이란 말이오. 어떻게 할 거요?"

"어떻게 하다뇨? 우린 댁의 딸한테 우리 집에 들어오라고 말한 적도 없어요."

"무슨 소릴 하는 거요? 그럼 쟤가 왜 여기서 산단 말이오? 황서방이 댁의 아들 맞지요?"

"그건 그렇지만, 어른들 말도 안 듣고 자기들 맘대로……."

"좌우지간 댁의 아들이 한 짓이니까 이 댁에서 책임을 져야 할 것 아니요? 이치가 그렇지 않소?"

"대관절 무슨 책임을 지라는 겁니까?"

"그걸 내 입으로 꼭 말해야 하겠소? 댁에서 알아서 할 일이구먼."

"원 세상에, 별소리를 다 듣겠네."

붉으락푸르락해진 어머니는 문간방에 대고 냅다 소리를 질렀다.

"야, 명수야! 네 녀석은 뭐 하고 자빠져 있는 거야? 이리 나와서 말 좀 해봐. 난 모르겠다. 네가 한 짓이니까 네가 알아서 해."

어머니는 치를 떨며 안방으로 들어가버렸다. 낮잠에 취해 있었는지 기척을 보이지 않던 형이 그제야 부스럭부스럭 방문을 열고 나왔다.

"황서방이 집에 있었구먼."

갑작스런 변화가 그 여자에게 일어났다. 형을 보는 순간, 어머니를 대할 때와는 딴판으로 누런 이빨이 드러나도록 헤벌쭉 웃는 것이었다.

"집에까지 찾아와서 이게 무슨 짓이오? 창피스럽게……" 형이 투덜거렸다.

"하도 오래 소식이 없으니까 답답해서 와봤지 뭐. 장모가 사위 사는 집에도 못 와보나?"

"왜 우리 어머니한테 그래 쌓는 거요? 나갑시다. 나가서 얘기합시다."

형이 그 여자의 소매를 잡아끌었다. 형을 따라 순순히 대문 밖으로 나가던 그 여자가 고개를 뒤로 돌리더니 형수를 건너다보며 말했다.

"은옥이 이년아, 그래 황서방하고 사니까 좋으냐?"

"……아이, 몰라." 그때만큼은 그녀가 새침한 표정으로 대꾸했다.

"망할 년."

그 여자와의 얘기가 길어진 건지 형은 한나절이나 지나서 혼자 돌아왔다. 아니나 다를까 그날 밤도 조용히 지나가지 않았다. 낮에 벌어졌던 일을 어머니에게서 전해 들은 아버지가 펄펄 뛰었던 것이다.

"잘한다, 잘해. 이 못난 자식아. 집안 우세시키지 말고 당장 나가거라. 내 더는 못 참는다."

"오는 복을 차버리면 걸귀(乞鬼)가 찾아온다더니……."

어머니도 곁에서 눈물을 찍어내며 아버지를 거들었다.

달리 격노한 아버지를 달랠 길이 없었던 형은, 우리 집에서 그리 멀지 않은 동네의 작은 사글셋방 하나를 얻어 나갔다. 몇 푼 되지 않는 보증금은 아버지가 짐짓 모른 체하는 가운데 어머니가 비상금을 털어 마련해주었다. 아무리 신접살림이라 해도 변변한 세간 하나 없이 형의 옷가지와 이불 보따리 한 뭉치, 그리고 식사도구 따위가 전부라서 한 대의 리어카만으로도 충분히 옮길 수 있는 이삿짐에 불과한 건 어찌 보면 눈물겹기도 했다. 리어카는 형이 어디선가에서 빌려왔다. 그 리어카를 형이 앞에서 끌고 내가 뒤에서 밀었다. 뭐가 그리 신이 나는지 그 와중에도 연신 깔깔거리며 속없이 구는 형수가 밉다기보다는 다행스럽게 여겨졌다.

나로선 처음 가본 그 셋방은 손바닥만 했지만 그런대로 두 식구가 살 만했다. 그러나 그 방에 들어간 그 즉시, 형의 발등엔 불이 떨어졌다. 방사(房事)가 밥을 먹여주진 않는 것이었다. 쫓겨난 건 둘째 치고 아내까지 거느린 채 분가해 나간 형이 집에

다 손을 내민다는 건 말이 되지 않았다. 설령 형이 얼굴에 철판을 깔고 아버지에게 경제적인 도움을 요청한다 한들, 박봉인 아버지에겐 능력 밖의 일이 될 것이 뻔한 현실적인 문제점도 엄존했다. 형은 생전 해본 적이 없는 밥벌이에 바빠졌다. 취직자리를 알아보느라 동분서주했다.

열심히 뛰어다니긴 했지만 형의 구직 활동은 단기간에 구체적인 성과를 얻지 못했다. 나는 다소 풀이 죽어 뵈는 형을 격려하기 위해 가능한 한 자주 형을 찾아갔다. 형수는 늘 웃는 얼굴로 나를 반겼다. 그럭저럭 나는 형수와 농담까지 주고받는 사이가 됐다. 밥은 안 굶었어요? 하고 내가 물으면, 우린 밥 같은 건 안 먹고 살아요. 형님은 술 먹고 살고, 난 그냥 그 곁에서 안주나 집어먹으며 살죠, 하면서 까르르 웃곤 했다. 형수의 그런 웃음은 묘하게도 상대방의 기분까지도 밝아지게 만들었다. 딱 한 번의 예외로 역겹고 씁쓸한 기분을 안고 돌아왔던 때가 있었다. 형의 장모라는 여자를 그 집에서 다시 만났던 것이다. 퇴근 후, 곧장 형의 집에 들러 형 내외와 얘기를 나누며 툇마루에 앉아 있는데 그 여자가 어깃어깃 모습을 나타냈다.

"왜 또 왔어요?" 형이 하나도 안 반갑다는 투로 말했다.

그 여자는 그러나 못 들은 척 다가오더니 내가 비켜준 자리에 털썩 엉덩이를 붙이고 앉았다. 내겐 눈길 한번 주지 않았다. 형수가 내 눈치를 보며 그 여자에게 방에 들어가라고 했지만 여기가 시원하다며 움직이지 않았다. 그러더니 마루 위에 놓인 형의 담뱃갑에서 담배 한 개비를 꺼내 피워 물었다. 형과 형수는 그 여자가 곁에 위치하고부터 말없이 앉아 있었다. 잠시 후 형이 나를 혼자 세워두기가 미안했는지 담배를 들고 와서 내게도 권하고 자기도 피웠다. 나로선 빨리 떠나고 싶기만 한 분위기였다. 그런데, 담배꽁초를 땅바닥에다 아무렇게나 집어던지고 난 그 여자가 접때의 몰염치를 또다시 드러내는 소리를 하는 것이었다.

"황서방, 자네는 장모가 왔는데 퍼뜩 술이라도 한잔 대접할 생각도 안 하나? 만날 내가 먼저 말을 해야만 되나? 그게 배운 사람이 하는 짓이가?"

"내 참, 장모가 무슨 벼슬이라도 되는 모양이네."

당사자도 아닌 내가 듣기에도 기가 막혔으나, 형은 벌써 이력이 났는지 주머니에서 돈을 끄집어내 형수에게 건넸다. 형보다 오히려 내가 더 무안해서, 가겠다고 말하곤 도망치듯 형수를 따라나섰다. 구멍가게 쪽으로 함께 걷다가 형수에게 말했다.

"형수는 어머님하고 하나도 안 닮았네요?"

"그렇겠죠, 수양어머니니까." 그렇게 말한 그녀는 제 풀에 깜짝 놀란 표정으로 갑자기 걸음을 멈추었다. "내 정신 좀 봐. 이건 비밀인데…… 어쩌면 좋아!"

"그럼 형한테도 얘기 안 했어요?"

"그럼요. 수양어머니하고 절대로 말을 안 하기로 단단히 약속을 했으니까요. 형한테 이르실 거죠?" 그녀가 내 눈치를 보면서 말했다.

"어떻게 할까요? 내 생각엔 형이 알아도 상관없을 것 같은데." 나는 웃었다.

"그래도 이르지 마세요. 알더라도 나중에 알았으면 좋겠어요. 아직은 좀 그래요."

"그럼 그렇게 하죠, 뭐."

"정말이죠?"

내가 고개를 끄덕이자 그녀의 눈이 기쁜 빛을 띠었다. 나와 가게 앞에서 헤어지기 직전에 그녀가 변명하듯 말했다.

"배우지 못하고 가난해서 그렇지, 수양어머니는 나쁜 사람이 아니에요."

수양어머니라…… 내겐 다소 생소한 낱말이었다. 혼자 걸으며 나는 착잡한 심정으로 그 의미를 곱씹었다.

형은 근 반년이 지나서야 가까스로 직장을 잡았다. 형의 딱한 사정을 접한 백곰형이 서울에서 사업을 한다는 자기 형님에게 간청을 넣었던 모양이었다. 형의 직장은 그 형님의 사업장이 아니었고 그의 소개를 통해 입사를 허락한 모 건설 회사였다. 그런데 형의 취업엔 한 가지 거북한 조건이 붙어 있었다. 입사 즉시 중동의 공사장으로 떠나 거기에서 2년 이상 근무해야만 한다는 것이었다. 게다가 형에게 맡겨진 업무가 일반 사무직이 아닌 노무 관리였다. 인사 담당자가 면접 시에 전임이 기능직들에게 몰매를 맞아 중상을 입고 귀국했다는 사실을 털어놓더라는 것으로 미루어 그 회사가 사준 건 다른 무엇보다도 형의 완력인 것 같았다. 다급했던 형은 그나마도 감지덕지하는 눈치였다. 형의 장래에 무척 신경을 쓰고 있던 나도 어쨌거나 한시름 놓은 기분이었다.

형이 김포공항을 통해 출국하는 날은 그해 첫눈이 내렸다. 나는 형수와 함께 형을 배웅하러 공항으로 나갔다. 형수는 남들의 시선은 아랑곳하지 않은 채 회사 마크가 새겨진 형의 가슴에 얼굴을 파묻고 엉엉 소리 내 울었다. 형은 1년만 기다리면 휴가를 나온다는 말로 형수를 다독거렸다.

"너라도 형수를 자주 찾아줘라. 부탁한다."

형은 내게 그 말을 남기곤 찡그린 건지 웃는 건지 모를 얼굴을 한 채 손을 흔들며 탑승구 안으로 모습을 감추었다.

6

그날, 공항 출국장에서의 이별을 생각하면 지금도 내 가슴이 미어진다. 그것이 훗날, 형과 형수가 서로에게 영원한 작별을 고하는 장면으로 화(化)해버렸던 것이다. 그렇게 만든 건 형수였다. 어느 날 갑자기 흔적도 없이 홀연 사라진 형수에게 대관절 무슨 일이 일어났던 것일까? 그 의문은 당시나 지금이나 풀리지 않는 수수께끼로 갖가지 억측은 가능했지만 분명한 것은 하나도 없었다. 하지만 그녀가 행방을 감추기 직전, 그러니까 형이 휴가를 나오기 며칠 전까지도 그녀에게 어떤 사전 계획이나 음모 같은 건 없었으리라고 나는 확신한다. 형이 떠나기 전에도 그랬고, 공사 현장에서 보내온 편지를 통해서도 재차 부탁한 바가 있어, 일주일이 멀다 하고 형수를 찾아가 곁에서 죽 지켜본 내 느낌이 그랬다. 만약 그녀가 웃는 얼굴의 이면에 다른 얼굴을 감추고 있었다면 사람 보는 눈이 그다지 어둡지 않은 내가 육감으로라도 알아차렸을 것이었다. 형수가 요조숙녀는 되지 못할지언정 악녀도 아니라는 게 나의 굳은 믿음이었다.

한번은 이런 일도 있었다.

그날도 퇴근 후였는데, 그녀를 찾아가는 도중에 그만 갑작스런 소나기를 만났다. 퍼붓듯 쏟아지는 폭우였다. 우산을 챙기지 않은 상태에서 비를 그을 처마조차 찾지 못했던 나는 삽시간에 방위군복을 흠뻑 적시고 말았다. 낭패였다. 비는 금방 그치긴 했어도 물에 빠진 생쥐 꼴이라 발길을 되돌릴까 망설였다. 하지만 이미 지척에까지 와 있었고 형수와 체면을 가릴 사이도 아니라는 생각에 내처 걸었다.

목욕 가운 비슷한 드레스를 입고 대본소에서 빌려온 만화책을 뒤적이고 있던 형수는 내 몰골을 보곤 깜짝 놀라 부산을 떨었다. 서둘러 형의 헌 남방셔츠와 파자마 바지를 건네주곤 바깥으로 나갔다.

"천천히 갈아입으세요. 전 가게에 좀 갔다 올게요."

방문 밖에서 그녀의 목소리가 들렸다. 날씨 탓인지 전에 없이 형수의 화장품 냄새가 물씬 풍기는 방 안에서 나는 옷을 갈아입었다. 남은 아니라 해도 젊은 여자 혼자 기거하는 방에서 팬츠만 걸친 아랫도리에 얇은 파자마 바지를 입자니 기분이 이상했다.

형수는 내용물이 꽉 찬 큼지막한 비닐봉지를 가슴에 안고 돌아왔다. 봉지 안에서 병맥주와 포장된 마른안주들이 나왔다. 그녀는 조그마한 포마이카 밥상을 방 한가운데에 펴곤 내 첫 잔을 채워주었다. 그러고 보니 그녀와 단둘이 술자리를 벌이기도 처음이었다. 그녀는 반 잔쯤 비우곤 더 이상 마시지 않았다. 마실 줄 모른다고 했다. 그녀는 내 방위병 근무에 대해 이것저것 질문을 하다가 조금만 재미난 대목이 나오면 소리 내어 웃었다. 특히나 기합 받는 얘기를 할 땐 배를 잡고 웃음을 그칠 줄 몰랐다. 그녀는 웃기 위해 태어난 여자 같았다. 형수라기보다 귀여운 여동생 같은 느낌이었다.

집에서 함께 지낼 때부터 익히 알고 있었지만 그녀는 웃을 때, 형의 어깨나 넓적다리를 주먹 쥔 손으로 가볍게 때리는 버릇이 있었다. 서 있을 땐 어깨를, 그리고 앉아 있을 땐 넓적다리를. 하지만 나한테는 그랬던 적이 없었는데, 둘이서 친구처럼 어울리다 보니 격이 없다고 여겨서인지 그 버릇이 다시 튀어나왔다. 작은 술상을 앞에 놓고 나와 직각 방향으로 앉은 그녀가 주먹으로 내 넓적다리를 건드릴 때마다 그녀의 무릎이 내 무릎에 와 닿았다. 나는 그녀의 손동작이며 하체의 접촉에 자꾸만 신경이 쓰였다. 그녀는 그러나 그걸 조금도 의식하지 못하는 게 틀림없었다.

 맥주 두 병을 비웠을 때, 그녀가 형이 보내온 편지들을 서랍장 속에서 끄집어냈다. 매주 한 번 이상 편지가 온다는 얘기를 들었는데, 그동안 쌓인 것들이 제법 수북했다. 그녀는 내게 편지들을 건네주며 이 대목 저 대목을 읽어보라고 했다. 그런데 그것들이 대체로 부부 사이에서만 가능한 에로틱한 표현을 담은 구절들이었다. 나는 내가 왜 이런 것들을 읽어봐야 하느냐며 손을 내저었다. 그러자 그녀가 짓궂게 자꾸만 편지를 내 눈앞에 들이미는 것이었다. 그녀는 형이 자기를 얼마나 예쁘게 여기는지 자랑하고 싶어 그러는 것 같았다. 우리는 어깨를 비벼대며 실랑이를 벌였다. 나는 고개를 돌려 피하고 그녀는 덤벼드는 양상이었다. 술상이 다 뒤집어질 듯 들썩거렸다. 그러다가 덤벙댐이 지나쳐 순간적으로 몸의 균형을 잃은 그녀가 엉겁결에 한쪽 손으로 내 사타구니를 짚고 말았다. 내 쪽으로 기울어진 상체를 지탱하느라 손바닥에 체중이 확 쏠린 탓으로 그녀는 미처 그 손을 즉각 떼어내지 못했다. 그 바람에 진즉 발생했던 내 몸의 비밀이 속절없이 그녀에게 들켜버렸다. 그녀의 손이 딱딱한 막대기 하나를 움켜쥔 형국이었던 것이다.

 이윽고 그녀의 손이 내 몸에서 떨어졌을 때, 나는 얼굴이 화끈거려 쥐구멍이라도 찾고 싶었다. 고개를 들 수도 없었고 무어라 변명하기도 어려웠다. 좀더 거리를 두고 앉은 그녀도 웃음을 거둔 채 침묵을 지켰다. 1분쯤 지났을 때, 그녀에게서 가느다란 한숨 소리가 흘러나왔다. 역으로 나는 호흡을 삼켰다.

그녀는 소리 없이 몸을 일으켰다. 그러곤 골목으로 면한 창문을 닫고 커튼을 내리는 것이었다. 방 안이 다소 어두워졌다. 나는 그녀의 행동이 몹시 두려웠다. 가슴이 마구 뛰었다.

그녀의 의도는 그러나 내 예상과는 조금 달랐다. 그녀는 화장대 위에 놓여 있던 밀크 로션이 든 병을 집어 들고 내 곁으로 다가와 속삭이는 것이었다. 누우세요. 나는 질끈 눈을 감은 채 그녀의 지시에 순응했다. 그녀의 손에 의해 파자마와 속옷이 내 무릎 아래로 내려졌다. 다음 순간, 따뜻하고 미끈미끈한 손의 감촉이 내 몸의 경직된 부위를 어루만지듯 오르내리기 시작했다. 나는 그다지 오래 견디지 못했다.

"에그, 누가 총각 아니랄까봐. 형한테 다 일러바쳐야지. 혼내주라고."

싱크대에서 손을 씻고 방으로 들어오면서 그녀는 짐짓 토라진 어조로 말했다. 그러곤 여전히 고개를 들지 못한 채 우두커니 방구석에 앉아 있는 내 어깨를 주먹으로 두드리며 킥킥댔다.

"……미안해요" 하고 나는 간신히 입을 뗐다.

"괜찮아요. 너무 그렇게만 생각하지 마세요. 그러면 오히려 더 이상하잖아요. 생리적인 걸 어떡하겠어요. 하지만 이번 한 번뿐이에요. 알았죠?"

나는 고개를 끄덕였다. 그녀는 기왕 사 온 술이니 다 마시고 가라며 남은 한 병의 마개를 땄다.

그녀는 그 후 아무 일도 없었다는 듯이 나를 대했다. 조금은 나를 자극하는 행동을 자제하는 듯했지만, 내게 눈치를 보일 정도는 아니었다. 나는 그런 그녀에게 고마움을 느끼며 전과 다름없이 틈틈이 그녀를 찾아갔다.

내가 형수가 사라져버린 사실을 발견한 것은 형의 휴가가 임박한 때였다. 일주일 전쯤에 형의 귀국 날짜를 회사에서 통보 받아 내게 알려준 사람도 그녀였다. 그녀는 잔뜩 들떠 있었다. 나는 형이 도착하기 전전날 저녁, 공항으로 나갈 일정을 의논하기 위해 그녀를 찾아갔다. 그런데 놀랍게도 방이 휑뎅그렁하니 텅 비어 있는 것이었다. 더욱 놀라운 건 집주인이 이르기를 그녀가 간밤에 소형 트럭에다 짐을 싣고 이사를 갔다는 것이었다. 하도 급하다고 조르기에 다른 세입자가 들어오기도 전에 까짓, 얼마 되지 않는 보증금을 내줬다고 덧붙였다. 나로선 도무지 알 수 없는 일이었다. 그녀가 왜 나한테도 알리지 않고 이사를 갔단 말인가? 형이 부쳐준 돈을 모아 좀더 번듯한 방을 구했나 싶기도 했다. 해외에서 받는 봉급은 국내의 그것에 비해 두세 배는 된다고 들었다. 그러니까 모르긴 해도, 형이 1년 동안 송금해온 돈을 착실히 모았다면 아예 작은 집을 살 수도 있을 것이었다. 하지만 그게 왜 그리도 급했단 말인가?

혹시 그녀가 우리를 깜짝 놀라게 만들기 위해 혀를 날름 내밀며 공항에 나타나지 않을까 하는 실낱 같은 기대를 버리지 않았는데 형을 다시 만나 함께 한 시간 이상이나 기다려봐도 종무소식이었다. 형도 그녀에게서 이사 간다는 연락을 받지 못했다고 했다. 나는 비로소 뭔가 심상찮은 일이 벌어졌다는 사실을 확연히 깨달았다. 형은 내 얘기를 좀체 믿으려고 하지 않았다. 그럴 리가 없다는 것이었다.

귀국의 기쁨을 누리긴 고사하고 머물 장소마저 없어져버린 형은 하는 수 없이 우리 집에다 행장을 풀었다. 그러곤 곧장 찬바람이 부는 거리로 형수의 행방을 찾아 나섰다. 장모를 만나보기만 하면 의문이 곧 해소될 것이라고 장담했다. 하지만 형은 어두운 얼굴로 돌아왔다. 소식을 접한 장모가 펄쩍 뛰며 되레 형에게 딸을 찾아내라고 떼를 쓰더라는 것이었다. 형은 휴가 기간 내내 새벽같이 나갔다가 밤늦게야 귀가했다. 혹시나 해서 거의 매일 장모를 찾아가고 그 밖에 형수가 갈 만한 데를 이 잡듯 훑고 다니는가 하면 조금이라도 형수와 걸리는 사람이면 빠짐없이 만나보는 모양이었다. 그러기만 해도 고단할 텐데 늘 술에 취해 돌아와 옷도 벗지 않은 채 쓰러져 잤다.

마침내 스무 날인 휴가 기간이 다 지나가자 형은 더욱 난처해졌다. 공사 현장으로 돌아가야 할지 말아야 할지 고민에 빠졌던 것이다. 형은 그 문제를 두고 나한테도 의견을 물어보기도 했는데, 내가 이래라 저래라 할 입장이 되지 못했다. 처음에는 거봐라, 이놈아 하며 고소하게 여기는 듯 형이 들어오든 나가든 백안시하던 양친도 사태가 그 지경에 이르자 은근히 걱정이 되는 눈치였다. 내게서 형이 회사를 그만둘지도 모른다는 얘기를 들은 아버지는 그날 밤 당장 형을 불러 앉혀놓곤 그런 일을 당해서 심히 괴로울 테지만 그렇다고 사내대장부가 직장까지 내팽개쳐선 안 된다고 타일렀다. 작심하고 남편이 피땀 흘려 번 돈을 몽땅 챙겨 도망친 년을 찾아내기도 쉽지 않겠지만, 설사 찾는다 해도 그런 년과 다시 합치지도 못할 테니 미친개에게 한 번 물린 셈 치고 새 출발을 하라고도 했다. 하지만 형은 형수가 절대로 그런 짓을 할 여자가 아니라고 우겼다. 그러니까 어떻게든 만나서 그 경위를 알아봐야만 한다는 것이었다. 넌 눈이 먼 거냐? 무슨 일이 벌어졌는지 네 눈으로 뻔히 보면서도 아니라고만 할 거냐? 답답해진 아버지가 언성을 높임으로써 모처럼 행해진 부자간의 대화조차도 순조롭게 끝을 맺지 못했다.

업무에 복귀하라는 회사의 재촉이 심해지자 형은 결국 사표를 냈다. 형수의 행방이 여전히 오리무중인 가운데 도저히 그냥 떠날 순 없다는 것이었다. 그 무렵에 이르러서는 더 이상 찾아볼 장소나 만나볼 사람이 없을 것 같았지만 형은 하루도 집에서 쉬는 날이 없었다. 핏발이 가시지 않은 눈에 초췌해질 대로 초췌해진 기색인 채 혹한이 강습한 날이건 눈보라가 몰아치는 날이건 형수에 대한 수색을 멈추지 않았다. 나는 저러다 형이 미치진 않을지라도 어떤 정신적 장애를 겪게 되지나 않을까 염려스러웠다. 그것과는 별도로, 한 가지 내가 이해하기 어려운 점은 형이 단 한 번도 형수를 원망하거나 비난하는 말을 내뱉지 않는다는 사실이었다. 어머니는 그런 형을 두고 밸도 쓸개도 없는 놈이라고 탄식해 마지않았지만 단순히 그렇게만 여기기도 곤란했다. 하루는 형이 다른 때와는 조금 덜 취해 들어와서 내게 이렇게 물었던 것이다.

"너도 네 형수가 내 돈을 갖고 튀었다고 생각하고 있어?"

"글쎄……" 나는 그런 질문을 던지는 형의 의도를 모르는 바가 아니었지만 솔직히 대답했다. "그렇게밖에 볼 수 없잖아. 그렇잖음 왜 나타나지 않겠어?"

"그 친구가 그럴 여자로 뵈데?"

"아니, 전혀. 그래서 나도 참 이상하다고 생각해."

"아니라는 생각이 들면 아닌 거야. 그 친구는 그런 짓 못해."

"그렇지만 현실을 무시할 수도 없잖아. 누구한테 납치를 당했다면 집주인에게 보증금을 내달라고 했을 리도 없구. ……이런 말 하기 뭣하지만 형의 장모가 형수를 빼돌리진 않았을까?"

"그렇진 않아." 형은 고개를 저었다. "장모도 울고불고 난린걸."

"경찰에 신고를 하면?"

"그래서 될 일 같으면 벌써 신고했지. ……암튼 내가 찾아내고 말 거야. 두고 봐."

형이 눈빛을 세우며 말했다. 말이 나온 김에 또 하나 궁금했던 점을 내가 물었다.

"만약에 형수를 찾긴 했는데 돈을 다 써버렸다면 그래도 다시 살 거야?"

"내가 돈 때문에 그 친구를 꼭 찾겠다는 건 아냐. 그건 말이야……."

말꼬리를 흐려놓고 잠시 침묵을 지키던 형이 이윽고 서글픔이 묻어나는 어조로 중얼거리는 것이었다.

"…… 착하고 불쌍한 애이기 때문이야."

그 말을 들었을 때, 나는 이런 느낌을 강하게 받았다. 형은 자신을 버리고 도망간 형수를 미워하기는커녕 못내 그리워하고 있다는. 형은 의심할 여지가 없는 그녀의 배신 행위를 그녀에게 닥친 피치 못할 사고와도 같이 여기는 것 같았다.

그 겨울은 형의 일생을 통해 가장 혹독한 겨울이었을 것이다. 봄이 왔을 땐, 집념의 화신 같았던 형도 어지간히 지쳐 보였다. 형은 조그만 단서 하나조차도 찾아내지 못하고 있었다. 그러나 형은 그 정도에서 포기할 기색은 아니었다. 이따금 친구들을 만나기도 했지만 주로 하는 일은 여전히 형수를 수색하는 일이었다.

그 봄이 다 가기 전에 나는 형이 뜻한 바 목표를 이루거나 정상을 회복한 모습을 보지 못한 채 집을 떠나야만 했다. 방위병 근무를 마치자마자 서울에 있는 어느 상사(商社)에 취직이 결정된 때문이었다. 내가 서울로 올라가던 날, 형이 역까지 바래다주었다. 차창 밖으로 멀어져가는 형을 바라보며 나는 형이 하루 빨리 형수와 다시 만나게 되기를 진심으로 바랐다.

7

 내 직장 생활은 정신없이 바쁜 나날의 연속이었다. 명절이 와야만 고향 집에 내려갈 수 있었으므로 형이나 양친의 얼굴을 볼 기회는 한 해 두어 번에 불과했다. 그럴 만큼 업무에도 부대꼈지만 고객 접대를 위한 술자리나 직원들 간의 회식도 잦았던 탓에 형에 관한 일을 까맣게 잊고 지낼 때가 많았다. 내가 형을 떠올리는 건 어쩌다 집과 전화 통화를 할 때 외에는 드물었다. 그것도 형과의 직접 통화는 거의 이루어지지 않았다. 전화는 주로 어머니가 받았는데 형은 열에 아홉은 집에 없었다. 형의 근황을 물어볼라치면 어머니는 한숨부터 내쉬며, 쓸데없는 일에 신경 쓰지 말고 네 일이나 잘 해라, 고만 할 뿐, 더 이상 말하기를 싫어하기 일쑤였다. 나는 그 우회적인 답변에서 형의 방황이 여전히 진행 중임을 짐작하곤 했다.
 2년쯤 지났을 때, 한번은 어머니가 형이 근자에 와서 집에다 조금씩이나마 생활비를 내놓는다고 신통하다는 듯이 말했다. 취직을 했느냐고 물었더니 그런 건 아닌 것 같다고 했다. 일반적인 출근 시간에는 관계없이 느지막이 외출한다거나 돈을 들여놓는 날짜나 액수가 일정하지 않은 걸로 미루어 그렇다는 것이었다. 추석 휴무 기간에 집에 내려갔을 때, 형에게 그 얘기를 슬쩍 비춰봤는데 가끔 용돈이나 벌어 쓸 일거리가 생긴 것뿐이라고 얼버무렸다. 꼬치꼬치 캐묻던 건 어릴 적의 일이었고 나는 그 정도의 대답을 듣는 것만으로 만족해야만 했다. 같은 맥락에서, 아픈 기억을 되살릴 건 없다고 여겨 형수를 포기했는가의 여부에 관해서도 나는 의식적으로 질문을 삼가왔다. 내가 서울로 떠난 이후, 형도 그 문제에 관한 한 일절 입을 떼지 않았다. 나는 형이 차츰 형수를 잊어간다고 생각했다. 세월이 약이란 말이 유행가 가사에도 있는 것이었다. 하지만 형수가 사라진 지 5년이 지난 어느 날의 대화에서 형의 집착이 그때까지도 빛이 바래지 않았다는 사실을 깨닫곤 나는 적이 놀랐다.

내 나이가 서른을 훌쩍 넘어서자 양친은 수시로 전화를 걸어 혼기를 놓쳐선 안 된다고 성화였다. 고향에 내려와 맞선을 보라기도 했고 사귀는 여자가 있으면 집에 데려와보라기도 했다. 하긴 내게 여자가 없는 것도 아니었다. 거래처의 경리부 직원이었는데 몇 차례의 데이트 끝에 이미 내 신붓감으로 점찍어둔 여자였다. 한데, 결혼 문제를 생각하면 늘 형이 마음에 걸렸다. 형의 허락을 받아야 한다고 할 것까진 없었지만 사전에 언질 정도는 줘야 도리일 것 같았다. 어쨌거나 형은 홀몸인 데다 내 손위이기 때문이었다.

휴일을 틈타 고향에 내려간 나는 모처럼 형을 바깥에서 만났다. 형과 나는 주점을 겸한 음식점을 찾아 들어가 식탁을 사이에 두고 마주 앉았다.

"웬일이야? 바쁠 텐데 갑자기 내려와서." 형이 의아해 했다.

"형하고 의논 할 일이 좀 있어서 왔어."

"그래에……? 네가 나하고 그럴 일이 다 있어? 뭔데?"

"노친네들이 자꾸 결혼하라는 얘기를 해서 말이야. 귀찮아 죽겠어."

나는 짐짓 너스레를 떨었다. 형이 재미있다는 듯이 웃었다.

"그럼 하면 될 거 아냐. 네 나이가 몇이냐? ……근데 결혼할 여자는 있어?"

"있긴 있어."

나는 내가 사귀는 여자에 대해서 간략히 형에게 소개했다. 형은 미소를 띠며 듣다가 시원스레 말했다.

"됐네. 그만하면 너하고 잘 어울리겠다. 까짓거, 다음 달에라도 결혼해버려. 시간 끌 이유도 없잖아?"

"그래도……" 나는 좀 사이를 두다가 말을 이었다. "형이 먼저 결혼을 하는 게 순서가 아니겠어? 재혼이라고 해야 옳을지 모르지만."

"너 지금 무슨 소릴 하는 거냐?"

형은 눈을 크게 뜨고 나를 응시했다. 표정이 자못 심각했다. 나는 형이 왜 그런 반응을 보이는지 이해하기 어려웠다.

"명환아……" 잠시 그 상태를 유지하던 형이 나지막한 목소리로 다시 입을 열었다. "너도 알다시피 난 이미 결혼한 몸이다. 그런데 무슨 결혼을 다시 하라는 거냐?"

"다 끝난 일 아냐?"

를 낳았다 해서 결코 자신의 처지를 비관할 형이 아니건만, 안 그래도 자주 만나지 못해 소원해지기만 하던 형과의 관계가 한층 멀어진 듯한 느낌이었다. 한데, 알지 못하는 곳에서 그때 벌써 세상에 나온 형의 딸자식 하나가 자라고 있을 줄 어떻게 알았겠는가!

내 아내가 둘째 아이로 딸을 낳은 지 몇 달 지난 한겨울의 어느 날이었다. 잠자리에 들 시각에 전화벨이 울렸다. 누군가 했더니 뜻밖에도 형이었다. 형은 내가 사는 아파트 앞 상가 안에 있는 통닭집에 와 있다며 잠시만 나오라고 했다. 집에 올 것이지 왜 거기 있느냐고 물었더니 나와보면 안다고 대답했다. 게다가 혼자 나오라는 말까지 덧붙이는 것이었다. 그러는 것도 이상했지만 전례가 없었던 형의 느닷없는 방문이라 좋지 않은 일일 것 같다는 느낌을 떨치지 못한 채 나는 옷을 껴입고 상가로 나갔다. 하지만 그날 밤, 그 장소에서 내가 맞닥뜨린 건 좋다거나 좋지 않다고 규정지을 수 없는, 한 사내의 기상천외한 삶의 방식이었다.

구석 자리를 차지한 형은 흐릿한 불빛 속에 앉아 있었다. 그런데, 이미 절반쯤 비운 생맥주 잔과 손을 댄 흔적이 있는 닭튀김 접시가 얹힌 테이블 건너편에 앉고 보니 형 자신은 혼자가 아니었다. 웬 아이 하나를 옆자리에 동반하고 있는 것이었다. 서너 살이나 됐을까, 머리 모양이나 생김새로 봐서 여자아이가 틀림없었다. 그 아이는 경계하는 눈빛으로 나를 흘끔흘끔 올려다보면서 닭다리를 작은 입에 대고 오물오물 뜯고 있었다.

"쟤는 누구야?" 나는 눈을 휘둥그렇게 뜨며 형에게 물었다.

"누구긴 누구겠어? 내 딸이지." 형은 웃지도 않은 채 대꾸했다.

"정말이야?" 나는 얼떨떨했다.

"정말이지 그럼. 언제 내가 거짓말하는 거 봤어?"

"허어, 참!"

탄성이 절로 내 입에서 터져 나왔다. 하긴 형이 그 나이에 이르도록, 굳세게 정조를 지키는 청상(青孀)처럼 지냈을 리는 만무했다. 모르긴 해도 여자 앞에서 허리띠를 풀어야 할 경우가 심심찮게 있었을 터이고 그러다 보면 원했든, 원치 않았든 아이가 생길 수도 있는 노릇이었다. 그건 형수에 대한 포기 여부와는 무관한 일일 것이었다. 내 상상은 고작 그 범위를 벗어나지 못했다.

"애 엄마는 어디 있어?"

당연히 이어질 수밖에 없는 내 질문에 대해 왠지 형은 곤혹스런 표정을 한 채 잠시 침묵을 지키다가 꺼져가는 목소리로 대답했다.

"……죽었다."

그랬구나. 그래서 형이 혼자서 아이를 데리고 다니는구나. 그 말을 듣자, 언제 감았는지 모르게 잔뜩 기름이 낀 형의 머리카락과 며칠은 내버려두었을 것 같은 길게 자란 수염이 새삼스레 눈에 들어왔다. 한동안 우리는 묵묵히 술잔을 비웠다. 아이는 나와 눈길이 마주치면 움츠리며 고개를 돌렸다가 슬며시 다시 쳐다보곤 했다. 형이 이따금 튀김 부스러기가 묻은 아이의 입술 언저리를 냅킨으로 닦아주었다.

"애 엄마가 어쩌다 그렇게 됐어?" 아이가 측은해 보여 내가 물었다.

"유방암이었다는데 암세포가 전신에 퍼졌었나봐."

"차암. 요즘은 왜 그리도 암이 흔한지…… 근데 누구였어, 애 엄마가?"

나는 무심코 그렇게 물었다. 그러다 형의 입에서 튀어나온 대답을 듣곤 그야말로 귀를 의심하지 않을 수 없었다.

"그 친구지 뭐. 차은옥이라는 여자. 네 형수……"라고 형이 말했던 것이다.

"뭐어!? 그럼 형이 형수를 다시 만났다는 말이야?"

"그런 셈이지……" 형의 대답은 애매모호했다.

"무슨 대답이 그래? 대관절 어떻게 된 거야? 속 시원히 얘기 좀 해봐."

"그러자꾸나. 다른 사람은 몰라도 너한테만은 사실을 사실대로 알려주고 싶었다. 그래서 이렇게 찾아온 거구. 나 지금 막 목포에서 올라오는 길이야. 실은 오늘 점심 녘에 애 엄마 장사를 지냈어. 아침 일찍 화장을 해서 애 데리고 바닷가에 나가 물에다 뼛가루를 뿌린 걸로 끝났으니 장사랄 것도 없지만."

형은 아직 거기에 무엇이 묻어 있다고 생각하는지 양 손바닥을 번갈아 들여다보았다. 그러곤 술잔을 기울여 목을 축이고 나서 얘기를 계속했다.

"그저께 새벽에 밖에서 '황명수씨! 황명수씨!' 하는 여자 목소리가 들리는 거야. 어떤 여자가 꼭두새벽부터 날 찾나 하고 나가봤더니 낯선 여자 하나가 골목을 왔다 갔다 하면서 소리를 지르고 있더군. 우리 집을 정확히 모르는 눈치였어. 그래서 내가 바로 그 사람인데 무슨 일이냐고 물었지. 그러자 자기는 간호사인데 차은옥이라는 환자가 간곡히 부탁을 하는 데다 워낙 사정이 딱해 보여 목포에서 밤차를 타고 왔다는 거야. 게다가 환자가 몹시 위급하다는 거였어. 나는 그길로 그 여자하고 목포로 내려갔어. 기차간에서 그 여자가 환장할 소리를 하더군. 죽어가는 환자가 그토록 애타게 찾는데 왜 아직 모르고 있는 거냐고. 환자 옆에 아무도 없느냐고 물었더니 밤낮으로 네 살배기 딸 하나만 꼭 붙어 있을 뿐이라며 어른이 있었다면 왜 자기가 왔겠냐고 되물었어. 그러면서 갈 때까지 제발 무슨 일이 일어나지 않아야 할 텐데 하고 자기 딴에 걱정을 하는데 불길한 예감이 확 들더군. 그래도 설마, 했지. 사람 목숨은 질긴 거니까. 하지만 병원에 도착했을 땐, 그 친구가 이미 서너 시간 전에 숨을 거둬버려 영안실에 안치돼 있었어. 확인하라고 시신을 보여주는데 그 친구가 틀림없더구먼. 병 때문인지 형편없이 마른 얼굴이긴 했지만……."

형은 허탈하기 그지없는 표정으로 새 담배에 불을 붙였다. 어림잡아 십 년 만의 재회였다. 그렇지만 그걸 재회라고 할 수 있을까? 형수의 나이 겨우 서른. 죽기에는 너무 아까운 나이였다. 그건 그렇고, 그처럼 어이없는 방법으로 형을 떠났던 그녀가 무슨 염치로, 왜 형을 자신의 임종에 불러들이려 했을까?

"유서나 유언 같은 건 없었어?" 내가 물었다.

"전혀……" 형이 고개를 저었다. "뭐가 있을까 해서 병원에 남아 있는 주소를 들고 살던 집에도 찾아가봤는데 뒤져보고 자시고 할 것도 없더라. 그런 방에서 어떻게 애까지 데리고 살았는지 몰라."

"대체 뭐 하고 살았대?"

"아닌 게 아니라 나도 그게 궁금해서 집주인 아낙에게 물어봤더니, 어딘지는 모르지만 선창 가에 있는 선술집들 가운데 어느 한 집에서 일하는 것 같았다고 어물어물하더군. 아마 작부 노릇을 했을 테지. 작년부터 그 방에 세 들었다는데 남자는 한 번도 보지 못했다는 얘기도 들었어."

"그전엔 어디서 어떻게 살았을까?"

"그걸 누가 알겠어. 또, 알아봤자 이젠 소용도 없구."

긴 한숨이 형의 입에서 흘러나왔다. 형의 그 한숨엔, 형수의 기구한 삶에 대한 연민과 장장 10년을 끌어오다 무산되고 만 자신의 집념에 대한 회한이 함께 뒤섞여 있을 터였다. 그런 형의 심경을 헤아리자면 당장은 안됐다고 여길 수밖에 없지만 결과적으로는 차라리 잘된 일인지도 몰랐다. 주검과의 만남일지라도 어쨌건 재회를 한 셈이니까. 형은 이제 형수에 관한 기억을 말끔히 털어버리고 오랜 방황의 질곡에서 벗어날 수 있을 것이었다. 그런데……, 저 아이는 또 뭐란 말인가? 딸이라구? 미쳤지! 그리고 보니, 형수는 유언을 남기지 않은 게 아니었다. 자신이 죽고 나면 사고무친이 될 어린 딸을 남겨놓고 차마 눈을 감지 못했을 것이다. 언젠가 자신이 수양딸이라고 밝혔던 그녀는 딸이 어떤 처지에 놓이게 될지 누구보다도 잘 알기에 더욱 그러했을 것이다. 그리하여 이 세상에 누가 과연 딸을 맡아줄까 고민에 고민을 거듭하다가 결국 형밖에 없다는 결론을 내렸을 것이다. 하지만 그럴 자격이 그녀에게 털끝만큼이라도 있는 것일까? 천부당만부당하다는 건 바로 이런 경우를 두고 하는 말인 게 틀림없었다. 정신 나간 형은 바야흐로 덤터기를 뒤집어쓸 위기에 처해 있는 것이었다. 그냥 놔뒀다간 큰일 날 것만 같았다.

"그런데 말이야, 형!" 나는 가슴을 졸이며 말했다. "아까 쟤가 형의 딸이라고 했는데 그게 무슨 소리야?"

"네가 무슨 얘기를 하려고 하는지 내 다 아니까, 길게 얘기할 것 없이 한마디로 끝내자. ……이 아이는 내 딸이다. 그 이상은 말하고 싶지 않다."

형은 단호한 어조로 잘라 말했다. 형의 성격을 익히 아는 나는 그만 맥이 탁 풀렸다. 형이 그렇게 나올 땐, 어떠한 말로 설득하려 해봤자, 이미 물 건너간 일인 것이었다. 문득 '대협'이라는 형의 별칭이 떠올랐다. 여자가 떠난 지 10년인데 네 살 먹은 딸이 다 있다니. 대협의 계산법은 범인의 그것과 확실히 다른 모양이었다. 게다가 엉뚱하기로 따진다면, 형이나 형수나 막상막하인 셈이었다. 목구멍에서부터 비집고 나오려는 실소를 애써 참으며 나는 사족이나 다름없는 질문이나 던질 수밖에 없었다.

"나중에 후회하진 않을까?"

"그런 걱정은 마. 나를 잘 알면서도 그래. 그리고 너, 노친네들에겐 절대로 애 엄마가 누군지 밝히지 말고 모른 척해. 그걸 알았다간 애를 당장 쫓아내려고 할 테니까. 밖에서 애가 생겨 기르다가 갑자기 애 엄마가 죽는 바람에 집에 데려왔다고 내가 말할 거니까 너도 그런 줄 안다고 해. 실은 집에 바로 가려다가 너하고 미리 말을 맞추려고 여기 먼저 온 거야. 눈치 빠른 네가 노친네들한테 딴소리를 하면 곤란해질 것 같아서. 애 얼굴을 자세히 봐. 어딘지 제 엄마 닮지 않았어?"

형은 그 말을 끝으로 서둘러 자리를 떴다. 자정이 넘어 떠나는 막차를 타고 집에 내려가겠다는 것이었다. 내가 우리 집에서 자고 가라고 했지만 말을 듣지 않았다. 형의 품에 안겨 가는 아이에게 내가 손을 흔들자 처음으로 웃음을 보였다.

남태평양

8

 지애(志愛)를 볼 때면 형수가 생각나곤 한다. 이목구비가 죄다 동글동글 귀여운 얼굴 생김새나 목젖이 들여다보이도록 깔깔대고 웃는 태가 영락없는 그 옛적 형수의 모습이다. 벌써 여고 2학년, 젖가슴이 봉긋한 게 처녀티가 완연하다. 중학교에 다닐 때까지만 해도, 그 애가 삼촌이라고 부르는 내가 살며시 다가가 뺨에 뽀뽀를 하면 까르르 웃으며 달아나곤 했는데 이젠 그렇게 하기도 어렵게 됐다. 그 애마저 없었다면 어머니의 만년이 무척 외로웠을 것이다. 지병이던 천식이 악화돼 비교적 이른 나이에 세상을 떠난 아버지도 생전에 그 애를 늦게 얻은 딸처럼 애지중지했다. 그 애는 마치 우리 집안에 끼친 죄업을 씻기 위해 형수가 세상을 떠나면서 바친 선물처럼도 여겨진다. 집집마다 승용차를 굴리는 시대가 도래한 탓에, 나는 예전보다는 훨씬 자주 고향 집에 내려간다. 어머니를 찾아뵙는 게 주된 목적이지만 티 없이 자라나는 그 애를 지켜보는 즐거움 또한 빼놓을 수 없다.
 명색이 아버지인 형은 지애가 성장하는 모습을 보지 못했다. 그 애가 얼마나 형수를 쏙 빼닮았는지를 본다면 깜짝 놀랄 것이다. 형은 그 애를 집에 데려다놓은 지 불과 두 해가 지나 먼바다로 떠나버렸다. 6개월 동안의 옥살이가 형의 등을 떠민 결정적인 요인이었을 것이다. 폭행죄로 구속당했던 형이 재판을 받을 때, 나는 그동안 형이 사채업자에게 고용돼 해결사 노릇을 하고 있었다는 사실을 처음 알았다. 당시 망치형을 만나 얘기를 들어보니, 그 사건이 있기 전까진 형이 한 번도 그 일에 관련해 주먹을 써본 적이 없었다는 것이다. 게다가 아무 건에나 착수하는 것도 아니고, 재산을 뒤로 빼돌려놓은 채 빚을 갚지 않거나 하는 악질적인 채무자라고 판단될 경우에만 나서곤 했다는데 대개는 '황대협'이라는 이름만으로도 일이 잘 해결되었다 했다. 그런데 정말 질 나쁜 채무자 하나가 대놓고 약을 올리고 욕설을 지껄이는 바람에 참다 못한 형이 주먹을 날려버렸다는 얘기였다. 갈비뼈가 몇 대 부러져 입원해 있던 그는 얼마나 야박한지 내가 아무리 통사정해도 합의를 해주지 않았다. 경위야 어쨌건, 형이 그런 일에 종사하고 있었다는 사실이 적이 실망스러웠다. 내가 그러했으니, 수감 생활을 하던 형의 마음속엔 당연히 만감이 교차했을 것이다. 아마도 형은 그 바닥에선 다시 얼굴을 들고 살지 못한다고 생각한 것 같았다. 스스로 대협이라는 이름을 더럽히고 말았으므로.

출감 후 집에만 처박혀 있다던 형이 선원수첩을 멋쩍은 듯 내보이며 내 앞에 나타난 건 반년이 더 지나서였다. 형은 원양어선을 타게 됐다고 했다. 그러곤 거동이 불편하고 눈이 어두운 어머니를 대신해 내 앞으로 딸의 생활비를 송금하겠다며 내 은행 계좌 번호를 물었다.

그 후 형은 몇 달 만에 한 번씩 돈을 부쳐왔다. 그러길 벌써 십 수년이었다. 다시 나타난 적도 없었고 편지나 전화 연락도 일절 없었다. 그러니까 송금이 형이 보내는 유일한 소식인 셈이다. 죽지 않고 살아서 머나먼 남태평양 바다 위, 어느 해역엔가 떠돌고 있다는.

해설

연가, 아날로그 세대에게 바치는

양진오

1. 불안한 그녀

신기와 환상, 충격과 극단의 상상력이 질주하는 최근의 한국 소설 지형도에서 김병언 문학은 그 위상이 화려해 보이지 않는다. 그의 문학은 개연성과 핍진성의 논리를 이탈하는 예외적인 사건을 이야기하지 않을뿐더러 한국 사회의 쟁점과 과감하게 대결하는 비판담론의 구도를 취하지도 않는다. 또한 그의 문학은 전위적인 실험을 활발하게 용인하는 아방가르드적 면모를 구현하지도 않는다. 김병언 문학은 존재하기는 존재하지만 자기의 개성을 예각화하면서 독자들의 관심을 유인하는 문학으로 보이지 않는다는 것이다. 그러나 이렇게만 말하면 김병언 문학은 언제나 오해받는 텍스트로 전락해버리고 만다.

한국의 문화적 관행과 풍속에서 상대적으로 자유로운 디지털 세대가 한국 사회를 이끌어갈 주역으로 이미 여러 해 전부터 각광받아왔다는 걸 이 자리에서 재론하는 것은 새삼스럽다. 21세기의 문화적 코드의 소재로 주목받고 있는 디지털 세대의 감각과 풍속, 취향을 여러 장르와 매체들이 고찰하고 있으며 이는 문학이라고 해서 예외가 아니다. 그런데 김병언 문학이 묘사하는 대상들은 이 디지털 세대가 아니다. 김병언은 부지불식간에 한국 사회의 비주류로 물러난 아날로그 세대의 애환과 연민, 비애, 재기의 의지를 사려 깊게 살피는 작가이다. 따라서 김병언 문학은 구식의 대명사처럼 기호화된 아날로그 세대에게 바쳐진 연가(戀歌)로 읽힌다. 바로 이러한 점을 주시하며 김병언 문학을 읽는다면 그의 문학을 둘러싼 오해는 불식되리라 생각한다.

김병언 문학에 등장하는 아날로그 세대들은 하나같이 사정이 좋아 보이지 않는다. 그들은 갑작스레 고서점 주인으로 등장했다가 정체불명의 사내들에게 납치되어 종적을 감추기도 하고(「고서점 여자」), 또 어떤 이들은 실의에 찬 표정으로 일자리를 찾아 이역만리 중동으로 떠나기도 한다(「황사에 바치다」). 또 그들 중 어떤 실직자는 자신을 비유하는 듯한 병든 애견을 죽여버리려 하고(「회생」), 또 누군가는 컴퓨터를 무료로 준다는 집을 방문했다가 주인으로부터 지독한 냉대와 모욕을 받아야 했다(「꽃씨 날리는 날」). 그리고 한때 '대협'으로 불린 어떤 인물은 예고도 없이 사라진 아내를 찾고자 전국을 유랑하다가 남태평양의 한 섬으로 흘러 들어가기도 한다(「남태평양」). 그리고 또 다른 누군가는 의적을 자처하는 강도 앞에서 조용히 순응하는 나약함을 보여줄 수밖에 없었으니(「지존」), 우리는 이들에게서 아날로그 세대의 불안과 실망, 번민을 거듭 목격할 수 있다.

이 아날로그 세대의 실존적 불안을 인상적으로 보여주는 소설이 「고서점 여자」이다. 「고서점 여자」의 그녀를 아날로그 세대의 전형으로 볼 필요는 없겠으나, 그녀의 심리적 불안이 아주 낯설지 않다는 점에서 그녀를 아날로그 세대의 감각을 대변하는 인물로 보아도 큰 문제는 없다. 이 소설에서 그녀는 독자들에게 자기 삶을 적극적으로 이야기하는 화자로 등장하지 않는다. 그녀는 어디까지나 이 소설의 일인칭 화자인 '나'에게 관찰되거나 회고되는 대상으로 등장한다. 까닭에 그녀는 자기 불안의 기원을 독자들에게 적극 해명하지 않는다. 그녀도 그렇고 그녀의 불안도 그렇고 그녀와 관련된 모든 게 모호한 수수께끼 같다는 말이다. 좀더 자세히 보기로 하자.

소설의 지정 영역에서 확인 가능한 그녀의 정보는 이렇다. 열일곱 살 되던 해에 파주 집을 떠난 그녀가 우연한 기회로 고서점의 새로운 주인이 된다. 그런데 그녀의 목적은 돈을 버는 게 아니다. 그녀는 고서점에서 구겨진 책을 다리미로 다리거나 주인집 아들인 '나'와 일상적인 대화를 주고받는다. 그런데 어느 날 그녀는 자신을 오해한 동네 주민과 격하게 다툰다. 그 후 낯선 사내들에게 이끌려 그녀는 고서점을 떠난다. 그리고 20년의 시간이 흐른 후 '나'와 그녀는 그녀의 파주 집에서 해후한다.
　그녀가 고서점에 입주하게 된 이유나 떠나게 된 이유를 독자들이 추론하기란 쉬운 게 아니다. 특히 떠나게 된 이유는 더 그렇다. 그렇지만 여기서 중요한 건 그 이유에 대한 해명이 아니다. "바깥세상과는 전혀 관계없는 딴 세상에 있는 것 같아서" (p.17) 고서점 주인이 되었다는 그녀의 발언을 되새길 필요가 있다. 어떤 점에서 보자면, 「고서점 여자」의 그녀는 타자들과의 교류를 허락하지 않는 자폐적인 인물로 보인다. 정적이 감도는 고서점도 그렇다. 이 고서점은 세상과 격리된 고립된 성으로 보인다. 그런데 아이러니한 건 "사람들의 흔적"(p.17)과 시간이 집적된 이 고서점에서 그녀는 편안한 안식을 누린다는 점이다.
　그런데 이 안식은 오래 지속되지 않는다. 예기치 않은 두 사건이 그녀의 안식을 방해하는 까닭이다. 취객 손님의 가족들과 주고받은 격한 언쟁과 그에 뒤이은 낯선 사내들의 등장으로 그녀의 편안한 안식은 막을 내린다. 정적이 감도는 고서점에서 안식을 누릴 수 있었던 그녀는 낯선 타자들 앞에서 극도의 불안을 표출하는 신경증 환자로 뒤바뀐다. 그녀의 내면에는 사람을 기피하고 두려워하는 불안이 잠식 중이었고, 그 불안은 충돌의 계기가 제공될 때마다 날카롭게 폭발하고 있다. 그녀 자체가 트라우마였다.
　그런데 이 소설의 결말에서 독자들은 오랜 시간 동안 종적을 감춘 그녀를 다시 만나게 된다. 20년의 시간이 흐른 어느 날,

그녀가 '나'에게 전화를 걸어온다. 그리고 '나'는 그 20년의 시간을 뛰어넘어 "가슴팍에 닿을"(p.35) 정도로 잡초들이 우거진 그녀의 집을 방문한다. 그런데 인적이 끊긴 고서점이나 잡초가 무성한 그녀의 집이나 자기 상처를 위로하는 피호(避護)의 장소라는 점에서는 그 성격이 동일해 보인다. 그런데 상처를 위로하는 방식이 흥미롭다. 그건 바로 일광욕이다. 이와 연관된 한 대목.

"요즘도 다림질해요?"
"무슨 다림질?" 그녀는 잊어먹은 듯한 표정을 지었다.
"책에다 하는 다림질 말입니다. 생각 안 나요?"
"아아, 난 또⋯⋯" 웃을 듯 말 듯하다가 웃지 않은 채 그녀가 말했다. "요즘은 그 대신⋯⋯ 내 몸을 다림질하고 있어요."
"몸을 어떻게 다림질해요?" 이번엔 내가 헷갈렸다.
"아까 말했잖아요. 햇볕에다 몸을 쬔다고⋯⋯." (pp.36~37)

쉰 살에 가까운 여자가 잡초가 우거진 자신의 집 마당에 누워 일광욕에 몰입하는 장면은 쓸쓸해 보인다. 이 쓸쓸함은 실존의 불안에서 연유하고 있기에 그 무게가 가볍지 않다. 그리고 그 치유가 쉬워 보이지도 않는다. 아마도 이 쓸쓸함에서 그녀는 헤어날 수 없을 것이다. 일광욕을 즐긴다는 그녀의 발언에서 우리는 그녀의 갱신 욕망을 읽을 수 있겠지만 그 욕망이 아주 강렬

한 건 아니다. 일광욕을 반복할 그녀. 그렇지만 그녀의 쓸쓸함은 종식되지 않을 것이다. 이 텅 빈 심연 같은 그녀의 쓸쓸함을 아날로그 세대의 쓸쓸함이라고 부를 필요는 없다. 그렇지만 독자들은 그녀의 불안과 쓸쓸함이 낯설지 않다는 걸 알고 있을 것이다. 그녀의 불안과 쓸쓸함에서 독자들은 자신의 상처를 발견할 수 있기에 말이다.

2. 유랑하는 '대협'

그런데 그녀와는 다른 인생의 행로를 걷는 인물이 여기 있다. 이 인물은 「고서점 여자」의 그녀처럼 자폐적인 태도로 세상과 거리를 두지는 않는다. 이 인물은 그와는 반대로 세상 속으로 깊숙이 걸어 들어가며 자기에게 부여된 인생의 시간을 자기 식으로 경험한다. 이제 우리는 이 시점에서 「남태평양」의 황명수란 인물을 잠시 살펴봐도 괜찮다. 이 인물이야말로 작품집의 그 어떤 인물보다 우람한 형상으로 존재하는 까닭이다.

'어느 협객의 비망록'이라는 부제를 달고 있는 「남태평양」은 황대협으로 불린 한 남성의 문학적 전기로도 읽힌다. 그런데 여기서 독자들이 환기해야 할 게 있다. 작가는, 아니 독자들은 소인배들이 득시글거리는 이 세속에서 황명수 같은 대인을 그리워하고 있다는 걸 말이다. 물론 황명수는 성현이나 군자라는 의미의 대인은 아니다. 말이 좋아 대협이지 그는 어떻게 보자면 동네 건달과 그리 큰 차이가 없다. 그렇지만 확실히 황명수는 독특한 캐릭터이다. 주변 시선을 크게 의식하지 않고 고집스레 자기 스타일을 고수하며 살아가는 인물인 까닭이다. 황명수는 외적인 강제나 요구, 이해관계에 얽매인 인물이 아니라 자신의 판단과 욕망에 따라 움직이는 인물이라는 점에서 대인의 품위를 보여준다. 물론 자신의 판단으로 말미암아 황명수가 곤욕을 치른 일은 한두 번이 아니다. 그렇지만 이 곤욕을 압도하는 건 이기와 탐욕, 속물적 계산에 초연한 황명수의 윤리적 태도이다. 황명수를 대인으로 부를 수 있는 이유가 바로 여기에 있다.

황명수의 동생인 '나'의 회고로 서술되는 이 소설은 황명수의 상승과 하강의 드라마를 시간 순차적으로 이야기한다. 사회로의 본격적인 진입 이전의 시기가 황명수의 상승기에 해당한다면 결혼 이후의 시기는 하강기에 해당한다. 상승기에서의 황명수는 마치 고소설에 존재하는 듯한 영웅을 환기시키는데, 이 시기의 그는 자신에 대한 굴욕적인 요청을 결연하게 거부하는 인물로 등장한다. 그 요청을 누가 하든 상관없다. 그 요청이 굴욕적이라고 판단되면 황명수는 단연코 그 요청을 거부한다. 그렇다고 해서 황명수가 자신의 주체할 수 없는 폭력적 기질에 휩싸여 함부로 난행을 연출하는 악인이라는 건 아니다. 오히려 황명수는 젊은 여성들을 함부로 희롱하는 미군과 싸울 정도로 의협심이 적지 않다. 이 예기치 않은 싸움으로 황명수는 일약 대협의 반열에 오르는데, 이 장면에서 그는 스스로 판단하고 행동하는 자율적인 인물로 부각된다.

황명수의 대인 기질을 강조하기 위해 작가는 강인, 백곰, 망치, 뺑코와의 대결을 반복적으로 이야기한다. 이 대결에서 승리한 황명수는 이들을 절친한 동료로 인정해주는데, 이로써 황명수의 도덕적 감각이 주변 친구들을 압도한다는 게 확인된다. 여기서 살펴야 할 대목이 있다. 황명수도 그렇지만 이 일련의 악당들이 사회를 야유하는 주변부적 인물들로 등장하고 있는 건 아니라는 점이다. 사실 강인, 백곰, 망치, 뺑코는 존재감을 확연히 드러내는 개성적 인물로 등장하지 않는다. 이들은 황명수의 대인적 기질을 도드라지게 보여주기 위해 등장하는 보조적 인물로, 이들의 반복 등장은 황명수의 대인 기질을 기호화하는 결과를 낳는다. 따라서 이 소설을 이끌어가는 동력은 속물적 계산과 이익에 초연한 황명수 한 사람에게서 나오며 이런 점에서 「남태평양」은 인물소설의 한 사례로 거론되어도 무방하다.

그런데 이 소설에서 황명수의 삶이 언제나 상승적으로 진행되는 건 아니다. 협객으로 불릴 정도로 전설적인 행보를 주변에 남긴 황명수이기는 하지만 그 역시 불확정적인 삶의 관계 속으로 휘말릴 수밖에 없는 생활인이었다. 군 제대 이후, 더 정확히 말해 결혼 이후부터 황명수의 삶은 예기치 않게 꼬이는데, 이 시기부터 황명수의 삶은 하강해간다고 봐도 괜찮다. 그렇지만 그의 대인 기질이 사라지는 건 아니다. 황명수의 결혼은 자신의 대인 기질을 다시 한 번 내외에 드러내는 사건이었다. 황명수가 평생의 반려자로 택한 여성은 그를 사랑한다는 유력 가문의 딸이 아니라 그 정체가 묘연한 여성이었다. 그는 철두철미하게 자신의 판단과 욕망에 따라 반려자를 택하는데, 이 장면에서의 황명수는 결혼을 신분 상승의 계기가 아닌 자기 선택의 권리로 받아들이는 당당함을 보여준다. 그런데 한 편의 희극 같기만 한 이 결혼이 사실은 희극이 아니라 비극의 출발이었다. 고집스레 자기 스타일을 고수한 황명수였지만 이 스타일을 압도하는 건 생활의 논리라는 것. 이에 따라 황명수도 그 논리에 적응하기 위해 필사의 노력을 경주할 수밖에 없었다. 그러나 그 노력은 기대와는 다른 결과를 낳는다.

"누가 보건 말건, 형에겐 늘상 자기야, 자기야 하며 애완용 강아지처럼 아양"(p.252)을 떠는 아내를 뒤로 하고 중동으로 일자리를 찾아 떠난 황명수는 자신을 실의에 빠지게 한 사건을 경험하는데, 그건 바로 귀국 이전에 발생한 아내의 가출이다. 아내의 갑작스런 가출 이후 황명수는 전국을 유랑한다. 이 행동의 심리적 동기가 예사롭지 않다. 그것은 보복도, 원한도 아니며, 바로 아내에 대한 연민이다. 위장으로 보이지 않는 황명수의 연민은 황명수의 진정성을 돋보이게 할 뿐만 아니라 그의 대인적 기질이 사라진 게 아님을 말해준다. 이런 까닭에 황명수의 대인적 기질은 결혼 이후에도 종식된 게 아니라고 말해야 옳다. 결국 황명수는 주검으로 변한 아내와 한 여아를 만나, 그 아이를 자식으로 받아들임으로써 아내와의 인연을 회복하고자 한다. 그리고 그 후 황명수의 행적은 오리무중이다. 확실한 건 원양어선에 승선한 그가 이따금 가족들에게 송금을 한다는 사실이며 그 외의 행적은 묘연하다.

그런데 결말에서의 이 묘연한 행적이 이채롭기만 하다. 그 어떤 외적 경계에 구애되지 않는 너른 바다와 남태평양 섬들에서 그는 자유로운 영혼처럼 배회한다. 이 낭만적인 유랑의 주인공인 황명수는 「고서점 여자」의 그녀와는 전적으로 달라 보인다. 「고서점 여자」의 그녀가 폐가에서의 일광욕으로 자기를 위로한다면 황명수는 바다와 섬들을 주유하며 삶의 격랑과 마주한다. 황명수는 전적으로 자신의 판단을 존중하며 인생의 시간에 마주하는 아날로그적 인간이지만, 아날로그의 사전적 정의를 훨씬 뛰어넘는 자리에서 자신의 본원적 인간성을 아낌없이 드러내고 있다.

3. 재기하는 그들

그런데 황명수는 『남태평양』에서 다소 예외적인 인물에 속한다. 대다수의 인물들은 황명수 같은 대인이 아니다. 이들은 대개 생활의 논리에 압도되어 전전긍긍하는 아버지이거나 실업자 내지 실직자들이다. 이 우중충한 세대들의 애환과 연민, 재기의 의지를 독자들은 「꽃씨 날리는 날」 「황사에 바치다」 「회생」 등에서 살펴볼 수 있다. 물론 이러한 면모를 김병언 문학의 특징이라고 말할 필요는 없다. 사실 다수의 문학이 생활의 논리와 갈등하는 인물의 애환을 이야기하는 까닭이다.

그렇지만 김병언이 이제는 구식의 전형처럼 회자되는 아날로그 세대의 애환과 연민, 재기의 의지를 좀더 비중 있게 다루는 작가라는 점을 간과하지 않도록 하자. 그리고 그런 취지에서 「꽃씨 날리는 날」 「황사에 바치다」 「회생」 등은 자기가 선 삶의 현장에서 치열하게 싸우는 아날로그 세대들의 생활소설로 읽힌다는 걸 기억하기로 하자. 이미 말한 바대로, 이들 소설에는 생활의 무게에 압도된 아날로그적 인간들의 애환이 꿈틀거리는데, 작가는 이들의 애환과 비애를 과장된 어법으로 말하지는 않는다. 그의 어법은 담담하고 차분하며 때로는 은은하다. 그렇다면 이들의 애환과 비애는 도대체 어디에서 오는 건가? 혹시 그건 자기가 속한 사회에서 인정받지 못하는 자아라는 박탈감에서 오는 심리적 상처가 아닐까?

생활의 논리가 진정 무서운 이유는 이 논리가 다수의 대중들을 그 존재론적 의의가 거세된 타자들로 규정하고 그 규정을 정당화하는 까닭이다. 아주 현명한 자라면, 이러한 생활의 논리가 자의적이라는 걸 깨닫고 개성적인 생활의 논리를 기획하겠지만 대다수의 실상은 그렇지 않다. 대다수는 개성적인 생활의 논리를 기획, 형성하기보다는 그 생활 세계의 상징적 질서에 휘말리며 자기 진로를 힘겹게 모색하고 있다. 누구나 자기의 고유한 품위를 이 부박한 세계에서 인정받길 원하지만 실상은 그렇지 않다는 걸 이 작품들은 말해준다.

그 한 예가 「꽃씨 날리는 날」이다. 거대 도시의 익명성과 비인간성을 상징하는 아파트를 배경으로 한 이 소설은 컴퓨터를 무료로 준다는 생활정보지의 광고를 믿고 어느 아파트를 방문한 아버지가 받게 되는 모욕과 그에 대한 대응을 이야기한다. 아버지를 불청객으로 여기는 이 반복되는 모욕 앞에서 아버지는 점차로 왜소해진다. 그런데 아버지는 아들이 원하는 컴퓨터를 기어코 본래 주인에게서 받아내고야 만다. 이 컴퓨터를 받아내는 과정 자체가 애환의 드라마이다. 아버지가 컴퓨터를 소장한 가족들에게 익명적인 타자로 규정되면서 이 애환은 시작되는 것이다. 아버지와 이들의 관계는 예의와 배려의 관계가 아니다. 일방적인 통보와 경고의 관계가 그들의 관계였다. 이 거대 아파트 단지에서 아버지는 한낱 불편한 타자로 파악될 따름이다. 그러나 아버지는 작은 기적을 일으킨다. 아버지는 그 반복되는 모욕에도 불구하고 중고 컴퓨터를 주인으로부터 받아냄으로써 아들의 기대를 충족시킨다. 작가는 이 나약하게만 보이는 아버지를 나락으로 추락시키지는 않으며 무례한 불한당 정도로 규정된 이 아버지에게 모독을 감수하는 결연한 의지를 부여하면서 소설을 마무리한다. 그런데 부성의 징표처럼 여겨지는 그 결연한 의지가 아버지의 위상을 갑작스레 격상시키는 건 아니다. 「꽃씨 날리는 날」의 아버지는 아들에게는 '큰' 아버지로 여겨지지만 아파트 주민들에게는 불편한 익명적 타자에 불과한 까닭이다. 다른 소설은 사정이 어떨까?

회고의 시점으로 서술되는 「황사에 바치다」는 "내가 살아온 세월 가운데 가장 어려웠던 때"(p.112)를 회상하며 전개되는 소설이다. 도대체 어떤 때를 말하는가? 그때 "나는 사법고시 2차 시험에 자그만치 열 번"(p.112)이나 탈락한 상태로 "웬만한 기업체의 신입사원 채용엔 나이가 걸려 이력서를"(p.112) 낼 수 없는 암담한 상황이었다. 그렇지만 다행스럽게도 '나'에게 반전의 기회가 찾아온다. "향리의 초등학교와 중학교 두 해 선배인 그"(p.114)의 권유로 '나'는 어느 건설사의 경비가 되어 중동으로 나가게 된다. 여기까지의 서사 전개는 지극히 평범하며 심심한 구석이 없지 않다.

그 막막한 이국에서 '나'는 우연한 계기로 아루아라는 한 아랍 여성과 통화하게 되었으니 이 통화가 지속되는 시간 동안 '나'는 로맨스의 주인공으로 탈바꿈한다. 생각해보자. 쫓겨나다시피 이역만리 중동으로 건너간 '나'였다. 독자들은 '나'의 참담한 심사를 미루어 짐작할 수 있다. 인정받지 못하는 자아라는 자괴감이 '나'를 불편하게 했으리라 짐작된다. 그런데 '나'는 아무런 조건 없이 자신을 인정해주는 한 아랍 여성과 밀어를 나누며 재기의 의욕을 다진다. 마치 '나'의 아니마anima처럼 보이는 이 아랍 여성은 결빙된 '나'의 마음을 녹여주는 카운슬러의 역할을 수행한다. 지상의 열기가 가라앉은 한밤중에 펼쳐지는 이들의 대화는 서로의 마음에 가닿는 연민의 소통이었다.

물론 이 소설은 예상처럼 둘의 만남으로 마무리되는 결말로 완성되지 않는다. 이 소설은 둘을 "각자의 지평선 위에서 마주 보며"(p.132) 영원히 그리워하는 사람으로 머물도록 한다. 그렇지만 이런 신비한 비밀을 간직하는 인생이라면 그렇게 불행한 인생이라고 볼 필요는 없을 게다. 아루아와의 갑작스런 이별 이후 귀국한 '나'가 그렇게 바라던 사법고시에 합격한 사건보다 이국적인 사막을 배경으로 전개된 아루아와의 통화, 달리 말해 예상치 않은 장소에서 전개되는 두 인물의 소통이 이 소설의 아름다운 대목이다. 그 소통이 절망의 늪에 빠진 '나'를 구원해주기에 말이다.

그러면 「회상」은 이 문제를 어떻게 취급하는가? 여기 북한산을 오르는 두 사내가 있다. 한 사람은 이 소설의 화자 '나'이며 다른 또 한 사람은 3인칭으로 묘사되는 실업자 친구 김의규이다. 도대체 무슨 연유인가? 김의규의 요청으로 갑작스레 시작된 산행은 예기치 않은 에피소드를 깔고 진행되는데, 그건 바로 애견의 도살이다. 김의규의 가방 안에는 "발톱을 세워 긁어댄 자국들과 자잘한 부스럼 딱지들이 까맣게"(p.156) 덮인 개 한 마리가 숨겨져 있었다. 이 개를 북한산 자락에서 안락사시키는 것이 김의규의 계획이었다. 그 계획은 아예 이렇게 공표된다.

"야, 볼록이!" 이윽고 그는 자못 엄숙한, 어찌 들으면 비통하기까지 한 어조로 개에게 말하는 것이었다. "……넌 이제 죽는다. 사람이건 개건 너처럼 늙고 병들면 버림받는 법이다. 다시 말해 강하지 못하면 도태된다는 것, 그게 이 세상의 법이다. 이 세상은 그처럼 냉정하단 말이다. ……그러니 추호도 날 원망하지 마라."(p.160)

이 희화적인 장면이 희화적으로 느껴지지 않는 이유는 김의규의 전언이 김의규 자신은 물론이고 치열한 생활 현장에서 아등바등하는 우리들 전체를 옥죄는 정언명령으로 읽히는 까닭이다. 김의규에 따르면, 이 세상의 법은 사람이건 개건 늙고 병들면 버림받는 것이다. 그러나 이 전언은 김의규의 진심이 아니다. 그렇다는 건 이 전언 이후 전개되는 사건을 보면 확연히 알 수 있다. 김의규는 개를 죽인 게 아니다. 인적이 끊긴 산자락에 그 병든 개를 몰래 풀어주고 도망치듯 하산해버린 것이다. 문제는 이 유기견의 돌연한 출현이다. "늙고 말라빠진"(p.163) 그 개가 하산 길에 "파라솔이 꽂힌 둥근 테이블을 사이에 두고 마주"(p.162) 앉은 채 술잔을 주고받던 '나'와 의규에게 나타난 까닭이다. 마치 은폐한 죄의식의 돌발적인 출현처럼 볼록이는 의규의 면전에 나타나 그를 당황스럽게 한다. 의규는 그 개를 다시 가방 안에 수습한 채 서둘러 귀가하는데, 이는 그가 공표한 세상의 법과는 다른 행동이었다. 어쩌면 의규는 그 병들고 버림받은 개에게서 인정 욕망에 사로잡힌 자신을 발견한 게 아닐까? 그렇기에 의규는 결국 개를 살려내고 자신도 재기의 의지를 다지게 되었을 것이다.

신속하게 읽히기보다는 천천히 그 의미가 음미되어야 할 김병언 문학은 아날로그 세대들의 감각에 호응하며 전개된다는 점에서 최근 2000년대의 젊은 문학과는 거리를 둔다. 그렇지만 이 거리가 문제라는 말은 아니다. 아니, 더 정확히 말하자면, 이 거리두기를 통해 김병언 문학은 자신의 미학을 성공적으로 구현하고 있다. 그의 문학은 실속이 영근 문학이며 기본적으로 사람과 사물, 사건의 추이를 바라보는 시각이 따스한 문학이다. 그리고 이 따스함의 이면에는 얽히고설킨 삶의 매듭을 하나하나 풀어가는 결자해지의 의지가 흐르기도 한다. 김병언 문학의 내공은 결코 만만치 않다는 걸 독자들에게 말씀드리고 싶다.

작가의 말

연전에 십이선녀탕 계곡을 경유해 내설악을 등반한 적이 있었다. 강원도 인제군에 위치한 백담사 만해마을에 머물던 때였는데 그해가 저물어가던 초겨울의 어느 날이었다. 밤이면 하늘에서 선녀가 내려와 목욕을 하고 갔다는 데서 유래됐다는 십이선녀탕이란 이름에 은근히 매료된 나는 언젠가 한 번은 그 계곡을 답사하겠다고 벼르고만 있다가 결국 체류 기간이 거의 끝날 무렵이 되어서야 밀린 숙제를 해치우듯 산행에 나섰던 것이다.

그날은 맑긴 해도 꽤 쌀쌀한 날씨였다. 객지생활을 하고 있었던 관계로 등산 장비라고는 하나도 갖추지 못한 채, 평상시 착용하던 점퍼와 운동화 차림 그대로 계곡 입구에서부터 산행을 시작했다. 그래도 그다지 걱정은 되지 않았다. 한 보름 전에 꼭같은 행장으로 백담사 쪽 코스를 잡아 수렴동, 봉정암을 거쳐

대청봉까지 대략 6시간에 걸친 단독 등정을 이미 경험했기 때문이다. 당시만 해도 마라톤 풀코스를 뛰는 체력이 비축돼 있었던 터라 가능했을 것이다.

추적추적 비가 내리는 날씨 탓인지 등산객마저 마주치기 힘들었던 전번 백담사 코스의 산행에 비해 날씨만으로도 한결 마음이 가벼웠다. 게다가 십이선녀탕 방면으로는 대청봉까지가 하루 일정으로는 너무 멀었으므로 대승령이란 장소까지만 가서 장수대 쪽으로 하산할 계획을 세운 터라 지도상으로는 총 산행 거리가 전번의 절반밖에 되지 않은 점으로도 그랬다.

그런데…… 그날 나는 그만 길을 잃고 말았다. 복숭아탕을 비롯한 신비롭기까지 한 소(沼)들을 굽어보며 가파른 산길을 힘든 줄도 모르고 오를 때는 마냥 즐거웠다. 오후가 되어도 갠 날씨는 변함이 없었다. 얼음이 덮인 계곡은 미끄러웠지만 나는 무사히 능선에 이르렀고 숨을 고르며 산행을 이어갔다. 그러다 어느 갈림길에선가 표지판을 잘못 읽었던 것일까, 갑자기 길이 끊어지며 까마득한 벼랑이 앞을 가로막았다. 나는 관광안내소에서 산 천 원짜리 팸플릿의 등산로 지도에 의지한 채 길을 찾아 숲속을 헤맸다. 그런데 지도상에는 나타나지 않는 샛길들이 많아서 내가 위치한 장소가 어딘지 종잡을 수가 없는 것이었다. 행여 등산객이라도 만나면 좋으련만 그런 요행을 기대하기도 어려웠다. 그날 내가 계곡을 따라 올라올 때, 마주쳤던 등산객이라곤 고작 두 팀에 지나지 않았다. 한 팀은 하산 중인 남녀 한 쌍이었고 다른 한 팀은 선녀탕 입구에서 점심 식사를 하던, 관광버스를 타고 온 걸로 짐작되는 중년 남녀 열 명쯤인 그룹이었다. 그들과의 조우도 벌써 두세 시간 전의 일이었다. 이를테면, 명색이 국립공원인 산이긴 하지만 산행의 계절이 지난 탓인지 거의 텅 비어 있는 셈이었다.

나는 차츰 불안해졌다. 그럴수록 무작정 낯선 산을 헤매고 다녔다. 여름이라면 그다지 걱정을 하지 않았을지도 몰랐다. 문제는 초겨울인 데다 고산이라는 것이었다. 내가 우려했던 점이 예상보다 빨리 현실로 나타나기 시작했다. 해가 기울면서 기온이 급강하하는 모양으로 추위가 엄습해왔다. 바람도 거세졌다. 낙엽들이 어지러이 휘날렸다. 산등성이엔 머잖아 어둠과 함께 혹한이 닥칠 게 불을 보듯 뻔했다. 최악의 경우, 산 위에서 밤을 견뎌야만 할 텐데 오리털 제품도 아닌 점퍼와 평상복인 면바지 차림으로 과연 동사(凍死)를 면할 수 있을는지 심히 의심스러웠다. 게다가 등산로 입구의 가게에서 점심 식사용으로 샀던 빵은 먹어치운 지 오래였으므로 먹을거리도 하나 없었다. 물이 반쯤 남은 페트병 하나가 손에 들려 있을 뿐이었다.

어지간히 지친 나는 일단 한숨 돌려볼 요량으로 마른 풀 위에 주저앉았다. 서녘 하늘에서 노을이 꺼져가고 있었다. 전에 없이 서글픈 노을이었다. 설마 죽기야 할까 하는 근거 없는 낙관과 이러다 어이없는 죽음을 당할지도 모른다는 절망감이 떨리는 가슴속에서 뒤엉켰다. 한편으로는 후회막급이었다. 하루 이틀도 아닌 단풍철을 빈둥빈둥 다 보내고 나서 왜 하필 춥고 낙엽 진 산에 올랐단 말인가. 나아가서 그동안의 내 삶이 얼마나 객기와 충동에 이끌려 왔던가…….

추위와 어둠이 내리는 겨울산은 참으로 막막했다. 만감이 교차하는 가운데 특히나 아직 미성년인 딸아이와 아들 녀석이 눈에 어른거렸다. 죽는 게 뭐 대수랴 하는 생각이 들기도 했다. 다만 내가 죽더라도 누군가 내 주검을 발견하기까지는 내가 사랑했던 사람들이 나의 죽음을 알지 못할 거라는 점이 다소 서럽게 느껴졌다.

그런데 그때, 그게 내 눈에 띈 사실이 너무나 황감하다. 거뭇거뭇한 잎사귀들을 매단 나뭇가지들과 윤곽이 흐려져가는 능선들…… 실낱 같은 희망조차 찾아볼 수 없는 풍광 속에서 어떤 작은 사각의 빛이 문득 내 눈길을 끌었던 것이다. 나는 일종의 전율에 휩싸인 채 아스라한 그 빛을 유심히 바라보았다. 그것은 어떤 인공의 구조물 같았다. 그 구조물이 거의 다 소멸된 상태에 놓인 노을이 던지는 마지막 한줄기 빛, 그 빛을 한순간 반사하고 있는 것처럼 보였다. 나는 정신없이 그것을 향해 달려갔다. 그것이 익사 직전의 막막대해에 던져진 단 하나의 구명대처럼 느껴졌던 것이다. 그리고 그 앞에 섰을 땐, 실로 가슴이 벅차올랐다. 그것은 다름 아닌, 거기가 대승령의 정상임을 알리는 입간판이었다. 거기엔 친절하게도, 내가 하산할 방향으로 작정한 장수대까지 '2.7km'라는 화살표가 그려져 있었다.

고백건대, 요즘 내가 간절히 찾고 있는 것이 바로 그 대승령의 입간판 같은 것이다. 내 삶은 너무나 피폐하고 일그러져버렸다. 나는 다시 길을 찾아야만 할 것 같다. 행여 이 소설집이 어떤 의미에서 그 입간판의 역할을 해줄까 기대하는 건 망상일까.

이 소설집을 발간해주는 문학과지성사에 감사한다. 그리고 해설을 써주신 양진오 선생님께도 깊이 감사한다. 마지막으로, 표제작의 실마리를 제공해주신 왕년의 협객, 김하영 숙부님께 머리 숙여 감사드린다.

2007년 5월
김병언